Jane Costello

QUASE CASADOS

Tradução de
RYTA VINAGRE

1ª edição

EDITORA RECORD
RIO DE JANEIRO • SÃO PAULO
2014

CIP-BRASIL. CATALOGAÇÃO NA PUBLICAÇÃO
SINDICATO NACIONAL DOS EDITORES DE LIVROS, RJ

C88q Costello, Jane
Quase casados / Jane Costello; tradução de Ryta Vinagre. – 1. ed.
– Rio de Janeiro: Record, 2014.

Tradução de: The Nearly-Weds
ISBN 978-85-01-09196-3

1. Romance inglês. I. Vinagre, Ryta. II. Título.

13-00987 CDD: 823
CDU: 821.111-3

Título original em inglês:
THE NEARLY-WEDS

Texto revisado segundo o novo Acordo Ortográfico da Língua Portuguesa.

Direitos exclusivos de publicação em língua portuguesa somente para o Brasil adquiridos pela
EDITORA RECORD LTDA.
Rua Argentina, 171 – Rio de Janeiro, RJ – 20921-380 – Tel.: 2585-2000,
que se reserva a propriedade literária desta tradução.

Impresso no Brasil

ISBN 978-85-01-09196-3

QUASE CASADOS

Para Lucas, com todo o meu amor

Agradecimentos

Agradeço a todos que tiveram um papel fundamental na criação deste livro, como meu agente Darley Anderson (não parei de me sentir sortuda desde que ele concordou em me representar) e a equipe imensamente talentosa da Simon & Schuster do Reino Unido, em especial Suzanne Baboneau, Julie Wright e Libby Vernon.

Agradeço também a Doris Alexander e a Sarah e Jack Shulman por sua ajuda com os americanismos.

Como sempre, tenho uma dívida com meus pais, Jean e Phil Wolstenholme, por seu amor e apoio.

Por fim, obrigada a Jon, cuja opinião valorizo imensamente, apesar de achar que ele iria preferir ler *Middlemarch*.

Capítulo 1

Eu me esforçava ao máximo para parecer uma viajante sofisticada, mas acho que não conseguia passar essa impressão.

Pensando bem, devo ter dado bandeira quando resolvi testar com entusiasmo perfumes demais no Duty Free, o que me deixou exalando um aroma tão carregado que podia despertar alguém do coma.

Além disso, insisti em usar minha blusa de algodão de estilo étnico, aquela que eu podia jurar que parecia um artigo comprado em algum lugar fabulosamente exótico do Pacífico Sul — até descobrir que a etiqueta com o preço estava à mostra, revelando que, na realidade, paguei 44,99 libras por ela na Monsoon.

E talvez eu não parecesse em nada tão sagaz quanto pretendia, só porque fui a primeira a acampar no portão 65, chegando na frente, em pelo menos meia hora, de uma grande excursão de turistas de meia-idade.

Mesmo agora, em pleno voo, o processo continua: meu status de passageira de primeira viagem é impiedosamente exposto a cada minuto.

No momento, tento equilibrar todas as embalagens vazias de minha refeição de bordo em cima de uma bandeja de proporções ridículas sem derrubar uma xícara de café intragável no colo do meu vizinho, causando queimaduras de terceiro grau em seu equipamento. Parece uma versão real do jogo do "cai não cai", em que cada item ameaça despencar ao mais leve sinal de turbulência.

Ao contrário do cavalheiro americano sentado a meu lado — que, inteligentemente, enfiou seu lenço umedecido com cheiro de limão na xícara de chá vazia, empilhou com elegância os pacotinhos de sal e pimenta, e colocou o tubinho de manteiga no recipiente em que foi servida a carne —, eu acabei com um amontoado de lixo plástico e papel-alumínio.

— Posso retirar para a senhora? — pergunta uma comissária de bordo, já levando tudo antes que eu consiga evitar que a faca caia estatelada na minha mesa.

— Opa, caramba! — grito, demonstrando um comportamento bem diferente do membro cosmopolita do jet set que eu tinha esperança de aparentar. Pego a faca e tento entregar a ela, mas a moça já havia saído, empurrando o carrinho pelo corredor e quase arrancando a pele dos nós dos dedos de vários passageiros.

Olho para o lado e percebo que meu vizinho fita minha faca com desconfiança.

— Ah, bem. — Dou de ombros. — Quem sabe quando posso precisar de uma faca de plástico com uma generosa camada de manteiga?

Ele sorri.

Mas não é um sorriso de cumplicidade, com um quê de diversão. É solidário, revelando pena da pobre criatura ao lado, que certamente deve ter conseguido um dia de folga da ala psiquiátrica.

Recosto-me na poltrona, cantarolando mentalmente uma música que sempre tocava no rádio quando eu era pequena, enquanto mamãe cremava o jantar de domingo: "I'm leaving on a jet plane... lá lá lá... lá lá lá lá lá lá lá..."

Ah, deixa pra lá. Sei que vou acabar me lembrando da letra. E, de qualquer forma, o que importa é o sentimento por trás dela. Acho que a música fala de abraçar novos começos. De mudanças. De descobrir um mundo novo.

E é exatamente o que estou fazendo agora.

Mas, como você já deve ter percebido, voar sozinha por meio mundo não é algo que eu já tenha feito na vida: um voo da easyJet para Barcelona por um fim de semana, sim; duas semanas na Turquia com o namorado a tiracolo, sem problema; uma semana com as meninas no sul da França? Manda ver.

Porém, mais de 5.600 quilômetros pelo Atlântico? *E talvez para sempre?*

Não. Só que estou aqui. Estou mesmo fazendo isso. Ainda que eu preferisse ir com mais estilo.

Capítulo 2

Quando eu era criança e estava na escola, minha melhor amiga se chamava Elizabeth. Apesar de sua origem jamaicana, era cem por cento cria de Liverpool — e com um sotaque tão penetrante que poderia desentupir uma privada.

Mesmo aos 10 anos, Elizabeth já sabia o que queria da vida: ver o mundo. Ela queria escalar montanhas, fazer trilhas por florestas tropicais e conhecer o máximo possível de lugares e pessoas que pudesse. No ano passado, descobri que ela se formou em Oxford, viajou por dois anos e agora trabalha para a Cruz Vermelha de Estocolmo.

Falo isso apenas para ilustrar uma questão: se existisse uma escala para medir o quanto se é aventureiro aos 20 anos — pelo menos segundo a sabedoria popular —, a vida de Elizabeth estaria num extremo, e a minha, provavelmente, no outro.

Nos últimos sete anos, até a sexta-feira passada, trabalhei numa creche em Woolton, um subúrbio de Liverpool considerado elegante. Na realidade, estou me subestimando um pouco: à minha saída, eu tinha sido promovida a subdiretora (a mais nova que eles já tiveram, como informa minha mãe a qualquer um que encontre nos primeiros 32 segundos de conversa).

Esse feito, por si só, não reflete muito uma ambição implacável, mas sim o fato de que adoro meu trabalho. Adoro *mesmo*. O que é um alívio constante, pois embarquei nessa profissão depois de largar a faculdade de direito no primeiro ano (algo que minha mãe também informa a qualquer um que encontre nos primeiros 32 segundos de conversa).

A verdadeira questão é que essa creche, a Bumblebees Nursery, fica exatamente a seis minutos a pé da casa onde eu fui criada, a 21 minutos de carro do hospital em que eu nasci e tão perto de minha antiga escola que, se ficar na ponta dos pés no sótão da creche e olhar, ainda poderá ver uma pichação referindo-se a uns amassos que eu supostamente tive com Christopher Timms aos 17 anos (aliás, isso foi feito por alguém tentando ser irônico. Na época, Christopher Timms era famoso por incendiar seus peidos com tanta regularidade que precisava ter seu próprio caminhão do corpo de bombeiros).

A existência tranquila que eu, de algum modo, consegui conservar por todos os meus 28 anos nesta terra é — tenho plena consciência disso — um tanto trágica, mas, em minha defesa, tenho uma boa desculpa. Não, duas boas desculpas: encontrei um emprego que adorava e um homem que adorava.

Então, por que eu iria querer desistir de tudo?

Eu me remexi na poltrona em outra tentativa inútil de ficar mais confortável. O espaço é tão minúsculo que infringiria a regulamentação para transporte de frangos da União Europeia, imagine para transporte de pessoas. Mas não adianta. Perdi toda a sensibilidade em minhas nádegas há umas duas horas e parece improvável que a recupere tão cedo.

Peguei minha mochila, procurando alguma coisa para fazer — qualquer coisa —, e tirei o pó compacto para ver meu reflexo no espelho. Péssima ideia.

Não estou dizendo que em circunstâncias normais eu representaria uma ameaça ao contrato de Eva Longoria com a L'Oréal, mas até bem pouco tempo eu me dava relativamente bem com minha aparência. Herdei uma boa estrutura óssea de meu pai, boas pernas de minha mãe e até mesmo — depois de muitos anos de angústia — aprendi a conviver com a barriga tanquinho que não herdei de nenhum dos dois.

No momento, porém, minha característica mais impressionante não são os olhos escuros ou a boca carnuda que costuma me render elogios, mas minha pele — tão branca que parece precisar dourar. Fiz um desses bronzeamentos a jato algumas semanas atrás para ver se a promessa anunciada de um "brilho natural e dourado" ia ajudar no meu caso. Infelizmente, meus joelhos e cotovelos acabaram ficando com uma cor alaranjada tão berrante que estou convencida de que a esteticista que o aplicou deve ter cheirado cola.

Para piorar ainda mais, em menos de um mês meu corpo de tamanho 36-38 — aquele que merecia tão pouca atenção a ponto de eu me queixar dele só duas vezes ao dia — de algum modo foi substituído por outro com 7,5 quilos a mais (e continua subindo).

Sim, é isso mesmo: 7,5 quilos. Se até agora você não sabia que era fisiologicamente possível ganhar tanto peso em tão pouco tempo, eu lhe garanto, nem eu. Mas é a verdade — e é o que eu tenho. Provavelmente porque passei os últimos meses me consolando com comida.

O que provocou tudo isso?

Ah, o que você acha? Um homem. É claro. O *meu* homem. Bem, pelo menos, *antigamente* ele era meu.

Agora posso dizer categoricamente que Jason Redmond — contador ambicioso, campeão de natação, um encanto para os amigos e parentes, ah, e o amor de minha vida — não corresponde mais a essa descrição.

Não importa quantas noites passei derramando lágrimas amargas em meu travesseiro. Não importa quantas horas passei com Leona Lewis sussurrando no meu iPod. Não importa quantas vezes acompanhei amigos bem-intencionados em bares de karaokê e tentei ao máximo parecer convincente enquanto assassinava "I Will Survive" (tá legal, então "Vou afundar nas profundezas do desespero até que ele me telefone de novo", mas o efeito não é bem o mesmo).

Fechei o pó compacto num estalo e o joguei de volta na mochila.

— Precisa de um formulário I-94W, senhora? — pergunta a comissária de bordo, aparecendo ao lado do meu ombro.

— Hmmm, por que não? — respondo, recebendo-o com a despreocupação de alguém que preenche um desses fim de semana sim, outro não, quando dá um pulo em Buenos Aires para uma partida de polo.

Quando ela se vai, espio as lacunas do formulário, perguntando-me se eu devia mesmo ter um.

— Você tem passaporte britânico? — pergunta meu vizinho americano, reposicionando sua almofada em formato de U, algo que estive cobiçando nas últimas seis horas.

— Hmmm... Sim — respondo, desconfiada.

— Então, se estiver indo aos Estados Unidos de férias, terá de preencher. — Ele sorri.

— Ah, hmmm... Sim, eu sei — minto. — Quer dizer, é um pouco mais do que férias, mas...

— Está emigrando?

— Tenho um visto de trabalho de um ano — explico, enfiando o formulário no bolso da poltrona da frente, ao lado da faca com manteiga e de dois copos plásticos com restos de Pepsi Diet. — Então, vou ficar lá por pelo menos 12 meses. Quer dizer, se não me expulsarem antes disso!

Ele sorri de novo, mas desta vez não é tão simpático. É o tipo de sorriso que se dá a um homem-bomba para manter um ar de calma enquanto se tenta encontrar a saída de emergência.

— Senhoras e senhores, aqui fala o comandante — anuncia uma voz agradável e tranquilizadora pelo alto-falante com estática. — Logo estaremos pousando no JFK...

Sento-me ereta e respiro fundo.

Vida nova, aí vou eu.

Capítulo 3

Somos tão bombardeados pela cultura americana no Reino Unido que, às vezes, é impossível pensar nos Estados Unidos como um país estrangeiro. No entanto, no segundo em que saio do avião, o JFK parece tão estrangeiro como se estivesse situado no lado oculto de Júpiter. Ando pelo saguão do aeroporto, tentando não passar muito tempo examinando os painéis de voos com um olhar esperançoso, para que ninguém ache que não sei o que estou fazendo, e sou envolvida por visões e sons desconhecidos: sotaques que fazem minhas vogais parecerem tão britânicas que me sinto como alguém num teste para ler o noticiário da BBC em 1953; uma linguagem que reconheço — *diapers*, *cell phones*, *mommies*, *zip codes* —, mas que nunca usei. E há um clima de agitação, ruidoso, de turbilhão de lanchonete que deixa uma metade minha tonta de empolgação e a outra parte doida por um lugar que venda um bom rolinho de salsicha e um chá dormido.

Tive uma noção desta sensação quando falei ao telefone com meus novos patrões na semana anterior. Eu havia sido contratada para ser a babá de Summer (3 anos e meio) e Katie (2 anos), filhas de Josh e Karen Ockerbloom. Os Ockerblooms têm sua própria imobiliária nos arredores de Kalamazoo, em Michigan — meu destino final —, e parecem adoráveis. Mesmo. E, incrivelmente, ora, *americanos*.

Karen fez questão de deixar claro o quanto ela e Josh estavam animados com minha chegada — "uma babá inglesa genuína" — em sua casa.

O mais importante é que eu teria meu próprio carro (um SUV — que, graças ao Google, agora sei que não se refere a um filtro solar), não precisaria fazer nenhuma tarefa doméstica (eles têm empregados), e eles gostariam que eu os acompanhasse de férias nas Bermudas no mês seguinte, *com todas as despesas pagas*.

Senti meu celular vibrar. Havia uma nova mensagem da agência em que me registrei, a British Supernannies. Eles pareciam ser muito bons — a agência britânica que mais cresceu nos Estados Unidos —, embora, a julgar pelo nome, a modéstia não fosse sua especialidade.

"Este é um recado para Zoe Moore", começa a voz de Margaret, a secretária um tanto insegura com quem falei nas últimas semanas. "Eu lamento terrivelmente por isso, Zoe, mas houve uma mudança de planos. Por favor, me telefone assim que puder... E, o mais importante, antes de pegar sua conexão."

Segue-se uma longa conversa, durante a qual fica claro — enquanto tento não me exasperar demais — que não vou mais para Kalamazoo. Agora vou para Hope Falls, que fica perto de Boston. O que significa que não vou mais morar com Karen e Josh. Ou dirigir o SUV deles. Nem ir para as Bermudas. Hope Falls? Sem comentários.

Agora vou para a casa da Sra. R. Miller, uma mãe solteira, para cuidar de seus dois filhos, Ruby, que tem quase 6 anos, e Samuel, que acaba de fazer 3. Pelo que parece, houve uma mudança de planos de última hora. A antiga babá de Karen e Josh, uma garota de Surrey que cuidava de suas filhas havia um ano, de repente ficou disponível de novo depois que eles concordaram em aumentar seu salário.

Pego minha mochila e invoco meu lado Thelma e Louise. Busco lembrar a mim mesma de que sou uma mulher forte, confiante e independente que está mais do que feliz por viver a vida no fio da navalha e mudar de planos quando é necessário — mesmo quando isso significa perder a viagem para as Bermudas.

Vou comprar uma garrafa de água e quando entro na fila para pagar, a atendente afro-americana de proporções generosas me abre um sorriso.

Não, não. Nada disso. Sorriso não é a melhor palavra. Aquele é o tipo de riso arreganhado que se espera de uma mulher que perdeu uns 6 quilos, ganhou na loteria e achou o mais glorioso par de sapatos que alguém já viu... Numa liquidação.

— Vai a algum lugar bonito, senhora? — Ela está radiante.

— Sim, Boston. A trabalho — respondo de modo vago, para que os outros na fila possam me imaginar como uma advogada de direitos humanos a caminho de reverter um grave erro judicial ou algo do tipo.

— Boston, hein? Bem, sei que vai se divertir muito.

— Eu vou. Obrigada.

Pego a garrafa e tento colocar na mochila antes de me afastar. Mas o zíper da parte de cima não se mexe. Libero as mãos colocando a carteira na boca, depois tento enfiar a garrafa no bolso da frente. Mas isso simplesmente não acontece. Pelo menos, não com facilidade.

Depois de empurrões, puxões e muita luta, não estou nem perto de conseguir fazer a garrafa entrar na bolsa, e estou dolorosamente consciente da fila que aumentava.

Com a mulher atrás de mim fazendo muxoxos e revirando os olhos, abro o bolso de trás, meto a garrafa ali e endireito as costas, indignada.

E é nesse momento que o fecho de moedas de minha carteira, ainda presa entre os dentes, ganha vida. Abre-se numa explosão, com as moedas projetando-se para fora como se eu estivesse vomitando o troco. A mulher atrás de mim parece ter perdido a vontade de viver. Outros se apressam a oferecer ajuda enquanto eu, estabanada, tento pegar meu dinheiro. Meu rosto fica vermelho feito um pimentão.

— Hmmm, obrigada, aah, desculpe, eu, er, muito obrigada, desculpe. Hmmm — gaguejo. Querendo escapar, meto a carteira vazia entre os joelhos e saio mancando, com as mãos cheias de moedas, cartões de banco e minha mochila, tentando ignorar os risos reprimidos.

— Tenha um ótimo dia, senhora! — diz a atendente, enquanto desapareço por uma esquina, na esperança de ela entender por que não respondi.

Capítulo 4

Depois de pegar o metrô para a Grand Central Station, me acomodo para esperar o trem para Boston e folheio minha revista. Então, percebo que alguém se sentou a meu lado e sinto o perfume suave de loção pós-barba que de imediato aguça meus sentidos.

Calvin Klein Truth. Eu reconheceria em qualquer lugar. É a loção que Jason usava religiosamente toda manhã, pouco depois de verificar o cabelo e endireitar a gravata da maneira singularmente meticulosa que passei a conhecer tão bem. Esquecendo-me de onde estou, levanto a cabeça com o pulso acelerado.

Mas não é Jason. É claro que não é. Eu não o vejo há quase dois meses, então por que pensaria que ele estava aqui, nos Estados Unidos?

Meu vizinho — um cara pesadão de quase 40 anos e com uma franja torta — me abre um sorriso tímido. Eu sorrio também e volto à minha revista, embora já tenha passado por todas as páginas pelo menos três vezes.

Jason e eu nos conhecemos quando eu tinha 20 anos, e ele, 23 — uma pequena diferença de idade, mas na época parecia ter as proporções de Michael Douglas e Catherine Zeta-Jones.

Na época, eu tinha largado a faculdade de direito que odiava e era trainee da Bumblebees; ele já saíra da faculdade, passara um ano à toa pela Europa e tinha acabado de ser admitido como trainee em uma das maiores empresas de contabilidade do Reino Unido.

A primeira coisa que devo dizer sobre Jason é que ele é o que você menos espera de um contador. Não que eu tenha alguma coisa contra esses profissionais, mas a percepção pública sobre eles não os coloca no mesmo patamar de interesse de um cientista mediano da Nasa.

Jason contradiz esse mito de todas as formas possíveis. Ele é o que se pode chamar de a alma da festa. Uma daquelas pessoas que se dá bem tão instantaneamente com todos que conhece. Eu o achei charmoso, envolvente e absolutamente lindo. Quando passava, ele fazia as cabeças virarem em sua direção. Confesso que isso tinha algo a ver com o fato de que, no ano em que nos conhecemos, Gareth Gates ficara em segundo lugar no *Pop Idol*, e é justo dizer que havia mais do que uma leve semelhança entre ele e meu ex.

Jason tinha a beleza clássica de um integrante de boy band, mesmo agora aos 30. Era um pouco magro e apenas alguns centímetros mais alto do que eu, mas tinha o rosto e o sorriso incríveis. Ele era meu arrasador de corações pessoal, e eu estava apaixonada.

Meus sentimentos floresceram e se transformaram no que eu tinha quase certeza — não, eu *sabia* — de ser um amor profundo e duradouro. Com isso não quero dizer que, sete anos depois, ainda estivéssemos nos olhando como pombinhos apaixonados, mas conhecíamos os defeitos um do outro e ainda nos amávamos, apesar deles.

Depois desse tempo juntos, nosso amor não era tão absoluto como fora nos primeiros dias. Mas era sólido. Um amor verdadeiro. A base para uma vida inteira juntos. Pelo menos, era o que eu pensava.

Como pude ter me enganado tanto?

Capítulo 5

Fiquei no trem por mais de três horas e passei aproximadamente 95 por cento desse tempo falando. Isso, como qualquer outra coisa que me impedisse de pensar em Jason (embora temporariamente), tinha que ser algo positivo. Mesmo que meu maxilar desse a impressão de que poderia travar a qualquer momento.

A primeira pessoa a se sentar ao meu lado foi George Garfield II, um urso velho e grande que se aposentou 18 anos antes, depois de uma carreira no corpo de bombeiros. Ele tinha ido a Big Apple para ver os netos e ficou tão impressionado que eu fosse de Liverpool (porque os Beatles eram de lá), que era como se eu tivesse acabado de ganhar uma medalha olímpica.

Depois foi Janice Weisberg, uma ex-modelo de 50 anos com um coque tão perfeito que estou convencida de que deve ter sido borrifado com Super Bonder. Estava voltando de uma convenção de beleza de dois dias e foi gentil o bastante para me mostrar uma limpeza facial para peles problemáticas. Era vizinha de alguém que tinha um primo que esteve em Liverpool em meados dos anos 1980. Pelo modo como falou, ela e eu tínhamos muito em comum.

Em seguida veio Earl, o artista esforçado, que falava tão rápido que eu só conseguia pegar uma em cada cinco de suas palavras, e Kate, a assistente de biblioteca, que tinha acabado de terminar com o namorado depois de encontrá-lo experimentando a camisola de flanela da mãe dela.

Quando Kate se foi, ocorreu-me o quanto estava entrando no espírito daquela brincadeira de viajante solitária. Para falar a verdade, o que era mesmo que me preocupava?

Na parada seguinte, uma idosa com cabelo de algodão-doce, um casaco elegante e um carrinho de compras de tecido apareceu apressada e se sentou ao meu lado.

— Olá! — Sorrio, imitando o caloroso estilo americano com que estou me acostumando.

Ela não responde.

Sem me preocupar demais — e pronta para uma pausa no falatório —, pego o exemplar da *OK!* que comprei no aeroporto de Manchester, seduzida pela perspectiva de examinar matérias que falam sobre o tipo de papel de parede que decoram o banheiro de Jordan e Peter André. Depois de estar envolvida nela por cinco minutos, não consigo deixar de observar o que minha vizinha está fazendo.

Com minha cabeça projetada para a frente — fazendo parecer que estou muito concentrada no nariz de Jordan —, meus olhos giram para o lado.

A senhorinha estende a mão para o carrinho de compras e pega uma garrafa, coberta por um saco de papel. Até aí, tudo bem, só que desconfio de que ele *não* contém uma garrafa de refrigerante. Tem cheiro de álcool caseiro setenta por cento que andou fermentando no porão de alguém pelos últimos dois milênios.

Enquanto ela toma goladas desta substância nociva, pergunto-me se deveria escapulir para outro lugar ou simplesmente continuar a olhar, fascinada. Mas o trem está lotado, e eu estou presa ali.

Passo os vinte minutos seguintes da viagem examinando minha revista e fingindo estar encantada. Por fim, a enfio de volta na bolsa e só então percebo um envelope que estava escondido no fundo. Na frente, está escrito "Zoe" com a letra de minha mãe.

Aos 44 anos, minha mãe é relativamente jovem — pelo menos, comparada com os pais da maioria de meus amigos. E, apesar do rótulo de menina rebelde que ela deve ter recebido depois de engravidar aos 16 anos, a realidade — pelo que já vi — é que ela é qualquer coisa, menos isso.

Ela e papai se casaram antes de terem idade suficiente para comprar bebida alcoólica legalmente e passaram os últimos 28 anos em um ambiente doméstico feliz, comum e bastante tradicional.

E, embora ela seja jovem o suficiente para fazer compras na River Island e frequentar aulas de step quatro vezes por semana com Desy (o melhor amigo gay), é, de muitas maneiras, parecida com qualquer outra mãe. Ela certamente não é menos superprotetora, como descobri quando anunciei que faria esta viagem. Não escondeu que preferia que eu não viesse. E quando ela tem opinião a respeito de alguma coisa, não hesita em botar a boca no trombone...

15 de junho

Querida Zoe

Bem, se estiver lendo esta carta, quer dizer que você foi até o fim e agora está a caminho dos Estados Unidos. Você já sabe o que penso disso, então não vou voltar a meus argumentos.

Se é isso o que você tem vontade de fazer, então, obviamente, deve fazer. Pessoalmente, acho que você estaria mostrando os dedos médios das mãos para O Porco Desgraçado com muito mais eficácia se ficasse aqui. Que melhor maneira de mostrar que a vida segue sem ele?

Aliás, Desy concorda comigo. E ele deve entender bem disso, pois a vida amorosa dele faz E o vento levou *parecer uma historinha água com açúcar. Essa manhã fomos tomar um latte depois do step, e ele admitiu que Jason sempre o lembrou um cara que ele trouxe para a casa das férias em Sunny Beach, na Bolívia, alguns anos atrás (ou foi na Bulgária?). Lembra dele, não é? Um sujeito bonito e perneta. Ele falava em abrirem um bar juntos e depois se mandou com um jornaleiro de South Shields. Desy ficou arrasado. E embora não se possa comparar isso com o que você acabou de viver, a questão é que você não está sozinha. Muita gente à sua volta sabe como é isso.*

Ah, não tem sentido eu revirar o passado.

A única coisa que gostaria de lhe pedir é que ouça alguns conselhos de alguém que está neste mundo há muito mais tempo do que você.

Primeiro, cuidado com os terroristas. Se vir alguém com uma atitude suspeita, telefone para mim imediatamente (ou para a polícia). Segundo, se estiver pensando em aproveitar esta viagem a trabalho como uma oportunidade para fazer uma tatuagem, pelo menos se certifique de que seja um daqueles caracteres árabes de bom gosto, como os da Angelina Jolie. Falo nisso pelo que aconteceu com Mandy, minha colega de trabalho (aquela da contabilidade que foi no Who Wants to be a Millionaire?, *não a do marketing, que tem alopecia). Ela ainda está perturbada depois que o Brian dela voltou da viagem à Austrália com uma tatuagem de coala na bunda. Se estiver ainda que um pouco tentada a isso, por favor, Zoe, feche os olhos e imagine seu traseiro quando você tiver 90 anos.*

Outra coisa — não me leve a mal por isso —: você precisa cuidar de seu peso. Antigamente, você tinha pernas lindas. E eu sei que fazer dieta é a última coisa que passa por sua cabeça no momento, mas provavelmente foi o que a Britney Spears já pensou.

E, então, eu disse o que queria. O que significa que a única coisa que falta dizer — para terminar — é adeus. Adeus, meu amor, minha garotinha. Vou sentir saudades.

Com amor e beijos,
Mamãe
Bjs

Ao terminar de ler, percebi que estávamos a poucos minutos de Boston. Comecei a guardar meus pertences, quando algo inesperado aconteceu.

O trem deu um solavanco. A senhora a meu lado — aquela da garrafa de bebida escondida — claramente não consegue se equilibrar de pé nem em seus melhores momentos, e agora balança para a frente, quase caindo de seu assento. Eu me curvo e a ajudo a se levantar, mas o trem dá outro solavanco e desta vez ela voa para trás.

Infelizmente, não é só ela que voa. O segundo solavanco é suficiente para impelir a garrafa de sua mão e a lançar direto na minha direção, num movimento extraordinariamente semelhante a algo que Tom Cruise fez em *Cocktail*.

O conteúdo se espalha pelo meu cabelo, meu rosto, minhas roupas e parece penetrar em cada poro do meu corpo. Fico perplexa e incapaz de compreender qualquer coisa além de o fato de que agora estou cheirando como se tivesse lavado as axilas com uísque Glenfiddich pela maior parte de minha vida adulta.

— Eu... Er, o qu... — Estou chocada.

— MAQUINISTA FILHO DA PUTA! — grita ela, ignorando-me e agitando o punho no ar. Ela parece um cruzamento de Miss Marple com Linda Blair em *O exorcista.*

Luto para passar por ela segurando minha bagagem e me enfio — com a bagagem — no banheiro, no final do vagão. Ainda tenho alguns minutos antes que o trem pare na estação. O cubículo é desesperadoramente pequeno, mas eu sei que minha única esperança é meter a mão pelo zíper da mala para tirar uma muda de roupas limpas.

Porém, ao forçar minha mão para dentro, quase me cortando, sei que a única coisa que conseguirei pegar é o que está mais perto da parte superior da mala. Em pânico, afasto do rosto o cabelo ensopado de álcool e por fim pego algumas coisas.

— Ah, meu Deus — murmuro, ao examiná-las. — Ah, meu Deus, ah; meu Deus; ah, meu Deus.

Mas o trem está parando na estação, e eu tenho apenas duas opções. A primeira é ficar como estou: ensopada, vestida com uma blusa que agora está transparente e emite uma espécie de fedor que só pode ser descrito como *eau-de-cadeia.* E a segunda é vestir a única roupa que consegui alcançar, por mais inadequada que seja para a ocasião.

Está perto. Está perto pra caramba. Mesmo enquanto eu luto para vestir as roupas limpas, ciente de que o trem está se esvaziando, pergunto-me se a segunda opção foi realmente a melhor. A única coisa positiva que me passa pela cabeça é que pelo menos Jason não pode me ver. Isto só confirmaria que me deixar foi a atitude certa a tomar.

Ah, Deus, Sra. R. Miller, espero que seja uma mulher compreensiva, espero com toda sinceridade.

Capítulo 6

Fica evidente de imediato que a pessoa que segura a placa com meu nome não é a Sra. R. Miller. Não que "Zoe Moore" não esteja escrito nela em letras pretas tão grandes que desconfio que possam ser vistas do espaço. Ou que essa pessoa não esteja esperando bem debaixo do relógio, onde a agência me disse para ir. Ou mesmo que as duas crianças saltando ao fundo não possam combinar com a descrição de Ruby e Samuel. É outra coisa. A pessoa que segura a placa com meu nome é um *homem*.

Claramente, não posso deixar que isso me abale — primeiras impressões e coisa e tal. Então, atravesso o saguão tentando parecer entusiasmada, confiante e, sobretudo, tão profissional que intimidaria Hillary Clinton.

Ele fixa os olhos em mim. Sua expressão é severa, mas não lhe faltam atrativos. De maneira alguma. Na verdade, ele é... *Ah, meu Deus...* Ele é deslumbrante. Bonito *de dar medo.*

Tem o cabelo louro-escuro, olhos azuis penetrantes e, embora seja alguns anos mais velho do que eu, um corpo que deixaria qualquer uma de joelhos bambos: alto e sarado, de ombros largos, com a quantidade certa de músculos. É um corpo muito mais evidente do que o de Jason, muito mais não-dá-pra-não-notar, mas não menos atraente.

Por outro lado, este lindo estranho não é exatamente o que minha mãe chamaria de "bem-apessoado". Claramente, ele não faz a barba há uma semana, e sua camiseta e sua calça Levi's parecem ter sido lavadas nas águas do Ganges. Mas de algum modo ele mantém uma aparência espetacular. É muito bonito, além de selvagem e desgrenhado. Sua beleza é rude, quase suja. Muito diferente de... Ah, meu Deus, por que eu comparo todo homem que conheço com Jason?

— Oi! — Eu me vejo murmurando involuntariamente ao me aproximar.

Mas ele não se mexe e não sorri.

Não há dúvida de que as crianças são dele. As duas têm os mesmos olhos impressionantes e cabelo característico, o da garotinha caindo em cachos pelas costas, e o do irmão, mais curto, ainda assim comprido demais e embaraçado.

Continuo caminhando na direção deles, mas só quando estou a alguns passos percebo que a expressão do pai revela seu alarme.

— Você deve ser a... Zoe? — diz ele, quase com relutância.

— *Eu mesma!* — respondo, muito mais alto do que pretendia. Baixo a mala e estendo a mão. — É *mesmo* um prazer conhecê-lo — continuo, sacudindo vigorosamente a mão dele. — Como sabia que era eu? Com certeza, você deve ter ouvido falar do famoso senso de estilo britânico, não é? — Olho para minhas roupas. Não admira que ele não esteja com uma boa impressão.

Minha calça é a metade inferior de um pijama que minha tia-avó Iris me comprou como presente de despedida. Além do problema óbvio, nem mesmo é um pijama *bonito* — embora eu me sinta péssima por dizer isso. Estou convencida de que é feito de 140 por cento de poliéster e sei que foi comprado em um dos estandes preferidos dela no mercado St. John's, aqueles especializados em sutiãs do tamanho de uma boa barraca para dois. Sem contar que é estampado: xadrez cor-de-rosa *fluorescente*.

Eu só queria poder dizer que a metade superior de minha roupa compensava. Mas, embora meu tubinho prata fosse fabuloso na boate Garlands quando eu usava tamanho 36, agora parecia que me vesti para o primeiro dia de trabalho com um rolo de papel-alumínio.

Fecho um pouco mais o casaco de brim enquanto minha mente tenta encontrar qualquer desculpa possível para meus trajes: estou experimentando o novo look que a *Vogue* chamou de "lunático chique"; no Reino Unido, todo mundo viaja de trem usando fantasia; eu perdi o juízo.

— Me acompanhe — instruiu ele, pegando minha mala e marchando, com as crianças galopando atrás.

— Ah, é... É muita gentileza sua — murmuro, procurando seguir seu ritmo.

Ele chega ao carro antes de mim, coloca a bagagem no porta-malas, afivela as duas crianças, e o motor está ligado antes que eu tenha me desembaraçado de minha mochila e me enfiado no banco do carona.

Ao sairmos do estacionamento, meu coração martela com uma combinação de empolgação e nervosismo — e, embora eu mal acredite nisso, porque já fazia muito tempo que não acontecia, uma centelha de *desejo*.

Em parte para tirar minha mente do contorno dos braços dele, decido que agora pode ser uma boa hora para esclarecer as coisas.

— *Entããão*... Onde está a Sra. Miller?

Seus olhos se estreitam e, por um segundo, ele fica muito parecido com o Exterminador do Futuro pensando se vai arrancar ou não as pernas de alguém.

— Isso deveria ser uma piada? — pergunta ele.

— Não. — Eu franzo o cenho. — Quer dizer, eu tive uma conversa com a agência, que me disse que eu trabalharia para a Sra. R. Miller.

— Desculpe, menina. Eu sou R. Miller. *Ryan* Miller. E, como pode ver, não sou uma *senhora*.

Capítulo 7

Ryan Miller, pelo que concluo, é um enigma. Primeiro, gerou duas das crianças mais educadas e lindas que qualquer um gostaria de ter. No carro, durante toda a viagem, Samuel falou sem parar, apontando do jeito singularmente aleatório das crianças de 3 anos para cada loja do McDonald's (que ele chama de "Velho McDonald's") e declarando depois de cinco minutos de relacionamento que eu era sua "melhor amiga". Sinto-me recompensada pelo vínculo aparentemente imediato que consegui com um de meus novos pupilos, até que ele acrescenta: "E o papai é meu melhor amigo e Ruby é minha melhor amiga e Benjamin é meu melhor amigo e o Big Bear é meu melhor amigo", e assim por diante, até que citou todo mundo, de seus vizinhos ao dentista no qual esteve na semana anterior.

Tão divertida quanto Samuel — que ela claramente adora e em quem toca constantemente —, Ruby passou a maior parte da viagem me dizendo, com sua leve cadência americana, como o pai é maravilhoso ("Nosso papai trabalha em um grande escritório"; "Ele jogou beisebol na escola"; "Já te falei que nosso papai uma vez foi à Nova Zelândia? *E* foi a Nova Jersey"). Aos olhos de Ruby, Ryan Miller é o Super-Homem, Deus e a Fada do Dente em uma só pessoa.

Porém, enquanto as crianças e eu nos tornávamos amigos com facilidade, o mesmo não acontecia entre mim e o pai delas.

Além da barriga tanquinho inegavelmente impressionante de Ryan (tão definida que se pode até contar os gominhos), não posso dizer que ele seja o charme em pessoa. Por toda a viagem, ficou vociferando ordens pelo celular a vários pobres coitados que aparentemente trabalham para ele. Só depois fez uma pausa para conversar comigo, mas não parecia estar com humor para um papinho amigável.

— De vez em quando, eu deixo o carro no escritório, então vou precisar que você me leve para pegar o T — diz ele. Apesar de seu jeito brusco, o sotaque é forte e inacreditavelmente exótico.

— Tudo bem, sem problema — respondo, na esperança de parecer familiarizada com "o T" até que eu consiga um guia para procurar o significado daquilo.

— O metrô — diz ele, sentindo meu assombro.

— Hmmmm?

— O T. É como chamamos aqui.

— Ah, sim. Claro.

Seguíamos em disparada por uma rua de mão dupla, cheia de placas de trânsito desconhecidas e carros imensos. A cor e o som do ambiente são totalmente estranhos e novos. No entanto, por algum motivo, descubro minha mente vagando enquanto respiro o cheiro de Ryan e procuro adivinhar que loção pós-barba ele usa, nada que eu reconheça do balcão da Boots. Intensa, almiscarada, masculina. E perturbadora de tão sexy.

— Então você vai precisar vestir as crianças e prepará-las para sair às sete e quinze da manhã, sem atrasos — continua ele, interrompendo meus pensamentos. — O trem sai às sete e vinte e oito e, se eu o perder, estou ferrado. Entendeu?

— Pode crer — respondo, mas me arrependo imediatamente. Foi uma tentativa ridícula de demonstrar o quanto estou no espírito do meu novo meio, mas sua expressão me diz que ele acha que estou sendo sarcástica.

— Dê o jantar a eles na hora que você quiser e não espere que eu chegue em casa antes de colocá-los para dormir. Costumo trabalhar até tarde e não posso garantir que estarei de volta a tempo.

Franzo a testa. O contrato que assinei com a agência dizia que eu devia encerrar meu trabalho às cinco e meia, exceto em ocasiões previamente acordadas.

— Você tem horário flexível, não é? — pergunta ele, como se pudesse ouvir meus pensamentos.

— Hmmm, claro. — Imagino que ele esteja se referindo a uma tarde ou outra, e a essa altura não quero criar estardalhaço. — E qual é a hora de dormir?

Ele se cala por tanto tempo que tenho a impressão de que aquela não era uma questão que tivesse sido levada em consideração.

— Às dez. Dez e meia? — diz ele finalmente.

— É isso mesmo? — eu solto.

— Olha, você decide o horário — rebate ele.

— Tudo bem, tudo bem.

Tá legal, melhor aceitar. Já estão soando os alarmes da completa falta de calor humano que emana de meu novo patrão. Apesar disso, ou talvez por causa disso, me vejo tentando pensar em mais maneiras de impressioná-lo, de fazer com que ele veja o quanto eu serei brilhante neste trabalho.

— *Entããão*... A agência lhe passou meu currículo, não passou? — Levanto esse assunto para poder comentar o fato de que eu era a segunda no comando em meu último emprego, que recentemente minha enésima qualificação para cuidar de crianças foi aprovada e que tenho a fama de treinar crianças a usar o troninho mais rápido do que você pode dizer "otorrinolaringologista".

— Passou. — Ele me olha nos olhos pela primeira vez. Só por uma fração de segundo, mas o bastante para fazer meu coração saltar. — Algum problema com limpeza doméstica? — pergunta ele, voltando os olhos para a estrada.

— Limpeza doméstica?

— É. Aspirar, cuidar da cozinha, sabe, esse tipo de coisa.

— Bem, nenhum problema, mas...

— E lavar a roupa das crianças?

— Hmmm, posso sim, mas...

— Ótimo — responde ele.

Eu murcho e tenho de me obrigar a não pensar no exército de empregados domésticos de Karen e Josh Ockenbloom.

— Não há problema em fazer uma tarefa ou outra — continuo, sentindo que a essa altura é essencial algum esclarecimento de meus limites profissionais. — Quer dizer, o principal foco precisa ser as crianças... Uma plataforma básica de ensino nos primeiros anos é...

— Claro — interrompe ele. — Bem, você pode precisar sair e comprar Clorox e essas coisas. Deixei alguma grana sobre a mesa.

— Tudo bem. Ótimo.

— É produto de limpeza — diz ele.

— O quê?

— O Clorox.

— Ah.

Há uma longa pausa. Os silêncios estranhos com Ryan Miller são mais estranhos do que a maioria dos silêncios estranhos. Então, opto por uma abordagem diferente. Talvez, se eu fizer alguma pergunta inteligente, questões sobre o lugar que será meu novo lar, eu possa envolvê-lo em uma conversa mais significativa. Quer dizer, agora que sou uma viajante experiente, devo tentar obter informações sobre Hope Falls. Penso em Michael Palin entrevistando os indígenas de lugares remotos em suas reportagens e pigarreio.

— E então, Hope Falls... como é?

Tudo bem, talvez depois dessa eu tivesse que batalhar para conseguir um emprego na *Newsround*.

Ele estala o dedo indicador, reduz e pega uma entrada larga.

— Um subúrbio americano comum — responde ele.

— Certo. — Tento dar a impressão de que essa visão fascinante ultrapassou minhas expectativas. — Que bom.

— Você mesma verá — acrescenta ele.

— Espero que você nunca se candidate a um emprego de guia turístico. — Eu rio, na esperança de que a quantidade certa de descaramento possa ajudar a quebrar o gelo.

Ele me ignora.

— Chegamos.

Quando Ryan abre a porta, eu o sigo e, ao sair do carro, dou uma olhada no ambiente.

Estamos numa rua larga, em formato de lua crescente, que até um estrangeiro inexperiente de 10 anos identificaria como americana imediatamente. Talvez isso se deva ao fato de que todas as casas têm a parte externa feita de ripas de madeira e varandas com pilares — daquelas que parecem ter sido projetadas para que o morador se sente numa cadeira de balanço e reflita sobre o significado da vida. Talvez sejam as caixas de correio na entrada para as garagens ou os hidrantes, que fazem uma participação rápida em todo programa policial da história da televisão.

O que quer que seja, não é Woolton, em Liverpool.

Porém, há uma diferença crucial entre a casa diante de nós e todas as outras. A grama na frente dela está tão alta que deve abrigar espécies de flora e fauna que costumam prosperar em cantos remotos das florestas brasileiras.

Sigo as crianças pela escada, lutando contra a exaustão. Mas ao chegar à porta, percebo algo: minha bagagem foi abandonada na varanda. E, ao que parece, eu também. Porque meu novo empregador não veio atrás de nós.

— Tenho que ir — lança ele por sobre o ombro.

— O quê?

— Ruby vai mostrar a você o seu quarto. O carro extra está na garagem e a chave na mesa do corredor e... bem, você vai conseguir se virar.

Entro em pânico.

— Para onde vai? — Tento manter um ar despreocupado ao fazer essa pergunta, mas parece que acabo de descobrir que minha calça está pegando fogo.

— Ao escritório — responde ele, pegando o celular no bolso novamente. — Tenho que colocar o trabalho em dia.

— Mas hoje é sábado — observo.

— É — diz ele, como se eu tivesse falado de minha marca preferida de esfoliante. — Como eu disse, tenho que colocar o trabalho em dia. Agora, meninos, venham cá...

Ele se curva sobre a grade da escada para dar um beijo nas crianças, depois mergulha no carro e acelera. Fico parada ali, de boca aberta como um linguado embasbacado.

Desde que saí do Reino Unido há menos de 24 horas, não é a primeira vez que me sinto fora de minha zona de conforto. O efeito que isso tem em mim é o contrário do que eu pretendia ao sair de meu país: me faz *ansiar* por Jason. Quero que ele me envolva com seus braços, tão familiares, e me diga que vai ficar tudo bem. Quero que ele beije minha testa carinhosamente como sempre fazia quando eu ficava nervosa. Eu anseio pela estabilidade tranquilizadora que eu estava convencida de que nosso relacionamento representava, por mais irônico que isso pareça agora.

Ruby aparece a meu lado.

— Gostou do meu pai? — pergunta ela com ansiedade.

Como responder? Não posso dizer a ela que, embora eu pense que ele é sexy de fazer o coração parar, minha primeira impressão de Ryan é que ele também é arrogante, evasivo e completamente grosseiro. Pego a mão dela, aperto e sorrio.

— Seu pai é ótimo — digo a ela.

Sua carinha fica radiante, dando-me a certeza de que esta não é uma coisa que ela ouve com frequência.

— Acha mesmo?

— Ah, sim — digo.

Ela parece tomada de felicidade.

— Eu sabia que você ia ser diferente de todas as outras babás que a gente já teve.

Capítulo 8

Minha mãe usa um belo eufemismo para descrever uma casa quando acha que ela precisa de uma boa faxina: "ocupada" — "Bem, sim... Seria uma linda casa, se não fosse tão *ocupada*."

É a palavra que me vem à mente quando entro na residência dos Millers, só que não é forte o bastante. Essa casa é tão *ocupada* que é como se tivesse sido invadida por um furacão.

Dá para perceber que o hall, grande, foi decorado — a certa altura do passado distante — por alguém com bom gosto. Mas as paredes cor de creme agora estão camufladas com marcas pegajosas de mãos, as mesas em estilo antigo muito gastas podem ir direto para a lixeira, e as pinturas, antes abstratas, agora pendem tão aleatoriamente das paredes que poderiam ter sido colocadas ali por um chimpanzé hiperativo.

Baixo os olhos. É difícil ver o piso em meio aos brinquedos, livros, sapatos, embalagens velhas de comida e pilhas de papéis.

Há algo no estado do hall que me faz prender a respiração antes de entrar na sala de estar. Mas ainda solto um ofegar mínimo ao entrar ali.

Sim, em algum momento da história, alguém fez o que pôde para tornar belo aquele local. O ambiente tem pé-direito alto e uma lareira de pedra imponente, e havia sido decorado com o que antigamente eram três sofás de estilo e várias antiguidades de bom gosto. O problema é que agora os sofás estão encobertos por restos de comida de criança, inclusive o que desconfio ser sorvete de chocolate, pasta de amendoim e uma horrenda mistura cor-de-rosa e pegajosa. Há várias xícaras de café vazias espalhadas por ali, junto a meias de criança com as solas imundas, batatas fritas pisoteadas e copos de suco fermentado. Em resumo, a sala parece ter sofrido uma noite de bombardeio pesado.

Samuel passa por mim, liga a TV e, com o nariz a meio metro da tela, entra de imediato em estado hipnótico.

— Samuel, não prefere montar um quebra-cabeça ou algo assim? — pergunto, sentando-me no sofá.

— Hein?

— Um quebra-cabeça, Samuel — sugiro —, ou... o que acha de desenhar um pouco?

— *Nããããããooo!* — Ele balança a cabeça.

— Ruby — digo decisivamente —, quais são as regras do seu pai sobre ver TV? Imagino que vocês não tenham permissão para fazer isso durante o dia.

Ela me olha como se temesse por minha saúde mental.

— Claro que sim — responde ela, jogando-se ao lado do irmão.

Sou uma profissional dedicada, então evidentemente está fora de cogitação permitir que as crianças vejam televisão no meu primeiro dia. Quer dizer, fui treinada para pensar em todo tipo de exercícios estimulantes que tenham como objetivo ampliar a mente dos jovens e recompensar seu progresso. Posso cantar "Brilha, brilha, estrelinha" em urdu e construir um modelo detalhado de um curral com caixas de ovos velhas. Desconfio de que conheço os versos de *Marcianos adoram cuecas*, *O Grúfalo* e *Harry e o balde de dinossauros* melhor do que seus autores. Então, deixar Ruby e Samuel sentados diante da televisão a tarde toda não vai rolar. Não sob a minha supervisão.

— Bem, acho que devemos brincar de alguma coisa — insisto. — Ou talvez ir lá para fora. Está um dia lindo.

Enquanto tento conduzir os dois para fora, percebo que não consigo. Minha exaustão é tal que tentar me levantar do sofá se assemelha a erguer uma boneca de pano de seis toneladas. Dominada pela fadiga, eu desabo — só por um segundo, compreendam —, enquanto meus olhos imploram para fechar.

— A gente costuma ver TV — me diz Ruby, mudando para *Dora, a aventureira*, e depois enxugando o nariz de Samuel com um lenço que ela mantém enfiado na manga.

— É mesmo? — choramingo, tentando invocar o poder coletivo de meus princípios, treinamento e energia.

— Ahã — confirma ela.

— Ah. Bem, por que não, então?

Sinto-me vagar para o quase sono enquanto luto para me manter acordada e atenta ao que as crianças estão fazendo. Não sei por quanto tempo meus olhos ficam fechados. Segundos podem ter se passado. Suspeito de que foram pelo menos minutos. Certamente, tempo suficiente para que a voz que acaba de me acordar me assuste tanto que eu quase despenco de onde estou sentada.

— *Oiêêêêêêêêêêê!*

O som vem da varanda e tem o tom de um guerreiro tribal anunciando que a batalha está para começar. Olho as crianças, mas elas parecem se divertir tanto quanto eu deveria.

Capítulo 9

É justo dizer que Trudie Woodcock não é o arquétipo da babá britânica. Não sei exatamente por que, mas pode ter algo a ver com o decote generoso, o cabelo de uma personagem de *As panteras* e os saltos altos vertiginosos.

Meia hora depois de conhecê-la, porém, fica claro que o senso de glamour de Trudie é de pouco interesse para Andrew e Eamonn, os gêmeos de 2 anos de quem ela cuida, do outro lado da lua crescente. Para eles, Trudie é a pessoa mais divertida que já conheceram. Ela tem uma energia infinita, com uma tendência evidente para a travessura, e eles parecem vê-la como o equivalente humano de um filhote de labrador — permanentemente pronto para a diversão.

Este caráter é ilustrado com um efeito espetacular sempre que ela interrompe uma conversa entre adultos — de repente — para mergulhar em seus pupilos e lhes fazer cócegas com tal vigor que eles podem terminar no pronto-socorro de tanto rir.

— Agora vamos, vocês dois, acalmem-se — diz Trudie ofegante, tentando recuperar o fôlego entre as gargalhadas. — Meu Deus, parei de fumar pouco antes de vir para cá e pensei que a essa altura estaria superbem. Não sei qual é o problema.

— Então ainda não está preparada para participar de seu primeiro triatlo?

— Eu estaria mais preparada para concorrer a presidente. — Ela ofega.

Eu rio.

— Há quanto tempo está aqui?

— Um mês e meio. E espero que você não tenha vindo para cá para conhecer um cara, porque vou te avisar, o forte aqui não é exatamente caras tipo exportação. Pelo menos não em Hope Falls.

Não me dou ao trabalho de dizer que esta é a última coisa que tenho em mente. Já descobri o homem dos meus sonhos — embora o fim de nosso relacionamento seja motivo de pesadelo.

— Mas abro uma exceção — continua Trudie, baixando o tom.

— Ah?

— O seu homem.

— Que homem?

— Seu homem aqui! Ryan!

— Shhhhh! — Olho para ver se as crianças não ouviram. — Acha mesmo? — pergunto despreocupadamente. — Nem tinha percebido.

— Mas é claro que acho!

— Bem — cochicho —, ele não seria mais rabugento se tivesse aulas particulares com Ebenezer Scrooge.

— Rabugento? *Taciturno*, você quer dizer — murmura ela. — Como o Sr. Darcy. Ou aquele jurado que participou do *X Factor* no ano passado.

— Se você diz. — Sorrio.

— E ele, ao que parece, é uma espécie de destruidor de corações.

— Ah, é? Bem, não vejo isso.

— Então tem alguma coisa errada com seus olhos.

Misericordiosamente, a conversa é interrompida quando Samuel se aventura até o sofá e se senta ao nosso lado.

— Você é da Inglaterra, Zoe? — pergunta ele.

— Sou, querido — respondo, endireitando sua camiseta.

— Eu sou de Hope Falls — declara ele.

— Eu sei. E vou ficar com vocês aqui, não vou?

— Eu posso ir pra Inglaterra? — pergunta ele.

— Bem, *sei* um dia que você poderá ir — digo, pensando que talvez daqui a 15 anos ele possa se juntar às multidões de estudantes americanos que fazem mochilão pela Europa.

— Hoje? — diz ele, cheio de esperança.

Ruby dá uma gargalhada e se curva para abraçá-lo. Isso faz Samuel rir.

— Seu bobinho — diz ela, beijando-lhe a cabeça. — A Inglaterra fica longe demais para ir hoje. Mais longe até do que Maine.

Trudie e eu somos interrogadas sobre tudo, de que língua é falada na Inglaterra a se já comemos ursinho Gummi. Quando por fim eles voltam para a TV, eu me viro para Trudie.

— Devo entender que seu comentário anterior... sobre o meu patrão... significa que você não está comprometida?

— *Au contraire* — responde ela, erguendo as sobrancelhas. É a primeira vez que ouço alguém pronunciar uma frase em francês com um sotaque tão forte de Yorkshire. — Conheci meu homem ideal aqui, mas, como eu disse, caras tipo exportação não são o forte *de Hope Falls*. O meu mora do outro lado da cidade.

— Ah — digo.

— Ele é absolutamente espetacular — continua ela de um jeito sonhador. — Eu amo cada pedaço dele.

— Como vocês se conheceram? — pergunto.

— Ritchie poda árvores e estava fazendo um trabalho na casa logo que cheguei aqui. Ele aparava um dos bordos no fundo do jardim. Quando o vi pela primeira vez, ele estava subindo com uma motosserra. Dei uma olhada naqueles bíceps e, vou te contar, *eu era dele!*

— Não dá para resistir a um homem usando uma ferramenta potente, hein?

— Algo parecido. — Ela ri. — Mas não é só isso. Ele é *encantador*. Tão gentil e prestativo! Sempre me diz que sou linda... mesmo que eu esteja com uma espinha no nariz... E sempre me compra flores. Pode parecer brega, mas eu sou louca por isso.

— Não me parece nada brega — falo com sinceridade. — Parece totalmente fantástico.

— Escute — diz ela de repente —, por que não vai desfazer as malas e tomar um banho? Eu cuido das crianças e depois podemos todos sair para comer. Tem um lugar na estrada que faz umas pizzas tão grandes que devem ter umas quatro mil calorias por fatia.

— É mesmo? Você pode fazer isso? — pergunto num tom de lamento. Não poderia ficar mais feliz se ela tivesse se oferecido para pagar os meus tíquetes de estacionamento para o resto da vida, fazer minha prova para certificação em francês e me lembrar de comprar um talco de lavanda no aniversário de minha tia-avó Iris todo ano.

— Vá! — me sugere ela.

Ruby dá um pulo e pega minha mão.

— Vou te mostrar o caminho, Zoe.

Subimos a escada. Ao nos aproximarmos do quarto de hóspedes, eu quase posso imaginar o que estou a ponto de enfrentar: um quarto sobre o qual até um presidiário teria o direito de fazer uma severa reclamação por escrito. Mas ao abrir a porta, fico em choque.

É pequeno, ensolarado e incrivelmente arrumado. A cama está forrada com uma colcha de retalhos branca e tons pastel. As paredes têm cor de limão maduro, e as cortinas são cobertas com rosas amarelas e amarradas com fitas da mesma cor. Eu não diria que faz o meu gênero — o estilo é Laura Ashley combinado com *Sete noivas para sete irmãos* demais —, mas é um avanço e tanto em relação ao resto, e não parece ficar nem na mesma casa.

— Gostou? — pergunta Ruby.

— É lindo — respondo, apertando a mão dela. — De verdade.

— Eu falei para o papai que ele tinha que deixar bonito pra você — acrescenta ela com orgulho. — Ele não fez isso pra nenhuma das nossas outras babás.

— Ah. Por que mereci essa honra?

— Acho que ele não quer perder mais uma.

Na mesa de cabeceira, há um pequeno porta-retratos filigranado com uma foto de Ruby e Samuel.

— Olha! — exclama ela, apontando para o objeto.

— Caramba! — Eu sorrio. — Você e Samuel! Muito obrigada.

— Pode colocar outra pessoa aí, se quiser — acrescenta Ruby. — A gente não liga.

— Quero deixar a foto de vocês aí. Não consigo pensar em nada mais bonito.

O que é quase verdade. Mesmo que o real motivo para eu não querer outra foto seja um pouco mais complicado.

E basta isso — um simples comentário sobre um porta-retratos — para Jason invadir meus pensamentos. Desta vez, sem nenhum motivo específico, tenho um flashback de quando nos conhecemos, há muitos anos.

Nos filmes, os romances nunca começam em um pub sujo com um fundo musical vindo de um aparelho de karaokê programado para tocar apenas músicas de Chesney Hawkes. Mas, na vida real, as sementes de um grande relacionamento são lançadas nesses ambientes comuns — pelo menos, foi o que aconteceu comigo e Jason.

Nós nos conhecemos em uma noite em que saí com as minhas amigas, e ele, com seus amigos. Nossos caminhos se cruzaram numa área barra-pesada da Mathew Street, nos dias que antecederam à reforma daquela área para atrair turistas, quando homens e mulheres viravam tequila em quantidades impressionantes.

Embora eu não consiga me lembrar exatamente do que nos levou a conversar, sei que Jason e eu nos entendemos tão bem que eu esperava ver um carinha de asas com uma harpa pairando ao fundo.

Quando acordei no dia seguinte, lembrei-me de ele ter pedido meu telefone, mas não achava que ligaria. Mas ele ligou. Naquele mesmo dia — e quando minha mãe ouviu seu sotaque, entrou em polvorosa. Jason é de Cheshire, o que, para minha mãe, o torna praticamente um aristocrata.

Foi assim que começou. Sete anos depois ainda estávamos juntos, e ainda — eu imaginava — muito apaixonados. Mas parece que eu imaginava muita coisa.

Imaginava que éramos almas gêmeas, que ficaríamos juntos para sempre, que, no dia de nosso casamento, quando eu chegasse à igreja em que ele devia me receber no altar, ele também estaria lá.

Mas que boba eu era. Imaginei tudo errado.

Capítulo 10

Como Boston será meu novo lar, quero me misturar com a população local o mais rápido possível. Ou, pelo menos, não parecer uma turista infeliz que não consegue encontrar o caminho para o banheiro sem a ajuda de um guia completo e um mapa de ruas.

Entro no American Jack's tentando parecer tão à vontade com o ambiente quanto Norm entrando no *Cheers*. Em vez disso tropecei num degrau, quase derrubando a garçonete. Definitivamente, este não é um restaurante discreto, com suas bandeiras americanas atrás do balcão, partidas de beisebol sendo transmitidas em cada uma das TVs, e pratos de comida tão altos que deviam vir com uma retroescavadeira em vez de talheres.

Passamos pelo balcão revestido de carvalho e subimos uma escada que dava para um pátio aquecido pelo sol de início da tarde. É nesse momento que somos atacados por uma ruiva hiperativa, tão animada que dá para pensar que passou a manhã cheirando pó de pirilimpimpim.

— Oi, gente! Como é que estão hoje? Meu nome é Ci-Ci e sou sua garçonete! O que posso trazer para vocês?

Eu me atrapalho com o cardápio, tentando escolher algo antes que percebam que estou distraída.

— Pode pedir as bebidas antes, se preferir — guincha Ci-Ci —, e depois olhar o cardápio mais à vontade.

— Ah, hmmm, tudo bem — digo, baixando o cardápio. — Vou tomar um café, por favor.

Meu nível de energia pode ter subido um pouco nas últimas horas, mas estou sem dormir pelo que parecem semanas e sei que sem um estimulante vou tombar a qualquer momento.

— Tudo bem, senhora — pia Ci-Ci. — Prefere café simples, cappuccino, latte, expresso, gelado...?

— Gelado — interrompo, impressionada por não ter escolhido simplesmente o habitual e entediante cappuccino, como teria feito em meu país.

— Perfeitamente. Pequeno, regular, grande, extragrande, ou super?

— Ah, hmmm, só um... médio, por favor.

— Como?

— Um méd... Ah, hmmm, regular.

— Tudo bem. Descafeinado, semicafeinado ou comum?

— Comum.

— Saquei. Leite integral, desnatado ou semi?

— Semi — respondo, como se estivesse acostumada a me permitir esse excesso duas vezes ao dia.

— Claro. Creme?

Eu sorrio.

— Hoje não.

— Ótimo!

Então, ela se vira para Trudie.

— E a senhora?

Cada membro de nosso grupo é tratado com o mesmo tormento sorridente, e eu fico meio zangada comigo mesma quando Ruby faz seu pedido com uma autoconfiança significativamente maior do que a minha.

Quanto à comida, dou uma olhada na lista e desisto do Frango com Brócolis e Ziti, do Chowder do Jack de Mexilhões ao estilo da Nova Inglaterra e do Bacalhau a Boston. Lembro a mim mesma que adquiri 7,5 quilos recentemente, o que pode ter aumentado mais 7,5 depois de todos os Pringles que devorei no voo. Devo a mim mesma escolher o prato com menor teor de gordura do cardápio, e depois comer só metade dele.

— Algumas saladas parecem boas, não é? — comento, tentando convencer a mim mesma, mais do que a qualquer outro.

Ah, que se dane. Acabo pedindo as Costeletas de Porco Assadas do Jack com salada de repolho, fritas e uma porção extra de anéis de cebola. Recebo um prato do tamanho da ilha de Malta.

— Você parece estar faminta, querida — diz Trudie, na metade da refeição.

— Eu devia estar de dieta. — Suspiro, mastigando uma batata.

— Ah, está brincando! Você não precisa de dieta. Eu tenho mais pneus do que uma borracharia e isso nunca me incomodou.

Era todo o estímulo de que eu precisava para devorar o resto de minha refeição, que devia vir com sua própria unidade de suporte cardíaco. Esse talvez seja só um dos motivos para eu gostar de Trudie.

Ela se tornou babá há dois anos, por acaso, depois de desistir de um emprego menos lucrativo como barwoman em sua cidade natal, num nightclub chamado Crazy Brian's.

— Eu adorei cada minuto lá — diz ela, com a voz cheia de sarcasmo. — Era o emprego dos sonhos, tirando o chefe pervertido, os clientes irritantes e o salário de bosta.

— Como entrou no ramo dos cuidados infantis? — pergunto.

— Sou a mais velha de sete irmãos, então eu era muito qualificada — começa ela. — Mas, para ser franca, cheguei a uma fase da vida em que queria mudar as coisas. Fui criada em um bairro popular que era um inferno. Em algumas noites, era preciso um colete à prova de balas só para sair pela porta da frente. Quando deixei a escola, minhas perspectivas não eram muito melhores. Dei uma boa olhada na minha vida e pensei: "Eu quero mais do que isso."

— Então voltou para a faculdade? — pergunto.

Ela assente.

— Saí da escola praticamente sem qualificação nenhuma. Só Deus sabe por quê... Sempre soube que era muito inteligente, mas algo deu terrivelmente errado em minha educação. Acho que andei com o pessoal errado... Estava mais interessada em filar meu próximo Benson & Hedges do que obter um diploma. Mas quando fui para a faculdade aos 23 anos foi diferente, talvez porque eu adore crianças. Ou talvez fosse só a ideia de dizer a Brian que ele teria de arrumar outra pessoa para servir seus amendoins Big D dali em diante. — Ela ri. — O que quer que fosse, bem... Eu passei.

Ela tenta fazer uma cara séria quando me conta isso, mas fica claro que está explodindo de realização e orgulho.

— Eu nem acreditei — continua ela, jogando para trás uma mecha ondulada de cabelo louro. — Nunca fui boa em nada. Só com caça-níqueis. E fumar.

Enquanto as crianças estão tomando sorvete, mudamos de assunto e passamos a falar do meu novo trabalho.

— E então, como é a Sra. Miller? — pergunto, baixando o tom. — Quer dizer, eu já concluí que ela não é exatamente adepta dos padrões de limpeza doméstica. Mas eu vou me dar melhor com ela do que me dei até agora com sua cara-metade?

Trudie quase sufoca.

— Cacet... Quer dizer, droga — diz ela, olhando as crianças. — Pensei que você soubesse.

— Soubesse do quê? — Franzo o cenho.

Ela limpa a boca.

— Não existe uma Sra. Miller.

— Quer dizer que ele é divorciado?

— Eu *quero dizer* — sibila Trudie — que ela morreu.

Por uma fração de segundo, penso que meu coração parou de bater.

— Não quero soar machista — continua ela, e bebe um pouco de sua Coca-Cola Light —, mas quantas mulheres você conhece que deixariam a sala de visitas daquele jeito? O lugar parece o set de uma cena de catástrofe.

Meneio a cabeça.

— Nem tinha percebido. Quer dizer, só imaginei...

— Bem, você não tinha como saber. Coitadinhos, né?

Ruby e Samuel ainda estão atacando o sorvete. O menino tem tanta sobremesa no cabelo que parece estar fazendo um tratamento capilar com ela.

— Há quanto tempo isso aconteceu? — pergunto.

— Segundo Barbara... minha patroa... logo depois do nascimento de Samuel. Então, 2 anos e meio, talvez.

Penso em Ruby, na época só com 3 anos, tendo a mãe num dia e no dia seguinte, não — e o assombro e a tristeza impensáveis que ela deve ter sentido. Duas crianças crescendo sem a mãe para ver as peças de Natal, beijar seus joelhos quando eles caíssem, ou colocá-los na cama de um jeito que só as mães sabem fazer.

Penso em minha própria infância feliz, com pais que me adoravam — e ainda adoram —, e me sinto inacreditavelmente triste.

Também sinto uma pontada de culpa por Ryan. Tudo bem, bacilos de *E. coli* poderiam mostrar mais simpatia do que ele enquanto dirigia hoje de manhã; no entanto o que acabei de saber o coloca sob uma nova ótica. Estou decidida a enfrentar o desafio de trabalhar para a família e a provar a força do meu caráter.

— Como foi que ela morreu? — pergunto a Trudie.

— Acidente de carro. Mas acho que Barbara se convenceu de que ela está enterrada no quintal.

Devo ter passado a impressão de estar alarmada.

— Não é sério — acrescenta Trudie. — Barbara é assim. Ela e Ryan não são o que se pode chamar de grandes amigos.

— E por que não?

— Porque o gramado dele não é aparado segundo os padrões dela, as crianças não vão à igreja, e ele não disse recentemente o quanto ela é linda.

Eu sorrio.

— E você se dá bem com ela?

— Ah, muito bem — responde Trudie. — Não somos como unha e carne, mas no fundo ela é legal. Além do mais, Barbara me atura quando eu tenho certeza de que não sou o que ela esperava quando pediu uma babá britânica.

— O que acha que ela esperava?

Trudie puxa a alça do sutiã e tenta, sem sucesso, reprimir um arroto.

— Mary Poppins.

Capítulo 11

São dez e vinte e cinco. Hora de dormir — isso se sua visão sobre cuidados infantis for totalmente demente, completamente insensível e inteiramente biruta. E é logo isto que começo a pensar de Ryan Miller.

Desculpe. Vou me acalmar. No mínimo, porque eu devia saber que isso ia acontecer. Para alguém que viveu e respirou crianças nos últimos sete anos, o fato de que é tarde demais para eles irem para a cama é tao evidente como as respostas de um *game show* de TV.

O problema é que Ryan é o pai — embora não tenha demonstrado isso desde que largou a mim, minhas malas e os próprios filhos na varanda, hoje de manhã.

Seu status de pai me levou a pensar, equivocadamente, que ele sabia de um segredo que eu desconhecia. Que devia haver alguma lógica em seu conselho de manter as crianças acordadas até tão tarde. Pensei, de verdade, que ele estivesse agindo com sabedoria ao permitir que seus filhos se ativessem a seu horário habitual — por mais estranho que fosse. As duas crianças ainda acordadas — exaustas a ponto de ter ataques de choro — indicavam que eu estava enganada.

Respiro fundo e lembro a mim mesma que não devo me abalar. As palavras de minha primeira chefe no Bumblebees ficaram para sempre registradas em minha memória: uma boa babá é uma babá *imperturbável*.

Mas que espertinha, essa mulher.

Eis aqui a minha luta: aquelas duas crianças educadas, quase submissas — que andei tentando convencer a fazer qualquer atividade o dia todo —, agora se assemelham a uma dupla de delinquentes juvenis depois de uma dose de energético.

— *Nããããããoooo!* — grita Samuel enquanto se atira no sofá.

Só o que fiz foi sugerir que era hora de desligar *George, o curioso* para um período de relaxamento antes de irmos para a cama, mas parecia que eu o estava ameaçando com a forca.

— *É cedo demais!* — grita Ruby, com o rosto vermelho de cansaço enquanto atira sua boneca Moranguinho na mesa.

— Não é cedo demais — repito, pela vigésima vez. — São dez e vinte e cinco. Hora de vocês dormirem.

Estou usando minha voz especial de creche, investida do equilíbrio exato entre carinho e autoridade. Uma Fada do Açúcar com toques de Genghis Khan. *Costuma* funcionar.

— Papai disse que era de dez a dez e meia — choraminga Ruby, esfregando o rosto.

— E é o que significa dez e vinte e cinco — raciocino.

— Não é, não — resmunga. — Isso é *antes* de dez e meia. Eu não sou *burra*, sabia?

— Não é burra! Não é burra! — Samuel faz eco, batendo pé.

Só há uma coisa a fazer. Esquecer as pilhas de qualificações e os anos de experiência. Que diabos a Supernanny fez com aquela família da Gales do Sul mesmo — a criança de colo que estava prestes a ser presa por perturbação da ordem pública e a de 10 anos que aperfeiçoou a arte do arrombamento e invasão?

Ajoelho-me junto a Ruby e seguro suas mãos, na esperança de colocá-la num estado semimeditativo com minhas maneiras tranquilizadoras e imperiosas.

— Escute, Ruby — digo brandamente. — Você foi uma menina boazinha o dia todo, então eu sei que você é mesmo uma menina boazinha. Mas as meninas boazinhas vão para a cama quando mandam e...

— *Eu não quero ir dormir!* — grita ela, e as janelas vibram. — Eu não *gosto* de ir para a cama!

Estou tentando manter uma fachada composta, moderada e compassiva. Minha cabeça parece o interior de um vulcão em plena erupção. Pense, Zoe. Qual é a origem disso tudo? Por que eles não estão se acalmando?

Olho a TV no canto, que berra *Go, Diego, Go!* Isso não vai deixar os dois mais felizes, mas deve ser feito. Respiro fundo mais uma vez, ando pela sala e a desligo, com um formidável ar de matrona.

— Agor...

— Arrrrrgh! — berra Samuel, enquanto se atira no chão, socando-o tão furiosamente que quase abre um buraco para o porão.

Às onze e vinte e cinco, consigo colocar os dois na cama. E — depois de várias tentativas de fuga, seguidas por argumentação, suborno e ameaças diretas (em grande parte de arrancar a tomada da televisão) — é meia-noite e quinze quando eles finalmente pegam no sono.

E é cerca de meia-noite e dezesseis quando eu me pergunto se há alguma cerveja na casa. Devo destacar que, em circunstâncias normais, tenho uma relação saudável com o álcool. Na realidade, prefiro descrever a mim mesma como uma dessas pessoas que podem passar sem ele.

Então, não se engane com o fato de que quando localizo uma garrafa gelada de Coors, abro com as mãos trêmulas e imediatamente me sinto Nicholas Cage quando se serve de vodca em *Despedida em Las Vegas*.

Mas depois de engolir metade dela — e embora eu já estivesse acordada há quase dois dias e exaurida —, não tenho sono. Por mais que eu tente, não consigo relaxar. Estou ligada. E sei o que está provocando isso: esta casa caótica. *Ninguém* pode relaxar psicologicamente enquanto está cercado por tanto lixo. Pelo menos, eu não consigo. Vivi com Jason por tempo demais para suportar uma bagunça.

A casa onde morávamos era sempre imaculada, em grande parte graças à influência dele. Não era um lugar imenso e luxuoso como este, só uma doce casinha com varanda na Sudley Road. Nós nos apaixonamos por ela no minuto em que a vimos. Passamos meses reformando, então entendo por que Jason era obcecado por mantê-la limpa e arrumada. Embora não me ocorresse naturalmente, logo passei a apreciar o banheiro cromado que brilhava permanentemente, e nosso carpete da sala ainda era agradavelmente creme dois anos depois de ser colocado.

E isso é muito mais do que posso dizer deste carpete. Pego a Barbie, a Princesa da Ilha debaixo da mesa. Ela parece ter passado o dia bebendo.

Faço uma tentativa desanimada de arrumar o cabelo dela antes de jogá-la na caixa de brinquedos. Depois pego uma ovelha Lego e a atiro ali. O pião é o seguinte. Depois uma escova de cabelos Bratz. Em seguida, um Sr. Cabeça de Batata. E já estou num ritmo desenfreado quando termino com o Teapot

Palace do Meu Querido Pônei, o orangotango de pelúcia com pedaços de iogurte presos no pelo e o Homem-Aranha que canta com você.

Não consigo evitar. Quando tirei todos os sapatos do hall, lavei os pratos sujos que encontrei no banheiro do primeiro andar (não estou brincando), passei um pano no chão da cozinha, arrumei o banheiro *e* varri a camada de lixo que transformava o chão do corredor num mercado de rua de país de terceiro mundo, são três e vinte e cinco da manhã.

E estou com sono. Não só com sono, na verdade devidamente cansada. Linda, gloriosa, perfeita e obstinadamente *cansada*. Estou a ponto de ir para a cama quando ouço uma chave na porta.

Endireito as costas.

Fico ridiculamente satisfeita de encontrar meu novo patrão porque estou louca para ver sua reação diante de minha façanha doméstica. Este é um sujeito que parece mais preocupado com meu talento em esfregar sua privada do que em cuidar de seus filhos e, com base nisso, ele vai desmaiar quando vir minhas realizações.

Quando Ryan entra na cozinha, estou recostada numa bancada procurando manter um ar despreocupado.

Ele está ainda mais desgrenhado do que na primeira vez que o vi — mas também ainda mais sexy. Como um ímã, meus olhos são atraídos para o cós de seus jeans, onde metade da camiseta está metida. O cabelo está despenteado de uma forma sedutora, o jeito arrogante é naturalmente seguro.

Ocorre-me que Ryan, sem precisar dizer uma palavra, emana algo cativante e misterioso. Sua presença sexual é tanta que ele viraria cabeças numa sala com mil pessoas.

— Oi! — digo, tentando interpretar sua expressão enquanto ele põe os olhos na cozinha agora imaculada.

Quando ele passa, sou envolvida por um aroma que quase me faz desmaiar, sutil mas inconfundível, de bebida, perfume e cigarro. O bafo de uma boa noitada.

— Conseguiu muita coisa? — pergunto, com o coração aos saltos. — No trabalho, quero dizer.

— Hmmmm? — murmura ele, abrindo a geladeira distraidamente.

— Você ia trabalhar — eu lembro, desejando que ele se vire.

— Ah. Sim. Sim, eu fui. Obrigada por perguntar — responde. Não posso deixar de perceber que sua fala está meio arrastada.

— Hmmm, as crianças deram um pouco de trabalho para se acalmarem antes de irem para a cama — informo a ele. Vou até a mesa e me curvo sobre ela, tentando chamar atenção para sua superfície reluzente.

— Ah, é? — Ele fecha a porta da geladeira, deixando a cerveja e pegando uma garrafa de uísque em um armário.

— Acho que estavam excessivamente cansados — continuo.

— Claro.

Endireito o corpo, cruzo os braços e faço uma carranca. Ryan não tem interesse nenhum por esta conversa *nem* pelo estado da cozinha.

— Eles na verdade não queriam ir dormir — insisto. — Foi praticamente uma luta.

— É, eles ficam assim às vezes.

Ele enche o copo com uísque. É uma quantidade que deixaria o Gigante Verde com dez vezes o limite de álcool permitido por lei.

— Tudo bem. Bem, se não se importa, gostaria de tentar colocá-los para dormir um pouco mais cedo amanhã.

Ele dá de ombros.

— O que achar melhor. Eu já disse isso, não disse?

— Sim. Mas... Sim, acho que disse.

Outro longo silêncio.

— Bem, acho que vou dormir — digo. Mas não me mexo. Espero. E espero. E espero. Espero que ele diga: "Meu Deus, Zoe, a casa está incrível, verdadeiramente irreconhecível. Antes mal se encaixava na descrição de uma habitação humana, mas agora parece um lugar onde o sultão de Brunei não se importaria em desmaiar. Tenho de lhe agradecer, você é uma mulher maravilhosa, maravilhosa mesmo."

Quando ele finalmente levanta a cabeça, seus olhos percorrem meu rosto, como se vissem minhas feições pela primeira vez. Não diz nada, mas aquele olhar provoca um frio em meu estômago.

— Claro — responde ele, engolindo o uísque.

Capítulo 12

A fixação que pareço ter desenvolvido pelo corpo de meu novo patrão é infantil, difícil de ignorar e desconcertante. Embora eu não conheça Ryan por tempo suficiente para formar um julgamento detalhado sobre sua personalidade, já vi o bastante para querer lembrar a mim mesma de que eu não sou — e nunca serei — uma dessas mulheres que se sentem atraídas por canalhas. A ideia me deixa horrorizada.

Portanto, a única conclusão a que posso chegar, enquanto tiro a roupa e mergulho sob o edredom, é que essa é outra prova de que ser rejeitada no dia de meu casamento me deixou mentalmente instável. *Rejeitada.* Esta é uma palavra que uma noiva jamais pensa que irá usar em relação a si mesma. Ah, como eu estava enganada.

Fazendo uma retrospectiva — uma expressão que me acostumei a usar com frequência —, eu devia ter ouvido alguns sinos de alarme que soavam na correria para o casamento. Estou falando só de sininhos — do tipo de despertadores, não do Big Ben. Uma das lembranças que me incomodam é o momento do pedido de casamento. Não acho que Jason realmente tenha feito o pedido. Com certeza, não houve uma cena romântica em que ele tenha se ajoelhado segurando uma aliança, a qual eu passaria os 12 meses seguintes ostentando aos amigos, à família e a qualquer outro que olhasse. De certo modo, nós entramos por acidente nessa situação. Ambos imaginamos que um dia mergulharíamos na realidade.

Na época, não pensei em nada disso. No máximo, vi como uma indicação positiva do quanto estávamos na mesma sintonia. Senti que não precisava de uma proposta espalhafatosa porque era *evidente* que nós dois queríamos a mesma coisa.

A primeira lembrança que tenho de conversarmos sobre nosso casamento é de depois da festa de noivado do melhor amigo de Jason, Neil, e sua noiva Jessica. A coitada da mãe da moça trabalhou feito uma escrava por dias preparando o bufê, mas os duzentos vol-au-vents de cogumelo (ou canapés, como ela insistia que o marido os chamasse) não atendiam muito bem ao quesito variedade. Jason e eu decidimos nos juntar a alguns outros num restaurante de curry a caminho de casa, e me lembro de ele se virando para mim, ao me passar uma tigela de picles de limão, e perguntar: "Onde acha que devíamos nos casar?"

Entretanto, agora que penso nisso, essa não pode ter sido a primeira menção ao casamento, porque não fiquei chocada com a pergunta. Na verdade, naquele momento, mal me dei conta do que foi dito, porque sempre soubemos que acabaríamos "nos casando".

Tão certo era o estado das coisas que, apenas seis semanas antes do grande dia, observei que não possuía uma aliança de noivado. Jason concordou que devíamos comprar uma, usando parte do empréstimo que pegamos para pagar pelo casamento — o qual estou convencida de que era maior do que a hipoteca de uma pequena casa. Imaginei pagar tudo em cinco anos. Na verdade, eu me livrei da dívida toda de uma vez, vendendo nossa casa depois que tudo acabou.

Uma coisa era a casa, mas me livrar de todo o resto se mostrou um pouco mais desafiador. Quando se compram 122 saquinhos de seda com amêndoas confeitadas, 12 centros de mesa e uma fonte de chocolate branco de três andares, pode acreditar, você fica presa a eles.

E, embora eu estivesse feliz por minha prima Tanya e o novo namorado Darren terem curtido nossa lua de mel cinco estrelas nas Ilhas Maurício, eu teria preferido uma contribuição em dinheiro em vez da camiseta Ralph Lauren falsificada que ela me mandou como agradecimento.

Mas nada disso se compara ao horror do que aconteceu naquele dia.

Queríamos seguir a tradição e, na noite anterior ao casamento, dormimos separados. Quando Jason me deu um beijo de despedida na porta da casa de minha mãe, eu não tive dúvidas de que ele pretendia ir até o fim.

Não estou dizendo que ele não estava nervoso. Isso era evidente. Mas o nervosismo pré-casamento não é absolutamente normal, assim como o alvoroço com a lista de convidados e a garantia de que as damas de honra arrumarão alguém para dar uns amassos?

Talvez o fato de ele ter me abraçado com tanta força que eu quase não conseguia respirar fosse um sinal de que o turbilhão em sua cabeça era maior do que numa zona de guerra do Oriente Médio. Mas eu não percebi.

O casamento foi marcado para as duas horas da tarde na St. Michael, em Woolton, a igreja onde, na minha infância, passei muitas manhãs de domingo, no meio das outras crianças, tentando recriar a cena do nascimento de Cristo com pedaços de jornal e uma garrafa de detergente Fairy Liquid.

O fato realmente estranho é que a primeira metade desse dia foi uma das mais agradáveis da minha vida. Se os eventos seguintes não tivessem acontecido, eu ainda me recordaria com saudade desse dia.

Acordei às quatro e meia, depois de uma noite de sono entrecortado no quarto de hóspedes de minha mãe — tão pequeno e apinhado que era como tentar dormir num armário de roupas de cama. Depois que acordei, era impossível pegar no sono de novo, então a saída foi ler o único livro que pude encontrar — uma Bíblia para crianças, surrada, que foi impressa no início dos anos 1970, a julgar pela semelhança de Jesus com David Cassidy.

Mais tarde, minha cabeleireira me disse que todas as noivas que ela "fez" tiveram uma noite horrorosa antes do grande dia e me aconselhou a tomar um Temazepam (que aparentemente faz maravilhas, embora possa ter efeitos colaterais indesejados no dia seguinte, se você começar a beber champanhe cedo demais) caso eu passasse por uma situação como essa de novo.

Foi com a cabeleireira que nós realmente entramos no ritmo da coisa. Eu, Jessica, a madrinha, e minhas damas de honra, Heather (velha amiga de escola) e Win (minha prima), tivemos os cabelos tão enrolados e borrifados que acho que nossos folículos capilares quase sofreram uma fusão nuclear.

Quando voltamos para a casa de minha mãe, fomos conduzidas à cozinha, e papai trouxe os imensos pratos de café da manhã — ovos mexidos numa pilha alta com salmão defumado. Aquele momento, sentadas à mesa, felizes e extasiadas de tanto Buck's Fizz, foi um dos mais perfeitos de minha vida.

Desy tinha acabado de fazer a maquiagem de minha mãe. Depois de um programa de treinamento intensivo de três semanas com sua irmã Caroline — que trabalha no balcão da Clinique na Boots —, ele virou um especialista em aplicar base iluminadora e máscara de alta definição. Ela se juntou a nós, com seu roupão Juicy Couture e a cabeça cheia de bobes de velcro cor-de-rosa que pareciam canos com isolamentos em uma espaçonave alienígena. Meu pai já estava de fraque, que vestiu lá pelas seis e meia daquela manhã.

Então, lá estava eu: animada, exultante, nervosa — e, sem sombra de dúvida, fazendo a coisa certa. Jason era o homem que eu amava, com quem passei tranquilamente os últimos sete anos de minha vida e passaria feliz dez vezes esse tempo.

Eram esses os meus pensamentos quando o carro parou na frente da St. Michael, num dos dias mais quentes já registrados no mês de abril. Papai apertou minha mão e tentou esconder uma lágrima enquanto eu saía do carro, com o cuidado de não deixar que a bainha de meu vestido tocasse o chão sujo. O sol aquecia meus ombros enquanto eu olhava o céu azul sem nuvens e sorria.

— Muito bem, Zoe, vamos tirar uma sua com seu pai — chamou o fotógrafo, enquanto tentava ajeitar a flor já murcha na lapela de papai.

Mas enquanto ríamos e fazíamos a pose, não pude deixar de perceber que algo não parecia certo. Andrew, um dos padrinhos de Jason, andava de um lado ao outro da porta da igreja, com o telefone colado na orelha, e o rosto pálido. Quando ele se virou para nós, eu franzi o cenho.

Seus olhos se arregalaram, e ele virou a cara como se procurasse fugir.

— Você está bem? — murmurei.

Ele hesitou antes de se aproximar de nós.

— Pode nos dar... um minuto? — perguntou ele ao fotógrafo.

O homem reconheceu o olhar dele e se afastou.

— Escute, Zoe — começou Andrew, com o pescoço vermelho de nervosismo. — Houve um pequeno... contratempo.

— Um contratempo? — perguntei calmamente.

— Como assim, um contratempo? — acrescentou meu pai.

Andrew engoliu em seco.

— Ah, meu Deus, não me diga que as flores não chegaram! — falei. A cega da zeladora da igreja estava decidida a fornecê-las, e eu só conseguia imaginar uma gama berrante de hortênsias de provocar convulsões.

— Não, não é nada disso — disse Andrew, afrouxando o colarinho.

— O organista? Ah, merda... A Jess me avisou que ele era meio bebum, mas pensei...

— Não, Zoe. Pare! — disse Andrew. — Não é nada disso.

— Então, o que é?

— É... É o Jason.

Minha mente deu um branco. Tentei engolir, mas não consegui.

— Ele... sofreu um acidente?

— Não — disse Andrew. — Ele está bem. Quer dizer, ele não está bem...

— O *que é*, Andrew? — perguntei, de repente ansiosa. — Qual é o problema com Jason?

— Ele não vem — disse Andrew, baixando os olhos. — Zoe, ele não vem.

Capítulo 13

— Zoe! Acorda, Zoe!

É um pesadelo. Deve ser um pesadelo.

— Queremos café da manhã, Zoe!

Rolo na cama e coloco um travesseiro na cabeça, querendo voltar a um sonho quase erótico que envolvia Jason, um quarto de hotel luxuoso e um pacote de ovos de chocolate Cadbury.

— Zoe! *Anda!*

A voz é branda e não é particularmente alta. Mas o que lhe falta de volume é compensado pela insistência.

— Zo-eeeeeeee!

Abro um olho e vejo Ruby e Samuel parados ali, animados como dois coelhinhos num dia de primavera.

— Que horas são?

— Hmmm, não sei bem — diz Ruby, sem me convencer.

— Ontem à noite você sabia ver as horas — observo.

— Hmmm, seis e vinte e cinco — responde ela timidamente.

Solto um gemido.

— Ainda não deviam estar acordados.

— Mas a gente sempre acorda nessa hora — disse Ruby.

— Ah, Deus. — Esfrego os olhos. — Que ótima notícia.

Viro-me para eles.

— Vocês só dormiram algumas horas — lembro a eles. — Vão ficar exaustos hoje.

— Não vamos ficar ex... ex... cansados — explica Ruby, enquanto Samuel se posta atrás dela, bocejando.

— Quero Bob Esponja — pede ele, esfregando os olhos.

— Voltar pra cama nem pensar, né? — pergunto, já quase sem esperança.

— Ahã — confirmam eles.

Ao sair trôpega da cama, não posso deixar de refletir sobre ter os domingos de folga. E, embora eu saiba que acabei de chegar, parte de mim tem esperança de que isto se aplique a hoje, assim eu poderia pelo menos superar o efeito do jet lag. O problema é que o Sr. Tagarela e eu nunca discutimos esta questão.

— *Anda*, Zoe! — gritam as crianças.

Desço ao térreo de roupão, segurando a mão de Samuel e parecendo, desconfio, uma faxineira vitoriana depois de um turno de 42 horas. Entramos na cozinha, onde Ruby liga a TV — sim, tem uma na cozinha também.

— Tudo bem — digo, tentando demonstrar ânimo. — O que vocês comem normalmente no café da manhã?

— Hmmmm, ontem comemos Hershey's — responde Ruby.

— Não é uma barra de chocolate? — Eu fecho a cara.

— Ahã — diz Ruby, como se aquilo fosse a coisa mais natural do mundo.

— Ora essa, não acredito que seu pai deixaria vocês com... Não, peraí, talvez sim. Tudo bem, o que sua última babá dava a vocês no café da manhã?

— Rabanadas — declara Ruby.

Fico desanimada. Eu esperava algo mais simples, como uma tigela de cereais matinais.

— Que tal uns cereais? — pergunto, esperançosa.

— Tanto faz.

Estou prestes a procurar algum cereal matinal, quando me detenho. O que estou pensando? Esta é a oportunidade de conquistar as crianças, ainda mais depois do drama da noite anterior. É claro que eles podem comer rabanadas. É praticamente minha especialidade. E, além disso, não vou negar uma coisa que a babá anterior lhes dava.

— Tudo bem — respondo alegremente. — Já que vocês querem, vai ser rabanada.

Imagino as crianças atacando gulosamente o café da manhã que eu mesma preparei e vendo-me como uma espécie de Nigella Lawson, preparando uma atraente delícia culinária feita somente com meio pacote de farinha com fermento, alguns pistaches e uma vagem de baunilha orgânica.

Vou à geladeira para procurar o que Nigella chamaria de "ingredientes de despensa" necessários especialmente para este prato: dois ovos frescos, um pouco de manteiga e umas fatias grossas de pão, de preferência do tipo integral e orgânico, com pedaços de nozes supersaudáveis.

E então abro a geladeira.

Só o que pode ser consumido ali é alcoólico. Embora tenha vários alimentos, a maioria é tão velha que pode ser classificada como jurássica. Há um tomate semidecomposto na gaveta para legumes, vários vidros de molho com crostas na tampa na prateleira de cima e um pedaço de queijo tão duro que Roger Federer podia fazer um ace com ele.

E é claro que não tem ovos. Uma olhada rápida no cesto de pães confirma que também não temos pão, apenas um monturo amorfo de carboidratos com esporos de fungo suficientes para fornecer antibióticos a um hospital inteiro.

— Acho que vamos ter de comer cereais — informo às crianças.

Mas infelizmente, quando abro o armário, percebo que também não temos cereais.

— Bem — digo, girando o corpo. Este é o tipo de desafio que as babás como eu podem superar sem pestanejar. — Onde fica a mercearia mais próxima?

Ruby ri.

— Quer dizer *loja*, né?

Percebo que serei fonte de certa diversão por aqui.

Capítulo 14

Imaginei que Ryan curaria a ressaca dormindo enquanto eu vestia as crianças, abastecia a geladeira com metade do estoque de uma 7-Eleven do bairro e me certificava de que o lugar continuasse tão imaculado que um paciente de transtorno obsessivo-compulsivo teria comido do chão da cozinha.

Ao que parece, não. Ouço a porta bater às dez e meia, seguida por passos subindo a escada.

— É seu pai chegando? — pergunto.

— Ele foi correr — informa Ruby com orgulho. — Ele corre muito.

— Ah, certo. — Fico relutantemente impressionada. Na verdade, *maravilhada* deve ser uma palavra melhor. Depois da bebedeira de ontem, nem acredito que ele conseguiu rolar para fora da cama, que dirá sair para correr.

— Ele faz 15 quilômetros toda manhã — acrescenta Ruby.

Quinze minutos depois — tempo suficiente para eu ter satisfeito um misterioso impulso de disparar até o banheiro e passar um pouco de maquiagem e gloss —, Ryan entra na cozinha. Ele tem um cheiro deliciosamente limpo, e o cabelo está tão encharcado do banho que ainda pinga, molhando a pele de um lado de seu queixo agora barbeado. Apesar disso, ainda tem aquele estilo durão e obviamente vestiu o primeiro jeans que encontrou. Mas ele é tão glamoroso que de algum modo fico constrangida por estarmos no mesmo ambiente. Tenho um lampejo de paranoia por minha maquiagem leve estar travando uma batalha perdida contra as bolsas sob os olhos que, quando olhei no espelho mais cedo, eram de uma cor que poderia ser descrita como "roxo eclesiástico".

— *Papai!* — grita Ruby, dando um pulo e saltando pela cozinha para abraçá-lo.

— Papai, papai, papai! — Samuel faz eco, correndo para se juntar a eles.

— Ei, vocês dois, o que está havendo? — Ele lhes dá um abraço apressado, baixa os dois e pega o jornal. O mesmo em que quase tropecei quando abri a porta da frente.

— Hmmm... Bom dia — digo animadamente, mexendo no cabelo.

Ele levanta a cabeça brevemente e na fração de segundo em que me olha nos olhos, fico chocada ao ponto de minha pulsação acelerar.

— Como vai? — Ele se senta e olha a primeira página. Não é uma saudação particularmente entusiasmada.

— Quer que lhe traga um café? — pergunto, pegando o bule que acabei de preparar e levando à mesa.

— Hmmm, ótimo — murmura Ryan, começando a desmantelar as seções do jornal.

— Papai, comemos rabanada no café da manhã — diz Ruby, cheia de entusiasmo.

— Ahã.

— A Zoe fez pra gente. Ela cozinha bem à beça.

Fico inchada de orgulho — e não só porque Ruby aparentemente não se importou de eu ter queimado a dela duas vezes e estraçalhado seu pedaço ao servi-lo.

— Que bom, querida — murmura ele, virando uma página. Observo que suas mãos não são as de um trabalhador burocrático, embora eu tenha deduzido por suas conversas ao telefone no carro ontem que ele era exatamente isso. Elas são grandes e bronzeadas, mãos que trabalham arduamente. Há uma veia correndo por uma delas que eu quero percorrer com os dedos.

Ryan toma um gole do café e faz uma careta, parecida com as que se veem em concorrentes experimentando comidas nativas em episódios de *I'm a Celebrity... Get Me Out of Here!*

— Acho que vou ficar com o suco — diz ele, devolvendo-me a xícara.

Ao recebê-la, as pontas de nossos dedos se tocam, e uma corrente elétrica me toma. Respiro fundo e digo a mim mesma para me controlar.

— Então, você trabalha no centro? — pergunto, na esperança de iniciar algo que se aproxime de uma conversa.

— É — responde ele, virando a página do jornal.

— E o que você faz?

Ele leva um segundo para registrar que ainda estou falando.

— Ah, trabalho para uma multinacional de material esportivo.

— Aaaaah. — Eu aprovo com a cabeça, desejando pensar em um comentário mais inteligente. Mas não parece importar, porque acho que ele não está ouvindo.

— E então, é vendedor ou algo do gênero?

— Vice-presidente de comunicações.

— Isso é... fascinante — acrescento, embora não consiga deixar de pensar que até agora a comunicação não me pareceu ser seu forte. — Tem compromissos para hoje? Só preciso me sentar com você por dez minutos para tratar de algumas questões. Sobre a dieta das crianças, que atividades gostaria que eu fizesse com elas e, hmmmm, meus dias de folga.

— Bem, tenho de ir a um lugar hoje — responde ele, sem o menor tom de desculpas na voz. — Vou ficar fora a maior parte do dia, então por enquanto isso terá de esperar.

— Tudo bem. Se tiver cinco minutos agora...

— Não tenho — rebate ele.

Sinto-me ridiculamente magoada com a aspereza de sua resposta, e também enfurecida. É tão pouco razoável pedir alguns minutos?

— Papai — diz Ruby, insegura —, a gente pode fazer alguma coisa juntos hoje?

— Desculpe, querida, hoje não — responde ele, pelo menos parecendo se lamentar um pouco mais do que quando se dirigiu a mim.

— Mas *papai*...

— Vamos lá, nada de mas — replica ele, baixando o jornal enquanto a coloca nos joelhos. Quando ela passa o braço em torno de seu pescoço, fica parecendo bem pequena comparada ao pai.

— Mas eu fiz um cartão pra você, papai. — Ela lhe entrega uma colagem na qual passou a última meia hora grudando pedaços de macarrão seco e arroz.

— Que lindo — diz, mal olhando o cartão. Depois, como se tomado por um lampejo de culpa, ele a puxa e beija sua cabeça. Seus olhos se fecham quando respira o cheiro do cabelo da filha. Quando os abre, estão mais brandos do que antes, e seu sorriso, que devia ser luminoso e tranquilizador, é quase melancólico. — Vamos fazer alguma coisa no fim de semana que vem, eu prometo — murmura.

Então, Samuel sobe na outra perna do pai. Ryan ri e afaga seu cabelo.

— Muito bem — afirma ele por fim, desvencilhando-se das crianças e se levantando. — Eu preciso mesmo ir.

— Aaaaaaahhhh — lamenta Samuel, mas Ruby pega uma de suas mãos e a aperta, talvez para evitar que o menino tenha um ataque de birra. Percebo sua tristeza quando ela abraça o irmão.

— O que é isso, Samuel? — pergunta ela com um ar autoritário, enquanto o guia em direção à TV e a liga.

Eu me pergunto se devia convencê-la a desligar o aparelho e fazer algum desenho, mas algo me impele a correr atrás de Ryan.

Ora, eu sei que questionar a decisão de um pai não faz parte de minhas atribuições. E que Anita — minha ex-chefe na Bumblebees — teria me dado uma bronca tão grande se me visse fazendo aquilo que meus ouvidos ficariam zunindo por três semanas.

Mas algo na expressão de Ruby me leva a agir. Além disso, posso ser diplomática quando quero. Eu poderia até dar umas aulas a Kofi Annan. Só preciso pensar numa maneira sutil, mas eficaz, de sugerir que Ryan passe algum tempo com os filhos hoje.

— Er, hmmm! — digo, quando o alcanço no hall.

Ele gira, e meu coração dá cambalhotas.

— Hmm, isso que você precisa fazer hoje — começo a dizer.

— Sim?

— Bem, há algo que eu possa fazer para ajudar? Assim, talvez, você possa passar algum tempo com Ruby e Samuel. — Minha intenção é parecer prestativa e eficiente.

Ryan me encara como se tivesse algo desagradável grudado na sola dos sapatos.

— É que Ruby está, obviamente, morrendo de vontade de ficar com você neste fim de semana — continuo. — E se houver alguma coisa que eu possa fazer para que você... Bem...

Tudo bem, não saiu tão convincente quanto eu esperava.

Ryan respira fundo. O tipo de respiração profunda que os agentes de condicional dão quando sabem que um de seus regressos infringiu a lei de novo.

— Não — diz ele. — Não há.

— É só que...

— Escute aqui — rebate ele. — Você e eu vamos nos dar bem se nos entendermos.

— Tudo bem. — Já estou desejando que alguém tivesse tapado minha boca antes de eu sair da cama esta manhã.

— Você pode chegar à conclusão de que sou um mau pai...

— Ah, meu Deus, não — exclamo, sentindo o calor subindo pelo meu rosto. — Eu não pretendia insinuar...

— ... e talvez eu seja. Mas tenho de dizer que em geral é preciso bem mais de 24 horas para alguém deduzir isso.

— Mas eu...

— É assim que eu faço as coisas — continua ele. — E isso não vai mudar. Certo?

Meu pescoço e peito estão queimando como um incêndio florestal descontrolado.

— Tudo bem — consigo dizer.

— Que bom. Porque não estou empregando você para ouvir sua opinião, mas para cuidar dos meus filhos.

Cruzo os braços numa atitude desafiadora.

— Tudo bem — repito, recusando-me a desviar o rosto quando seus olhos ficam fixos nos meus.

Depois de alguns segundos, fica evidente que estamos numa competição, um encarando o outro fixamente. Mas não sou eu que vou desistir. Minha pulsação ainda está acelerada, mas agora por um motivo diferente, não por suas feições esculpidas. Um pensamento avassalador zune em minha mente: eu posso sentir pena desse cara, posso desenvolver uma obsessão irritante por sua estrutura óssea — mas não vou me deixar ser humilhada, de modo algum. Nem por ele, nem por ninguém.

— Pode fazer isso, não pode? — continua Ryan, ainda me fuzilando com os olhos. — Pode cuidar de meus filhos?

— É claro que sim — respondo gelidamente, com minhas pupilas se dilatando enquanto me recuso a me mexer.

— Que bom. Agora, sugiro que volte para a cozinha, beba um pouco de água e se sente. — Ele me dá as costas e abre a porta. — Porque você parece meio estressada.

Capítulo 15

Li em algum lugar que a privação de sono pode ser usada como forma de tortura. Bem, abram alas para a KGB, porque meu primeiro fim de semana na casa dos Millers está se provando tão terrível, que eu devo estar parecendo uma narcoléptica crônica.

Meus olhos ficam se fechando espontaneamente porque eu ainda estou sob o efeito do jet lag e, apesar de minha determinação, levar as crianças para a cama num horário decente não está se mostrando tão simples como eu esperava.

No caso de Samuel, o motivo foi um cochilo que ele insistiu em tirar à tarde; algo que realmente não deve acontecer na idade dele. Não apenas isso, mas foi tão fácil acordá-lo quanto a uma múmia egípcia — e o que devia ser um sono curto se estendeu por quase três horas.

Enquanto isso, Ruby, que *definitivamente* não devia dormir de dia com a idade que tem, tirou uma soneca no sofá enquanto eu preparava o almoço e só se mexeu quando eu ameacei comer seus Reece's Peanut Butter Cups.

Graças a tudo isso, às oito da noite (o novo horário de ir para a cama), novamente eu vivi a rotina de Jekyll e Hyde.

"Mas e quanto ao papai?", você deve estar pensando. "Ele não estava em casa a essa hora?"

Embora esta noite ele tenha *mesmo* nos agraciado com sua presença em casa, passou a maior parte do tempo cravado na sala de estar, diante de uma maratona de *Família Soprano*, uma montanha de documentos e seu laptop.

Quando *finalmente* coloco as crianças para dormir, decido que agora é a hora de ter aquela conversa com ele: uma conversa sobre uma infinidade de questões que ainda não foram abordadas, as regras, a leitura de Ruby, os hábitos higiênicos de Samuel (que, pelo que ficou claro, são irregulares) e meu dia de folga.

Abro a porta da sala. Ryan ainda está labutando atentamente com a papelada.

— Hmrnm, oi — falo. Ele não se vira para eu poder examinar seu rosto e ter certeza se me ouviu ou não. Sou tomada novamente por uma constatação arrebatadora de como suas feições são sedutoras e o sangue sobe por meu pescoço. — Será que agora é uma boa hora para conversarmos sobre algumas coisas? — pergunto, um pouco mais alto.

Ryan levanta a cabeça por um instante, mas só para testemunhar Tony Soprano colocando as mãos no pescoço de alguém.

— Na verdade, não — responde ele.

Fico desanimada.

— Bem — insisto —, sei que estará no trabalho amanhã, então não haverá uma oportunidade, e eu realmente preciso discutir algumas coisas com você.

— Olha. — Ele suspira. — Eu tenho uma pilha de trabalho para fazer hoje. Isto é *realmente* urgente, ou podemos deixar para amanhã à noite?

— Bem... "Urgente" não é a palavra que eu usaria. — Fui obrigada a admitir. — Não é um caso de vida ou morte, mas existem algumas questões práticas que...

— Muito bem, se não é caso de vida ou morte, vamos fazer isso amanhã.

Ele pega uma pasta no chão e a arrasta para o sofá a seu lado.

Claramente, eu não tenho alternativa.

Como não me mexo, ele lança um olhar rápido de quem diz: "Ainda está parada aí por algum motivo?"

— Então vou indo — digo com desânimo. Estou começando a ficar bem deprimida com essa história toda.

Quando as crianças e eu acordamos na manhã seguinte, meu primeiro pensamento é se eu realmente devo exigir uma posição de Ryan ou apenas relaxar. Minha resposta vem na forma de um Post-it colado na mesa da cozinha. A letra é surpreendentemente elegante. "Tarde essa noite: não espere acordada. R."

Vamos relaxar, então.

Naquela mesma manhã, as crianças e eu nos aventuramos até a casa de Trudie e logo somos abrigados na vasta cozinha.

O cômodo, como o resto da casa, é lindo: decorado em estilo tradicional moderno com armários Shaker azul casca de ovo, uma ilha explodindo de utensílios cintilantes e um ou outro cesto artesanal, como se a Chapeuzinho Vermelho tivesse passado ali a caminho da casa da vovó.

O propósito da visita é uma "sessão para brincar": um exercício que pretende ampliar as experiências de vida das crianças, permitindo que elas interajam com outras em um ambiente seguro. E, é claro, oferecer às babás a oportunidade para uma boa fofoca.

Hoje temos como companhia Amber, outra babá britânica que aportou em Hope Falls e com quem Trudie se juntou há algumas semanas. Amber é uma loura bonita, com *dreadlocks* que Bob Marley teria invejado, um piercing em formato de folha de *Cannabis* no nariz, e tantas pulseiras que era de admirar que não tivesse o bíceps de um arremessador de pesos russo. Sua aparência geral é de uma garota criada por uma família de militantes abraçadores de árvores numa dieta de reggae e brownies de maconha. O sotaque, porém, não podia ser mais refinado do que se viesse com certificado da Cheltenham Ladies' College.

— Estou pensando em fazer outra tatuagem — diz ela, toda animada, enquanto Trudie prepara o almoço e eu supervisiono as crianças jogarem Snaps. — Quer dizer, gosto da que eu tenho, mas é verdade o que dizem sobre tatuagens serem viciantes.

— O que está pensando em fazer? — pergunto.

— Bem — começa ela, jogando os *dreadlocks* para trás e se recostando no balcão de café da manhã —, andei lendo muito ultimamente sobre as guerreiras do povo Skrang Iban, de Bornéu.

— As o quê? — pergunta Trudie.

— Skrang Iban — responde ela. — Além de realizarem as tarefas dos guerreiros e tecerem seus mantos *pua kumbu* sagrados, elas foram pioneiras na arte da tatuagem. O principal objetivo dos Ibans era proporcionar equilíbrio e harmonia ao cosmos, e é *aí* que estou neste momento da minha vida. Pensei em um desenho que imita uma das tatuagens delas.

— Belê — diz Trudie. — O que está escrito naquela que já tem?

Amber puxa a manga de sua blusa *baba* e examina o símbolo no alto do braço.

— É *kanji* tibetano.

— Sei — diz Trudie. — Mas o que diz aí?

— Bem, hmmm, são algumas palavras de uma filosofia que antigamente significava muito para mim.

— Sei, mas qual é a tradução?

— Bem, hmmm, "mente, alma e espírito são minha força".

— Ah, tá — diz Trudie. — Bonito.

— Pelo menos — Amber tosse —, é o que deveria dizer.

Trudie franze a testa de maneira inquisitiva.

— Há um ano, descobri que talvez não diga exatamente isso.

— Talvez não diga isso? — repete Trudie.

— Hmmm... Não.

— Então, o que diz? — pergunta Trudie, esfregando o nariz.

— Bem, eu não tive motivos para questionar o cara que fez minha tatoo quando ele disse que era budista. Quer dizer, isso pode acontecer com qualquer um, é sério, então antes de eu...

— Mas o que é que diz? — insiste Trudie.

Amber mexe num *dreadlock*, na defensiva.

— "Pilhas não inclusas."

Capítulo 16

Já percebi que Trudie não é o que se pode chamar de adepta das regras de ouro da nutrição, defendidas nos manuais para babás. Na verdade, a refeição que ela nos serviu hoje é suficiente para causar uma insuficiência cardíaca em Jamie Oliver.

O banquete começou com uma montanha de pão anêmico coberto com uma gororoba indefinível que Trudie anuncia ser "spray de queijo", um ingrediente que ela defende como uma das maiores invenções da culinária americana. Estão empilhados em pratos transbordando de batatas fritas, donuts, M&Ms e outros artigos tão carregados de gordura saturada que só de olhar para eles a celulite começa a explodir.

Não admira que nenhuma das crianças esteja reclamando.

Animadamente, os gêmeos de Trudie começam a detonar os arranha-céus em seus pratos. Brett, o pupilo de 4 anos de Amber, fica um tanto alarmado no início, mas uma mordida num nacho confirma que ele está preparadíssimo para esquecer seu habitual almoço rico em fibras.

— Como foi que você acabou se tornando babá? — pergunto a Amber.

— *Au pair* — me corrige ela. — É só um trabalho temporário de verão. Estive viajando pela Índia e voltei ao Reino

Unido para me candidatar a um emprego ensinando aromaterapia a ex-viciados em drogas, mas não consegui. Minha irmã veio para cá no ano passado como *au pair* e gostou, então achei que devia experimentar.

— E você gosta?

— Sim, gosto mesmo. Quer dizer, não vou ficar nisso por muito tempo, e não sou nem de perto tão qualificada quanto você, mas...

Andrew solta um arroto — tão alto que nunca se imaginaria que ele só mede 1m.

— Benza Deus, acho que ele não está acostumado a esse tipo de comida — diz Trudie, atirando um punhado de M&Ms na boca. — A mãe deles gosta que eu os alimente com tudo muito saudável... E em geral eu faço isso. Apesar do que provoca no conteúdo das fraldas deles.

— Então ela não aprovaria tudo isso? — pergunto.

— Bem — Trudie dá de ombros com desdém —, eu pensei em fazer um almoço especial hoje, já que vocês vinham aqui. Como uma festa. Quer dizer, ninguém se importaria, não é?

— Acho que não — concordo. — Mas se déssemos isso a eles todo dia, alguns pais nos entregariam ao serviço social.

Uma porta bate. O rosto de Trudie fica tão assustado a ponto de parecer que ela estava cara a cara com o King Kong.

— Droga! É a Barbara! — sibila ela. — Rápido! Livrem-se de parte dessa comida, por favor! Andem logo... Rápido.

— Mas pensei que você tivesse dito que não havia problema em dar uma festa — falei.

— Não é uma teoria que eu queira testar, meu bem. — Ela dispara para a geladeira. — Agora... me ajude!

Tem alguma coisa no modo como ela dá essa ordem que faz com que Amber e eu entremos em pânico.

Largo meu donut e enfio a comida na lixeira mais próxima, para o assombro das crianças.

— Verde nos pratos das crianças... Pega! — Trudie joga um saco de alface pré-lavada a Amber, que se atrapalha para pegar.

Nós três viramos um esquadrão de operações especiais que acabou de descer de paraquedas.

— Zoe... Umas maçãs. Rápido! — ladra Trudie, convincente como comandante em chefe.

Pego umas frutas ao acaso na tigela grande que está no meio da mesa, e rapidamente jogo uma em cada um dos pratos das crianças. Trudie está enfiando um punhado de batatas do prato de Eamonn na própria boca, quando a porta da cozinha se abre.

— Sra. K! Oiê! Chegou em casa cedo! — tagarela Trudie, enquanto uma batata Lays, sabor churrasco, escapa da lateral de sua boca.

Barbara King entra no cômodo como uma imperatriz romana avaliando seu reinado. Está vestindo um terninho de grife, sapatos de camurça de salto alto e carrega uma bolsa cara. O cabelo escuro e curto é sedoso, e a maquiagem é tão perfeita que se pensaria que foi feita pelo próprio Max Factor.

— Por que tem um limão no prato desta criança? — pergunta ela.

Droga. Erro meu.

— Hmmm, é um jogo britânico tradicional — respondo. — Se chama "Passe o Limão". Sempre jogávamos na creche onde eu trabalhava. Pegue, Ruby, você é a próxima.

Ruby pega o limão e me olha como se eu fosse demente. Depois dá de ombros e o passa para Samuel.

— Meu nome é Zoe — digo, estendendo a mão.

Barbara a aperta e franze o cenho, ainda decidindo o que pensa sobre o meu joguinho. Na verdade, ela *quase* franze a testa. Ao que parece, Barbara se submeteu a aplicações de Botox suficientes para paralisar a cara de um *Tyrannosaurus rex*, por isso o movimento dela mais parece um tique nervoso.

— Então, onde estão os meus bebês? — exclama ela. — Mamãe ia para uma reunião e pensou em dar uma paradinha e fazer uma surpresa para vocês!

Os gêmeos pulam de suas cadeiras e disparam para ela de braços abertos, as mãos e os rostos cobertos de tanto queijo artificial e chocolate que mal podiam separar os dedos.

— Aaaaah, opa, esperem um minuto! — grita Trudie. — Me deixem limpar esse *suco de pera* de suas mãos.

Ela pega um lenço umedecido e começa a limpar Andrew, mas Eamonn é rápido demais. Ao alcançar a mãe, ela se retrai.

— O que, em nome de Deus, você andou comendo? — pergunta ela num tom exigente, com tal pavor que se pensaria haver um camundongo vivo pendurado na boca da criança.

— Aaaaah, Eamonn, você está todo grudento — observa Trudie, cheia de inocência, enquanto se apressa em remover os restos ofensivos de suas mãos. — Esse suco é mesmo um pesadelo, não é?

— Trudie — diz Barbara, severamente, olhando a mesa da cozinha. — Você se esqueceu das minhas regras sobre o que as crianças podem comer? Sobre elas comerem muitas frutas e vegetais?

— Claro que não esqueci, Sra. K! — exclama Trudie, sacudindo uma folha murcha de alface para provar o que dizia. — Cinco vezes ao dia! Não esqueci!

— Sete vezes, nesta casa — corrige Barbara, limpando a boca de Andrew com um lenço imaculado que retirou de algum lugar da bolsa. — E não quero nenhuma gordura trans. Está bem? E açúcar... De modo algum sirva mais de dez por cento da ingestão diária de calorias. Entendeu?

— Não se preocupe — diz Trudie, colocando-se estrategicamente na frente do prato de brownies. — Eu não penso em *nada* que não seja a saúde das artérias deles, Sra. K.

— Hmmm — murmura Barbara, claramente em dúvida. — E você não está lhes dando tônica, está? — Tônica é como os bostonianos chamam os refrigerantes.

— Tônica? Rá! Até parece! — Trudie ri.

Barbara endireita o corpo e olha a babá com desconfiança.

— Que bom. Porque com o índice de doenças cardíacas atual, acredito piamente que deixar de dar uma alimentação equilibrada às crianças é uma grande crueldade. Metade das crianças em idade pré-escolar neste país sofre de constipação crônica.

Trudie assente, obediente.

— Bem — continua Barbara —, vou deixar você com eles. Agora venham os dois dar um abração na mamãe! — Ela se curva para os gêmeos, fechando os olhos com força e roçando o rosto em seus cabelos.

— *Eu* tenho uma tônica — anuncia Ruby, deixando a situação ainda mais complicada quando ergue uma lata de Coca-Cola.

Os olhos de Barbara se abrem num átimo.

— Ah — exclamo, tirando a lata da mão dela —, é só para você, querida. — Viro-me para Barbara, sentindo a necessidade de explicar. — As outras crianças tomaram uma coisa diferente — digo a ela. — O pai de Ruby não se importa de ela tomar refrigerantes.

Ela franze os lábios.

— Então Ryan Miller deixa que a filhinha dele beba Coca Cola o dia todo. Por que isso não me surpreende?

— Ah, bem, eu não diria *o dia todo* — murmuro, perguntando-me por que estou tentando defendê-lo. — É só...

— Não se preocupe, meu bem — diz Barbara. — Se está morando com Ryan Miller, esta é a menor de suas preocupações, pode acreditar.

Capítulo 17

As chaves da garagem aparentemente estão na gaveta do hall. O problema é que tem de tudo ali. Decidida a pegar as bicicletas das crianças para fazermos alguma coisa ativa e divertida esta tarde, passo dez minutos mexendo na gaveta antes de desistir e despejar seu conteúdo no chão.

As crianças acham que revirar tudo é uma diversão enorme, pelo menos nos primeiros cinco minutos. Não fico tão entusiasmada, em grande parte porque tenho coisas melhores para fazer do que desembaraçar carregadores de telefone de bolas de massa de modelar, curativos velhos, uma fita métrica, uma tartelette meio comida e vários outros detritos.

Quando localizo a chave, reprimo meu instinto de arrumar aquele lixo e o enfio de volta na gaveta. Estou prestes a chamar as crianças para dizer que estamos a um passo de pegar as bicicletas quando vejo uma folha de papel um tanto intrigante. Meio amarrotada, mas relativamente incólume, se comparada aos outros itens da gaveta. Eu a abro e sou incapaz de deixar de ler.

Querido Ryan,

Tenho tantos pensamentos conflitantes sobre você nesse momento, que mal sei por onde começar. Assim, acho que irei direto ao assunto. Eu te amo. Pronto, eu disse. Quer você goste ou não, a situação é essa. E nós dois temos de lidar com ela, de uma maneira ou de outra.

Pode parecer previsível, mas sei que te amei no minuto em que o conheci. Não foi só sua aparência que me conquistou. Foi sua alma, sua mente — uma mente que a maioria das mulheres nem tem como compreender. Instintivamente, eu sabia que por trás da fachada impenetrável havia um homem com muito para dar. Creio ter alcançado e visto o verdadeiro Ryan — e agora estou decidida a ver mais dele.

Eu preciso lhe dizer que o fato de amar você em segredo por tanto tempo, antes que alguma coisa acontecesse entre nós, tornou aquele momento inteiramente perfeito. Sei que você já deve ter percebido que sou uma mulher que aspira à perfeição, e é esse o motivo pelo qual não quero deixar isso de lado. A primeira noite que passamos juntos não foi só especial, foi linda. Na verdade, mudou minha vida. E não deixarei que você jogue nossa história fora, como uma pizza dormida.

Agora que estou abrindo meu coração para você, Ryan, é hora de falar com franqueza — então, me perdoe desde já por ser assim, mas meu pedido é esse: quero que reconsidere o que disse sobre não nos vermos de novo. Sei que você irá concordar. É um pedido simples, mas que pode mudar a nossa vida para melhor.

Sua para sempre,

Julieta

Bjs

— Zoe, ainda não achou? — pergunta Ruby com impaciência.

— Lá vamos nós! — falo, sacudindo a chave diante dela.

— Que legal! Vem, Samuel... Vamos apostar corrida até a garagem! — grita ela, pegando a mão do irmão e deliberadamente deixando que ele assuma a dianteira.

Dobro a carta e a enfio no fundo da gaveta, que fecho com firmeza. Depois, sigo as crianças para fora e procuro me concentrar no que realmente *devia* estar me concentrando.

Capítulo 18

Para: Zoemmoore@hotnet.co.uk
De: Helen@hmore.mailserve.co.uk

Querida Zoe,
Como são as coisas nos Estados Unidos? Tenho assistido a muita TV ultimamente e pensado em você e como deve ser a vida aí. Outra noite, tive de mudar de canal quando via *Cagney and Lacey* — sabe como é quando sua imaginação começa a correr solta.

Desy insiste comigo que *Cagney and Lacey* é uma série ambientada numa cidade completamente diferente, foi produzida há uns vinte anos, é baseada na vida de policiais de Nova York, e é inteiramente fictícia. Como se eu não soubesse de tudo isso! Francamente, às vezes ele é muito arrogante. Ainda bem que seu pai sugeriu que eu visse um pouco da temporada de *Happy Days* que foi transmitida por satélite na semana passada. Já me sinto muito melhor com toda essa história.

Afinal, preciso lhe contar o que me aconteceu outro dia. Passei no Sainsbury's para comprar os ingredientes para dar um toque especial numa receita de Delia, que pensei em experimentar — *satsuma crumble* —, e estava na fila quando de repente fiquei muito tonta. Quase desmaiei. Bem, não perdi exatamente a consciência nem nada disso, mas foi o bastante para precisar me sentar. Um funcionário me trouxe um copo d'água. Eu começava a me sentir um pouco melhor quando levantei a cabeça e vi que sua ex-chefe da creche — Anita, não é? — estava do meu lado.

Ela falava sem parar. Dizia que eu devia procurar um médico porque isso já acontecera com funcionárias dela no passado e cuidado nunca é demais (que hipocondríaca eu seria se corresse para o médico toda vez que ficasse meio enjoada!). A questão é que quando consegui dizer alguma coisa, finalmente fiz com que ela me falasse da menina que está substituindo você no emprego.

Lendo nas entrelinhas, ela não tem, nem de longe, a sua competência. Anita praticamente disse isso. E que ela aceitaria você de volta num átimo. Só pensei em falar nisso para o caso de você estar pensando em voltar para a Inglaterra.

Sei que seu pai pensa que você precisa tocar sua vida em um ritmo próprio, mas ele não a entende como eu, Zoe. Nunca entendeu. E, de qualquer maneira, não faz mal algum só mostrar que você tem outras opções, não é? Então, se estiver pensando em voltar, seu antigo quarto ainda está aqui. Não se esqueça disso, está bem?

Só para que você saiba, as pessoas pararam de fofocar. Bem, pelo menos comigo. Quer dizer, eu vi Judy Stephenson no Andrew Herbert outro dia, quando fui depilar o buço e ela fez um comentário maldoso — mas ela não conta. Eu sempre disse que ela era uma víbora. (E isso antes mesmo de você me chamar atenção para o cabelo dela. Eu juro, aquelas raízes estavam tão horrorosas que fiquei surpresa de ela não ser confundida com uma prostituta.)

Além do que contei, não tenho muitas novidades para você. Sua prima Kylie foi escolhida para a peça da escola. É *O mágico de Oz,* e ela faz uma galinha. Não me lembro de nenhuma galinha na história, mas, como disse Desy, nem todo mundo pode ser Judy Garland. Além disso, já ouvi aquela coitadinha cantando e acho que ela tem sorte por ter conseguido um papel de galinácea.

O clima está terrível. Já neva há dias. Onde está o tal aquecimento global que tanto nos prometem? É isso que quero saber.

Com amor,
Mamãe
Bjs

Capítulo 19

Embora eu esteja feliz vivendo longe de Liverpool, minhas primeiras semanas nos Estados Unidos passaram devagar. Me acostumar com as coisas tem levado mais tempo do que eu esperava. Não ter meu próprio espaço. Não ter meus amigos e minha família perto de mim. Estar quase permanentemente trabalhando.

Acima de tudo, porém, fico chocada com o pouco que essa mudança afetou meus sentimentos por Jason. Estou a milhares de quilômetros de minha antiga vida, mas ele está sempre em meus pensamentos. Tudo bem, não estou chorando como fiz logo depois do dia de nosso casamento. Minhas emoções não estão tão cruas quanto na época, mas ainda abrigo uma dor surda e horrível que nada pode mudar.

Ainda tenho raiva do que ele fez comigo, com nós dois. Mas não é esse o sentimento que predomina. Mais do que qualquer outra coisa, sinto falta dele. Desesperadamente. Anseio tanto por seus braços me apertando, pela alegria do abraço que estava certa de que sempre teria.

Em algumas manhãs eu acordo, sem me lembrar de onde estou, e rolo na cama, esperando encontrá-lo ali. Quando percebo que estou sozinha numa cama de solteiro, a sensação me atinge como uma tonelada de tijolos.

Também me vejo — com mais frequência do que posso acreditar — vagando num mundo de sonhos no meio do dia, inebriada por lembranças de eventos importantes de nossa relação. Como no dia em que o levei para conhecer meus pais, tantos anos atrás. Fiquei comovida com o esforço que ele fez para impressionar minha mãe, levando o buquê de rosas amarelas mais impressionante que já vi. Ele fingiu gostar da comida dela, embora ela tenha entendido errado a receita da *salsa verde*. O resultado continha aproximadamente sete vezes mais anchovas do que Rick Stein recomendaria. Entre isso e as batatas assadas — tão duras que uma obturação do dente do meu pai se soltou —, é um espanto que ele tenha voltado lá.

Só que ele foi maravilhoso com meu pai e com minha mãe. Eu o vi colocar seu charme em ação a ponto de deixá-los encantados por semanas, por tudo, de sua opinião fascinante sobre matérias recentes do *This Morning* (mamãe) a sua compreensão impressionante da situação da arbitragem de futebol no campeonato nacional da época (papai).

Jason causou a mesma reação em meus amigos. Dava para ver a mente deles girando quando o conheceram, perguntando-se se ele não era bonito demais para ser verdade — o tipo de cara que gosta mais de si mesmo do que de qualquer mulher, cuja única relação importante é com o espelho do banheiro.

Eles logo descobriram, como eu, que, apesar da estampa de garoto bonito, Jason era genuinamente legal.

Pelo menos, deixei todas as fotos dele em casa quando eu vim para cá. A ideia era de que, com o tempo, eu seria incapaz de visualizar como ele era.

A teoria às vezes funciona. De vez em quando, acho impossível evocar uma imagem exata dele e fico com um contorno nebuloso e frustrante. Em outras, seu rosto é claro como água.

De qualquer forma, isso não importa, porque o que eu amei — e ainda amo — não era a aparência de Jason. Era o pacote completo. Um pacote que eu claramente perdi.

Capítulo 20

— Ah, pelamordedeus, será que alguém pode resolver isso pelo menos uma vez na vida?

Não levei muito tempo para entender que Ryan não *tem* bom humor. Ele só tem mau humor, um humor horroroso, ou humor algum. Hoje, seu temperamento está tão distante de bom que, se ele fosse um cachorro, alguém o sacrificaria.

— Diga, por favor — troveja ele ao celular —, que *babaca* da contabilidade não conseguiu processar essa fatura quando tiveram 14 dias inteiros para fazer isso? Qual é *exatamente* a dificuldade disso?

Não ouço como a pessoa do outro lado tenta justificar a idiotice horrenda que o enfureceu tanto, mas posso ver que ele não está mais perto de começar a cantar uma versão estimulante de "I'm Walking on Sunshine".

Nesta manhã, ele está com uma camiseta verde surrada que tem um logo desbotado na frente. Sua calça cargo está bem baixa, como se a cintura fosse um pouco maior quando ele a comprou. Ele não fez a barba, coisa que só faz quando o trabalho exige. Chego à conclusão de que ele é mais sexy com a barba por fazer.

— Não quero desculpas — interrompe ele, andando de um lado a outro da cozinha —, quero uma transferência de dinheiro. Para a Wolfe and Co. Agora. *Hoje*. — Ele desliga, solta um suspiro exasperado e marcha para a cafeteira, a meu lado.

Ele está com aquele cheiro recém-saído-do-banho de novo, e eu me vejo respirando fundo e disfarçadamente. Uma onda de calor toma meu corpo, depois se concentra na área da virilha. Mordo o lábio. Graças a Deus, ninguém tem consciência disso além de mim.

— Onde... está... o... café? — pergunta Ryan.

A resposta a esta pergunta é que ele bebeu todo o bule que fiz — para substituir sua própria tentativa desastrosa — cerca de 45 minutos atrás. Em vez de dizer isso, eu me viro para ele; sou uma visão de compostura calma comparada com o comportamento termonuclear dele. É uma habilidade que dominei desde que vim morar com Ryan.

— Quer que eu prepare um para você? — ofereço.

— Eu preferia que já estivesse pronto, uma vez que *eu* fiz o café hoje de manhã. — Sua sobrancelha se retorce. — Mas como não tem, sim, por favor.

Entendo a implicação acusativa desta declaração.

— Tudo bem. — Eu sorrio. — É um prazer substituir o que *eu* fiz esta manhã.

Ele está prestes a andar de um lado a outro novamente quando para.

— Acho que vai descobrir que *eu* fiz café esta manhã.

— Sim, claro — concordo, na esperança de meu tom ser brando o suficiente para que eu me safe dessa —, mas você pode ter colocado a quantidade errada de pó, porque não estava muito bom. Então o refiz.

— Você o refez?

Concordo com a cabeça.

— Por que não estava muito bom?

Concordo novamente.

— Ora — diz ele, cruzando os braços —, isso não será necessário no futuro.

Olho nos olhos dele. A competição olho no olho começa de novo.

— Muito bem — aprovo.

— Porque o *meu* café estava bom — explica ele.

Eu trinco os dentes e me recuso a desviar o olhar.

— Não estava.

— Eu faço um café ótimo — diz ele, num tom desafiador.

— Tenho certeza de que faz. Mas este café *em particular* não estava ótimo.

— Sei que estava.

— Não estava mesmo.

— Estava — insiste ele. — Estava sim.

Fico tentada a dizer que aquele café mal servia para consumo humano quando Ruby aparece e interrompe a conversa — o que deve ser bom.

— Papai, fiz um desenho de você e da Zoe — anuncia ela, puxando a camiseta dele. Olho para ela e sorrio.

— Agora não, querida. Papai está tentando terminar um trabalho — responde Ryan. Quando me viro, percebo que ele continua me encarando, e coro intensamente.

Felizmente ele se afasta, martelando outro número no celular enquanto as crianças e eu olhamos.

— Jim, é o Ryan — começa ele. — Aquela fatura de que ainda não cuidamos... Olha, nem *pense* em vir com essa história pra cima de mim de novo.

Ryan continua a andar pela cozinha enquanto eu faço mais café e, assim que me asseguro de que meu rosto e pescoço voltaram à cor normal, coloco a xícara em sua mão.

Ele me olha nos olhos e murmura “obrigado” de um jeito que só pode ser interpretado como sarcástico.

— Escuta, me liga depois... no celular, não no trabalho — continua ele. — O quê? Ah, sim, hoje estou trabalhando em casa. Problemas com o ar-condicionado do escritório... Nem pergunte.

Enquanto Ryan marcha para seu escritório como um soldado imperial indo para a Millennium Falcon, eu digo a Ruby:

— Posso ver seu desenho?

Timidamente, ela o estende.

— Ah, puxa vida! É lindo! Gostei do vestido que fez para mim. Tem muito mais estilo do que os meus jeans, hein?

Ruby ri.

— Tá parecido com você e o papai?

No desenho, meu cabelo é tão crespo que pareço um cruzamento da Little Miss Muffet com um poodle.

— Ficou igualzinho — respondo.

Mas tem alguma coisa estranha no desenho de Ruby; Ryan e eu estamos de mãos dadas. O que é improvável, uma vez que ele e eu parecemos incapazes de ficar na mesma sala sem que a conversa se transforme num debate acalorado.

Não é que eu não esteja tentando. Anteontem, Ryan me disse: “Apenas jogue as minhas roupas com as das crianças, tá legal?” Embora minha agência especifique que a única roupa que as babás devem lavar é a das crianças, eu não quero ganhar a reputação de pedante, então acabei fazendo duas cargas e meia de roupas para ele. Acho que este homem não tinha uma cueca lavada desde o Natal.

E o que recebi em troca? Não estou dizendo que esperava chocolates, mas um simples e comum “obrigado” teria sido legal. Em vez disso, Ryan pegou suas roupas recém-lavadas sem dizer nada e as levou para o quarto.

Depois foi o telefonema da noite. As crianças estavam aprontando novamente antes de dormir — agora eu as coloco na cama às nove, depois de boas duas horas de período de relaxamento. E Ruby se recusava a chegar perto do quarto se antes eu não a deixasse telefonar para o pai para dar boa-noite.

Fiz o telefonema, deixei que ela lhe desse um "beijo" de boa-noite e estava prestes a desligar quando ele pediu para falar comigo.

— As crianças não deviam estar acordadas a essa hora da noite — ele me informou. — Eu estava falando com um dos caras do trabalho, e os filhos dele dormem às sete e meia.

— Eu sei! — Eu fiquei tomada de alívio por ele finalmente estar preparado para reconhecer o que era minha batalha por semanas. — Tem sido tão difícil lidar com isso. Se houver alguma coisa que você possa fazer para ajudar, eu...

— Bem, você consegue solucionar isso? — disse ele.

— Solucionar o quê?

— Tem razão. Isso não pode ser bom para eles.

"*Se* você tivesse dito isso antes!", quase gritei, mas me contive.

— É claro — falei friamente. — Tudo bem.

Baixei o telefone com o coração aos saltos de frustração. Ryan Miller pode ter sido emocionalmente triturado, mas isso não quer dizer que eu vá deixar que ele me atropele.

— O que foi? — perguntou Ruby. — Você não está doente, está?

— Não, querida. — Eu sorrio, apertando sua mão. A não ser que uma forte dor no traseiro conte.

Capítulo 21

O BlackBerry de Ryan tem um toque agudo tão irritante que é um assombro que toda a população canina do bairro não apareça na nossa porta a cada vez que ele toca. Como o som insano fica cada vez mais frenético, eu o pego na mesa da cozinha e corro para o escritório. Para de tocar quando chego à porta. A cara ameaçadora de Ryan está enterrada em seu laptop, e ele digita com tanta força e rapidez que parece sujeito a quebrar alguns dedos a qualquer momento.

Entrego o BlackBerry a ele.

— Você perdeu uma ligação.

Ele pega o aparelho.

— Ahã — grunhe, o que, para minha própria sanidade, prefiro interpretar como um agradecimento. Estou prestes a sair quando ele diz: — Sobre a roupa suja.

Fico pasma. Eu não o julguei mal, julguei? Será que realmente pode haver um Ryan Miller que não seja tão mau e vá deixar que alguém lave quase três cargas de roupa suja para ele sem dizer "obrigado"?

— Não se preocupe com isso — digo, sentindo-me estranhamente extasiada. — Era muita coisa, mas não me importo de fazer...

— Você manchou uma de minhas camisas de cor-de-rosa.

— O quê?

— Uma de minhas camisas — continua ele monotonamente — agora é cor-de-rosa.

Respiro fundo. Ryan tem certa razão. Ele agora tem uma camisa cor-de-rosa. Porém, o fato — o fato *crucial* — é que era cor-de-rosa quando entrou na máquina. Como posso ter tanta certeza? Porque era cor-de-rosa a camisa que eu me lembro de pensar que parecia a roupa perfeita para um tributo a Barbara Cartland.

— Tenho certeza de que já era cor-de-rosa — digo a ele. — Eu me lembro da camisa de que está falando e...

— Está me dizendo que não conheço minhas próprias camisas? — diz ele.

É exatamente o que estou querendo dizer.

— Bem, só estou observando que...

— Olha, não vou demitir você por isso, só estou lhe informando — continua ele — para que não aconteça da próxima vez.

Nem devia haver uma porcaria de primeira vez, que dirá a próxima!

— Mas... Mas... Mas... — Estou fazendo uma boa imitação de um aparador de grama que não pega.

— Deixa pra lá — diz ele. — Não quero fazer um alarde disso. Só mencionei o assunto.

— Da próxima vez? — Minha voz destila ironia.

— É — responde ele, aparentemente sem perceber.

Ele enterra a cabeça no laptop de novo.

Estou prestes a sair rapidamente quando vejo uma das antiguidades numa mesa lateral. A casa é cheia de antiguidades, algumas convencionais, outras menos. Esta recai na última categoria: uma imitação de arco e flecha. O arco só tem uns 70 centímetros, e a ponta da flecha está enrolada com uma corda vermelha desbotada, para que a parte afiada não fique exposta.

Não sei o que dá em mim para que eu o pegue agora, pois passei por aquele objeto tantas vezes e nunca prestei muita atenção nele. Mas, com Ryan de costas para mim, coloco a flecha no arco, mirando em sua cabeça, e reprimo o riso. Evidentemente não vou soltar. De qualquer forma, da última vez que pratiquei arco e flecha no Girl Guides, a única coisa que acertei foi meu dedão do pé, porque eu não parava de baixar a flecha.

Mas a perfeição da situação — o arco retesado contra meu rosto e Ryan distraído de minha brincadeirinha — é simplesmente *deliciosa.*

— *Zo-eeee! O que está fazendo?*

Ofegante, eu me viro e dou de cara com o olhar horrorizado de Ruby. Na fração de segundo em que procuro por uma desculpa, minha atenção é desviada de novo.

— *Aaaaaarrrg!*

— O que foi? — Eu me volto para Ryan, com o coração batendo na garganta.

Ele está curvado para a frente, gemendo, com ambas as mãos no olho direito.

— Ah, meu Deus... Voou alguma coisa no seu olho? — pergunto, otimista.

— Sim... A merda de uma flecha de 1 metro!

— Ah, meu Deus! Não pode ser! Minha pontaria é péssima!

— Bem, o fato de que está em forma hoje não faz com que eu me sinta muito melhor.

— Tem certeza de que fui eu? — Tá legal, pode ser uma reação de negação minha.

— Tenho. Olhe!

— *Arrrrrrgh!* — gritam Ruby e Samuel, que agora se juntou a nós para saber de que se tratava aquela comoção.

O olho de Ryan inchou até ficar do tamanho de um ovo de avestruz e com cor de sopa de beterraba encorpada.

Muito bem. Nada de pânico, Zoe. Faça o que for, mas não entre em pânico. Esta é a oportunidade perfeita para impressionar a todos com sua resposta rápida e dinâmica em situações de emergência.

— Imagino que não queria outra xícara de café, não é mesmo?

Capítulo 22

O incidente do arco e flecha não fez exatamente maravilhas por meu relacionamento profissional com Ryan. Na realidade, a única coisa positiva que aconteceu é que ele não me demitiu. Fiquei surpresa, devo dizer, mas o sentimento mais forte foi o de alívio. Ser demitida por atirar na cabeça do chefe não cai bem no currículo de ninguém.

Porém, graças ao visual de um lutador depois de três rounds com Mike Tyson, Ryan teve de cancelar uma semana de reuniões, o que lhe deu ainda mais motivos para pisar duro pela casa como um urso rabugento de ressaca.

E já que mencionei o assunto, comecei a perceber recentemente o quanto Ryan bebe. Confesso que isso pode ser uma comparação com Jason, que nunca bebia em casa. Como eu, ele preferia poupar suas cotas recomendadas de álcool e usá-las todas de uma vez numa noite de sábado, antes de ir a um restaurante de curry pela madrugada.

Com Ryan, não é que ele fique de porre, mas quando chega do trabalho, qualquer que seja o horário, a primeira coisa que faz é jogar a pasta do laptop num canto do hall, afrouxar a gravata e mergulhar em um copo de uísque com um brilho de desespero nos olhos. Constantemente, nossa lata de lixo reciclável parece pertencer a um pub depois de uma noite animada de fim de semana.

Isso, é claro, acontece nas noites em que Ryan fica em casa. Em geral, ele sai com uma mulher misteriosa. Só o que sei dela é que usa muito perfume. O fato de que ele chega em casa exalando esse odor pode significar que passa as noites como cliente preferencial da Macy's experimentando as novas fragrâncias de Nina Ricci, mas duvido disso.

— Zoe, pode fazer *scouse* para o jantar? — pergunta Ruby ao chegarmos em casa depois de um dia no parque com Trudie, Amber e as outras crianças. O sotaque dela faz com que a simples e velha refeição de carne assada com batata, tão comum em meu país, pareça positivamente exótica.

— Um dia eu faço — digo a ela, na esperança de adiar esse pedido pelo menos até a Páscoa.

As crianças me seguem para a cozinha, e noto que a secretária eletrônica pisca com um recado. Aperto o botão e vou pegar um pacote de macarrão no armário.

"Oi, Ryan... como você está?"

A voz de mulher é tão rouca que faz a de Mariella Frostrup parecer o Piu-Piu.

"É a Christina. Da outra noite..."

Largo o pacote e olho intensamente as crianças.

"Eu só queria dizer que acho que você e eu temos alguma coisa especial..."

Ah, meu Deus. Eles não podem ser expostos a alguém que sussurra sugestivamente bobagens de amor para o pai deles.

"Eu adoraria ficar com você de novo porque o que você fez comigo... Sabe do que eu estou falando..."

Mergulho pela cozinha e tento desligar o aparelho. Infelizmente, não sou muito boa com tecnologia e, diante de uma gama de botões piscantes, entro em pânico.

"Foi o êxtase, Ryan..."

Aperto os botões freneticamente — e eles se recusam a me obedecer — e entro num corpo a corpo com o telefone.

"E foi sem dúvida nenhuma uma experiência que gostaria de repetir..."

Ah, Deus; ah, Deus! Outra tática, Zoe.

— Is this the way to Amar-i-llo! — grito a plenos pulmões. — Lá lá lá lá lá lá pillow!

As crianças me olham como se eu fosse perturbada mental.

— Lá lá lá lá Amar-i-lloo!

Continuo apertando botões ao acaso.

— Lá lá lá lá lá lá lá lá lá lá!

Por fim, milagrosamente, na metade de um murmúrio sedutor, o recado para.

— Ahã — eu tusso, endireitando a blusa. — Era uma amiga minha.

Ruby franze a testa.

— Ela não disse que o recado era pro papai?

— Er, sim. Boa observação — admito. — Ela, hmmm, vai fazer um trabalho para seu pai. Eu recomendei.

— Que tipo de trabalho? — pergunta Ruby, desconfiada.

Passo os olhos pela cozinha e vejo o terno de Ryan pendurado no canto.

— Lavagem a seco. É isso. Sim. Lavagem a seco. Ela é a melhor no ramo, essa minha amiga, hmmm, Karen.

— Ela disse que se chamava Christina — me informa a menina.

— Ah, disse, é? Bem, é o nome artístico dela.

— Quem lava a seco tem nome artístico? — Ruby torce o nariz.

Eu a conduzo de volta à mesa.

— Olha, jovenzinha, você faz perguntas demais. E então, o que aconteceu com aquela colagem que você estava fazendo para mim mais cedo?

— Não achei nada pra fazer o seu cabelo. Acabou a palha de aço.

Como eu já ouvira pelo menos parte do recado de Christina, não havia luz acesa na secretária para alertar Ryan de sua existência. O que, infelizmente, significava que o trabalho deveria ser feito por mim. Espero até que as crianças estejam na cama — milagrosamente às oito e quarenta e cinco, com menos de uma hora e meia de ataques pré-sono — para tocar no assunto.

— Ahã — começo, enquanto Ryan está secando a quarta garrafa de cerveja. — Tem um recado para você na secretária eletrônica.

— Sei — responde ele, vendo o que tem na geladeira. — De quem?

— Não sei bem — murmuro. As conversas entre nós dois não têm sido bem um sucesso mundial, e a ideia de entrar direto no assunto de suas farras na cama não me parece uma maneira particularmente boa de melhorar a questão. — Acho melhor você mesmo ouvir.

Ele franze o cenho ao arregaçar as mangas de sua camisa azul-escura — que tenho certeza de que um dia foi linda, mas agora parece ter sido passada a ferro pela última vez na virada do século.

— Tudo bem — diz ele, aproximando-se da secretária eletrônica. A meu lado, observo quando ele faz uma massagem curta e firme no próprio ombro.

Meus olhos estão grudados em seus dedos manipulando a pele dourada, que posso ver depois das bordas gastas de seu colarinho.

— Tá legal! — resmungo. — Acho que vou dormir cedo. Até logo!

Até logo? De onde veio isso?

— Zoe? — diz ele, enquanto alcanço a porta.

— Sim?

— Não tem recado nenhum.

— Ah — digo, perguntando-me se teria o apagado durante minha ginástica tentando parar o aparelho. — Tudo bem. Er, talvez eu tenha imaginado.

Fui para a porta.

— Espere... O que dizia?

Torço a cara, me sentindo tão confortável com isso como um peru três dias antes do Natal.

— Hmmm... Era de uma mulher — informo, na esperança otimista de ser suficiente.

Ele abre o terceiro botão da camisa. Meus olhos são imediatamente atraídos, como ímãs — o peito dele é peludo ou liso? Esta é outra questão em que pensei mais de uma vez recentemente. Todas as apostas no peito cabeludo.

— E?

— Ela se chamava Christina — falo.

O olhar de Ryan se fixa em uma das luzes sobre o fogão. Quase posso ouvir as engrenagens de seu cérebro girando enquanto ele procura, nas profundezas da mente, uma informação sobre quem exatamente seria Christina. E quando ele se apoia no balcão com um ar contemplativo, sua camisa se movimenta e eu distingo a sombra do peito cabeludo. Arrá! Eu sabia!

— Tudo bem — diz ele. — Obrigado.

Tiro os olhos dele e estou prestes a passar pela porta quando ele tosse.

— Zoe...

Eu estremeço.

— Hmmm?

— Se ela ligar novamente e cair na secretária, não guarde o recado, está bem?

— *Não?*

— Eu prefiro evitá-la — esclarece ele.

Sei que ele está sem graça.

— É claro. Tudo bem.

Ele sorri para mim. É um sorriso estranho, quase humilde. Um sorriso que parece indicar apreço por minha compreensão e discrição.

Fico hipnotizada, incapaz de me mexer ou dizer qualquer coisa. Estou paralisada por seus olhos que me fitam, pela primeira vez, sem um toque belicoso. Sem a carranca, ele é muito mais sedutor, muito mais cativante...

— Então, boa noite! — digo alegremente.

— Claro — responde ele. — Boa noite.

Quando entro no meu quarto, me aconchego na cama e penso em toda a história de Ryan. Minha teoria é a seguinte: a atração contida que desenvolvi por ele é um mecanismo de defesa. Depois de sofrer a pior rejeição possível — abandonada no dia do casamento por um homem por quem sou verdadeira e loucamente apaixonada —, estou me agarrando ao primeiro cara bonito que apareceu, embora ele seja arrogante, emocionalmente indisponível e permanentemente furioso.

Desconfio de que fico com os joelhos bambos quando Ryan olha para mim porque subconscientemente tento provar a mim mesma que *sou* capaz de sentir desejo por um homem além de Jason. É isso. *Tem* de ser isso.

Estou tão convencida desta explicação quanto de que minha paixão pelos bíceps de Ryan vai passar com a rapidez com que se desenvolveu. Pego meu livro de Jackie Collins, tranquilizada por saber que tudo isso faz parte de um processo de cura emocional. Seria legal se meu subconsciente tivesse escolhido alguém mais adequado do que meu patrão.

Estou prestes a entrar no capítulo 64, quando meu telefone toca. Pode ser Trudie. Ela disse que ia ligar esta noite para falar de um possível passeio com as crianças amanhã. Porém, quando pego o aparelho, tenho um vislumbre do número que pisca na tela e ofego.

Porque não é Trudie. É um número da Inglaterra — e um número que conheço muito bem.

Não ouço um pio de Jason há meses, apesar de minhas tentativas de entrar em contato com ele nos primeiros dias. Mas aqui está ele, aparentemente telefonando para mim.

Com a mão cobrindo minha boca e o coração tão acelerado que me surpreende que o fluxo de minha corrente sanguínea ainda consiga acompanhá-lo, olho fixamente para a tela do celular.

Meu Deus... Atendo ou não?

Não, não, não posso.

Mas eu queria...

Não, não quer não, Zoe Moore. Este homem não só a abandonou como não teve a decência de explicar o motivo Então não seja ridícula. É sério.

Mas eu o amo...

Meu dedo paira sobre o botão verde, mas antes que eu possa apertá-lo, o toque para. Minha mente é um turbilhão, e agarro o telefone com tanta força que os nós dos dedos ficam brancos.

Tudo bem, Zoe. Calma. Fica fria.

A melhor tática aqui é verificar se ele deixou um recado. Se não deixou, é essencial que eu não pense mais neste incidente.

Disco o número do meu correio de voz umas 14 vezes.

E ele sempre responde com as mesmas palavras implacáveis: "Nenhuma mensagem nova".

Deito-me na cama e encaro o teto, pensando no que fazer. Cada célula de meu corpo me incita a pegar o telefone e ligar para ele. Mas algo me impede. Seria orgulho? Acho que não. Eu o perdi completamente depois do dia de nosso casamento, quando continuei a telefonar, recusando-me a dar ouvidos ao que todo mundo me dizia: "Zoe, ele não quer mais você, então precisa esquecê-lo e tocar a vida."

Não foi fácil. Precisei de cada grama de força de vontade que tinha para marcar a passagem aérea para Nova York e dizer a mim mesma que eu precisava aceitar que nunca mais o veria. Que eu precisava construir uma nova vida sem ele.

Este é o motivo para não telefonar para ele: cheguei até aqui sem ele e é assim que vou continuar. É uma questão de autopreservação. Não sei o que ele quer me dizer, mas de uma coisa eu tenho certeza, vai me levar de volta ao ponto de partida, de volta aos dias de tumulto emocional, quando a primeira coisa que eu fazia de manhã, e a última à noite, era chorar.

Decidida, desligo o telefone e, envolvendo os ombros com o lençol, vou até a janela aberta. Uma brisa morna dança em minha pele enquanto olho a lua, brilhando tanto esta noite que as árvores parecem iluminadas por holofotes.

Procuro ao máximo parar de pensar no que aconteceu. Mas minha mente é arrastada, aos gritos e chutes, de volta a Liverpool, de volta a tudo que aquele lugar representa.

Olho o peitoril da janela quando uma lágrima se esparrama nele, seguida rapidamente por outra. Com os olhos ardendo e um bolo na garganta, sei que não vou conseguir dormir.

Capítulo 23

Depois de saber, na frente da igreja, que meu futuro marido me abandonara, o resto do dia passou como um borrão.

Lembro-me das damas de honra e dos padrinhos brigando a respeito de quem era a culpa e de Win batendo no namorado com um ramalhete já murcho de lírios de calla depois de ele perguntar se a recepção ainda estava de pé.

Lembro-me de que todos tentavam transferir para outra pessoa a tarefa de informar aos cento e tantos convidados de que o show ia acabar antes de começar.

Lembro-me do meu pobre papai querendo ficar comigo, mas finalmente sendo convencido a dar a notícia a mamãe.

E me lembro, enquanto o caos explodia em volta de nós, de Jessica me empurrando para o carro e instruindo o motorista a pisar no acelerador como se ela tivesse acabado de ganhar um papel em *The Sweeney*. "Que filho da puta!", exclamava ela sem parar. "Um completo filho da puta! Nem acredito. Quer dizer... *Ai!* Que *filho da puta!*"

Depois ela parou.

— Desculpe — disse ela, momentaneamente inibida. — Eu não pretendia ter um ataque. Você é que deveria estar esbravejando, não eu. Mas... Que *filho da puta*! Eu simplesmente não acredito... Ah, desculpe. Você está bem?

Dei de ombros.

— Não sei — respondi, em tal torpor que parecia anestesiada. Lembro-me de pensar que não estava chorando, então talvez eu estivesse bem.

— O caso — continuou ela — é que o sujeito que faz esse tipo de coisa não é alguém com quem você queira se casar, Zoe. O que ele estava pensando? Não devia estar raciocinando bem.

Olhei meu vestido, meu lindo vestido de seda marfim com um preço tão alto que era capaz de fazer chorar e que devia vir com lenços de papel de brinde. Havia um fiozinho solto na saia, bem na frente. Peguei com a unha do dedo médio e puxei delicadamente. O tecido embolou.

— Até parece que ele não teve anos para largar você — tagarelava Jessica. — Ele podia ter feito isso há seis meses e não te deixar nessa situação. Ou pelo menos esperado até depois da lua de mel, quando podia ter feito a coisa certa e pedido o divórcio. Não é assim tão complicado hoje em dia.

Olhei pela janela e de repente me perguntei o que a coitada da mamãe estaria fazendo. Provavelmente gritando num volume suficiente para ser ouvida por quem estivesse sentado para almoçar em Newcastle.

— Eu vou *matar* o Neil quando puser as mãos nele. — Jessica bufava de raiva. — Como padrinho, era tarefa dele levar o noivo... Mesmo que isso significasse amarrá-lo e amordaçá-lo.

Seu telefone vibrou. Ela o ergueu com tal rapidez que eu não vi sua mão se mexer.

— MAS ONDE É QUE VOCÊ ESTÁ? — Eu podia imaginar Neil se encolhendo do outro lado da linha. Dizer que era Jessica quem usava calças nessa relação era pouco. Acho que Neil nem mesmo usava calças.

— Me responda — continuou ela, com tal ferocidade que deve ter queimado o cabelo em volta das orelhas dele —, onde está o filho da puta do seu amigo?

Não ouvi a resposta de Neil. Mas, como ficou claro, não era necessário.

— O que você *quer dizer* com vai me falar sobre isso depois? — Jessica parecia a um passo de ordenar que ele fosse decapitado. — Me diga *agora*, Neil. Neil! Não se atreva a desligar... Estou falando sério. Nunca falei tão sério na minha vida. Se desligar na minha cara, eu vou...

Ele desligou o telefone na cara dela.

— Droga — disse ela. — Droga, droga, droga.

Olhamos pela janela em silêncio.

— Estavam juntos? — Enfim, não pude deixar de perguntar. — Quer dizer, Jason estava com ele?

Ela suspirou e fez que sim com a cabeça.

— Ele não me disse muita coisa. Na verdade, não me disse nada. Ah, eu sinto muito, querida, lamento tanto. Isso é horrendo. Absolutamente horrendo. Acho que eu nunca soube... — Ela enxugou uma lágrima e se sentou ereta, sacudindo a cabeça e murmurando, como alguém nos primeiros estágios de um transtorno de estresse pós-traumático.

Quando chegamos em casa percebi, ao colocar a chave na porta, que precisava usar o banheiro. Na verdade, estava desesperada. Estou falando de cada músculo de minha região pélvica trabalhando com tal furor que parecia uma competição. Lembro-me de me perguntar como eu teria lidado com isso se naquele momento estivesse de pé onde deveria.

Ir ao banheiro levou mais tempo do que eu previra, cortesia de minha cauda de um 1,20m e tanta saia que preenchia quase todo o cômodo. Quando eu estava prestes a sair do banheiro, ouvi o som de pessoas entrando no térreo. A voz de minha mãe era a mais alta. "Que besta!", berrava ela. "Que besta quadrada! E que besta quadrada egoísta ele é! Parece que em Cheshire não importa se 122 tartelettes de aspargo vão para a lixeira. Nem 122 musses de limão com curry."

— Coulis — corrigiu Desy.

— Foi o que eu disse! — rebateu minha mãe. — A questão é que estão todos lá, sentados numa sala com um DJ de 350 libras por noite e 12 centros de mesa de lírios de cava inteiramente inúteis.

— De calla — corrigiu Desy.

— O quê? — disse mamãe.

— São lírios de calla — repetiu Desy.

— E isso para não falar das amêndoas confeitadas com pêssego — continuou mamãe, ignorando-o. — O que exatamente nossa Zoe vai fazer com 122 sacos de amêndoas carameladas?

Tentei abrir a porta do banheiro em silêncio, mas as dobradiças precisavam de uma dose de óleo desde 1991.

— Zoe? Zoe! É você? — gritou mamãe, disparando escada acima, seguida por Desy, minha tia Linda e vários outros membros da academia de step Slimming.

— Ah, meu *amoorrrrr*! — gritou ela, envolvendo-me com os braços e me apertando tanto que fez minha tiara cair.

Quando se afastou, seu próprio chapéu — um modelo da Accessorize idêntico a um Philip Treacy — estava torto. Isso me deu uma pontada no coração.

Em geral, minha mãe não é nada menos do que imaculada. Ela pode ser vinte anos mais velha do que uma perua mediana, mas sua abordagem aos cuidados pessoais colocaria Alex Curan no chinelo. Às vezes, acho que ela preferiria amputar os dedos a ser vista em público sem esmalte nas unhas.

Naquele momento, ela não estava imaculada. Naquele momento, quando ela se afastou de mim, agarrando meus braços como se eu estivesse prestes a fugir, minha mãe tinha tanta maquiagem borrada no rosto que era possível pensar que ela andava experimentando um visual gótico.

— Mãe, eu...

— Não diga *nada!* — disse ela, me abraçando novamente com a força de um grão-mestre do tae kwon do. — Não precisa dizer nada. Aquela besta quadrada. Eu sabia que ele não merecia você.

— Mãe, só uma hora atrás você o adorava — observei.

Ela fungou.

— Eu jamais gostei do cabelo dele. Nunca confie num homem que tinge o cabelo, é o que eu sempre penso. Ele tingia o cabelo, não tingia?

Suspirei e fechei os olhos.

Eu podia sentir que mamãe estava prestes a protestar de novo, mas ela disse:

— Ah, meu Deus, a culpa é minha.

— Por quê? — Franzo o cenho.

— Eu nunca devia ter deixado isso acontecer.

Desy revirou os olhos e deu um trago em seu cigarro Embassy.

— Zoe, como está se sentindo? — perguntou ele, soprando fumaça.

— Eu? Er... Não sei bem.

Então, eles franziram o cenho. Se cada um deles tivesse pedido para avaliar meu estado mental naquela hora, acho que eu teria passado os vinte anos seguintes trancada numa cela acolchoada. Porque, para eles, eu devia estar chorando. Devia estar chamando Jason de filho da puta e imbecil e todos os xingamentos possíveis. Fazendo uma retrospectiva — me desculpe por usar essa expressão novamente —, eu estava em choque. Devia estar, porque as lágrimas vieram depois, baldes delas. Todas atrás da porta do quarto de hóspedes abafado de minha mãe, para onde me mudei, sentindo-me uma adolescente superdesenvolvida e patética.

Nas semanas seguintes ao dia de meu casamento, chorei tanto que minhas bochechas estavam esfoladas como dois peitos de frango caipira. Eu ouvia canções de amor torturantes e chafurdava nas lembranças de nosso primeiro beijo, nosso primeiro fim de semana no Lake District, e o dia em que nos mudamos para nossa casa.

Mas nunca o xinguei, nem mesmo em silêncio. Porque eu ainda o amava. Eu sabia que não devia. Mas o amava mesmo assim.

Capítulo 24

É parte do instinto natural de toda babá britânica nos Estados Unidos procurar outras de sua espécie — mesmo que em seu país natal formassem o mais improvável dos grupos. Minha nova amiga Felicity Bowdon-Clarke e eu, sem dúvida, estamos nessa categoria. Na realidade, é justo dizer que temos tanto em comum quanto a princesa Michael de Kent e Kerry Katona.

Eu tinha trabalhado numa creche adorável, mas comum, no subúrbio de uma cidade provinciana, enquanto o histórico de Felicity consistia em uma milionária família de Knightsbridge de um industrial tão rico que os ladrilhos de seu banheiro deviam ser originais de Picasso. Pelo que posso me lembrar, ela é a primeira pessoa com que me deparei que tenha se formado numa escola para moças e cujo pai é juiz da Suprema Corte.

— Nancy, olhe com atenção, por favor. A faca assim e o garfo assim — instrui ela, numa voz tão animada que poderia ser usada com sucesso para se safar de quase qualquer situação.

Enquanto Felicity segura a mão direita de Nancy e posiciona seu dedo corretamente, devo explicar uma coisa: Nancy *não é* a menina de 5 anos de quem Felicity cuida, mas a mãe dela, de 39 anos.

— Como você já sabe, segundo a etiqueta americana deve-se cortar alguns pedaços de comida, depois apoiar a faca na borda do prato com a parte do gume virada para dentro — continua Felicity. — Então, o garfo muda da mão esquerda para a direita, para começar a comer.

— Ahã — responde Nancy, atenta.

— O estilo europeu começa da mesma maneira que o americano, em que se usa a faca para cortar com a mão direita e o garfo para segurar a comida com a esquerda. A *diferença* é que o garfo continua na mão esquerda, com os dentes voltados para baixo, e a faca na direita. O garfo com a comida, ainda na mão esquerda, é colocado na boca. Pronto. O que você acha? Fácil, não é?

Ainda estou tentando entender como Felicity conseguiu fazer uma coisa simples, como usar garfo e faca, parecer um tema digno de uma palestra avançada de ciência aplicada, quando ela volta a falar.

— Acho que esse detalhe é importante, você não acha, Zoe? — pergunta ela, com o sorriso mais largo do que nunca. — Acredito piamente na importância de os pais darem bons exemplos. Muitas vezes, vi o que acontece quando não é assim. Se os pais criam um lar desleixado, terminam com filhos desleixados. — Ela ri. — E, sinceramente, eu não cuido de crianças desleixadas!

Felicity é muito atraente: uma ruiva magra e cheia de energia — pense em Nicole Kidman há 15 anos. E, embora sua abordagem aos cuidados infantis seja tão progressista quanto a de uma professora vitoriana, é difícil não se entusiasmar com ela.

— Tudo bem, acho que agora entendi — responde Nancy, com um sotaque arrastado da Costa Leste. — Assim? — Ela ergue a faca e o garfo para a aprovação de Felicity.

— *Parfait!* — exclama Felicity. — *Félicitations!*

— Hmmm? — pergunta Nancy.

— Ah, não se preocupe, vamos ver isso outro dia.

Nancy Magenta e o marido Ash fizeram fortuna administrando um império de salões de beleza, que venderam no ano anterior para se concentrarem no desenvolvimento de uma linha de xampus. Não são exatamente os típicos moradores de Hope Falls que, pelo que entendi, pertencem principalmente a duas categorias: intelectuais reflexivos ou executivos ambiciosos. A julgar pelo sucesso financeiro na vida de Nancy e Ash, só se pode supor que eles se enquadrem na segunda categoria. E assim, pode-se pensar que ser treinado na arte de segurar talheres não estaria em suas prioridades. Ao que parece, eu estava enganada.

— Acredito que uma babá inglesa agregue valores como esses à casa onde atua — diz Nancy a Trudie, Amber e eu enquanto coloca o cabelo atrás dos ombros, cobertos por um Versace. — No dia em que recebemos Felicity, eu simplesmente soube que tivemos razão em contratar uma de vocês. Quer dizer, ela tem muito a oferecer, *culturalmente*.

Nancy para por um momento para mascar seu chiclete, o que vem fazendo com tal vigor na última meia hora que meu queixo dói só de olhar para ela.

— Eu não te digo isso com frequência, Felicity, mas é *tão* bom ter você aqui! — Ela salta para dar um abraço na babá, aparentemente para comemorar sua própria existência.

— Ora, não vamos exagerar. — Felicity sorri, desvencilhando-se dos braços de Nancy. — Tallulah, agora que já lavou as mãos e o rosto, está preparada para nosso dia fora?

Tallulah, uma menina pequena bonitinha e ligeiramente gorducha com um cabelo de Cleópatra e um sorriso tímido, faz que sim com a cabeça, obediente.

Menos de uma hora depois, chegamos ao parque e Tallulah está se soltando um pouco, graças em grande parte a ter se dado incrivelmente bem com Ruby — por serem ambas grandes fãs da série Bratz. A dupla pulou nos balanços enquanto Felicity se empoleirou num banco e sorriu com ternura.

— Tallulah é uma garotinha adorável — diz ela.

— Gosta de trabalhar para Nancy? — pergunta Trudie.

— Mas é claro! — responde Felicity. — Quer dizer, nenhuma família é para sempre e sei que posso voltar ao Reino Unido em algum momento, mas por ora eles são maravilhosos!

— Eles parecem muito melhores do que o último bando para o qual você trabalhou — diz Amber, assentindo. — Pelo que você disse, nem *acredito* que alguém possa ser tão materialista.

— Não tenho nada contra o materialismo — responde Felicity. — Na verdade, quase considero um pré-requisito. Não há nada pior do que trabalhar para alguém que não está preparado para gastar algum dinheiro.

— Não é possível que você faça esse trabalho pelo dinheiro — observa Trudie.

— Claro que não! — pia Felicity. — Mas sou bem-paga.

— É mesmo? — pergunto, em dúvida.

Ela me olha com pena.

— Existem pessoas em Boston com J.D.s, é um tipo de pós-graduação em direito, que ganham menos do que uma boa babá — me informa ela. — Se você souber como apostar suas fichas, como eu, pode ter todo tipo de benefícios... Seguro-saúde, carteira para o country club, viagens pessoais usando o programa de milhagem dos patrões...

Eu não teria nem um cheirinho disso de Ryan e, pela expressão de Trudie, posso imaginar que ela também não.

— É claro que é preciso ser muito solicitada — continua Felicity. — Nancy sabe que sou procurada por pais no parque, que me oferecem o dobro de meu salário. Ontem mesmo tinha um bilhete preso no limpador de para-brisa.

Eu ainda a encaro, assombrada.

— Ah — acrescenta ela apressadamente —, odeio dar a impressão de que estou nesse emprego pelos motivos errados. Estou aqui porque acho que trabalhar com crianças e seus pais é muito satisfatório. Quando eles são bem-comportados, é claro.

— Não pode ser satisfatório quando eles não se comportam, não é? — Eu aproveito o primeiro assunto em comum que temos. — Quer dizer, Ruby e Samuel são maravilhosos... E se comportam com perfeição na maior parte do tempo... Mas às vezes a hora de dormir é um pesadelo completo.

— Eu estava me referindo aos pais — responde Felicity. Ela se levanta e coloca as mãos em concha em torno da boca. — *Tallulah! Tallulah! Venha cá, por favor!* — A instrução é dada no tom de um sargento de voz fina encarregado de um esquadrão de surdos. Tallulah larga a boneca e corre para nós com os olhos arregalados de expectativa.

— Então — Felicity faz um muxoxo simpático —, o que foi que eu lhe falei sobre suas roupas?

— Hmmm... — reflete Tallulah, mordendo o lábio. — Não sei bem.

Felicity suspira enquanto tira uma escova da bolsa e começa a passar no cabelo de Tallulah, como se estivesse cuidando de um Galgo afegão.

— Eu lhe pedi para tentar não se sujar — lembra ela, sorrindo. — Você pode ter 5 anos, mas isso não é desculpa para começar a ficar relaxada. Espere até ter a idade de sua mãe para fazer isso. Agora, vá brincar e tenha cuidado, querida.

— Já contei que meus patrões querem que eu vá às Seychelles com eles no mês que vem? — anuncia Amber.

— Tá brincando! — grita Trudie. — Que garota de sorte! Quer dizer, Barbara e Mike são ótimos e tudo, mas de jeito nenhum vão tirar férias tão cedo... Que dirá me levando a reboque. São ocupados demais para *férias*, como Barbara vive me dizendo.

Estou prestes a partilhar com elas que eu devia estar nas Bermudas neste verão, mas decido me calar. Sou profissional o bastante para não me prender a essas coisas. Mesmo que eu estivesse prestes a queimar meu biquíni em um ritual algumas semanas atrás.

— Bem, não tenho muita certeza disso. — Amber franze o cenho.

— O quê? Por que não? — pergunto.

— É só que... Quer dizer, é muito difícil conciliar essa viagem com minhas crenças. — Ela está torcendo um *dreadlock*. — Eles pretendem ficar num hotel cinco estrelas. Eu superei esse tipo de coisa anos atrás. Prefiro viagens significativas, ficando com a população local, de preferência. Na verdade, no ano passado eu pretendia ficar com o povo zulu da África do Sul. Só não pude fazer isso porque quebrei o dedão do pé quando entrava no avião.

Trudie — que estivera quicando Andrew sobre seu joelho na mais vigorosa sessão de cavalinho que já se viu fora de um rodeio — olha para Amber.

— Posso te dar um conselho, querida? — diz ela. — Vá para as Seychelles, deite-se numa espreguiçadeira, peça a maior Piña Colada que eles tiverem e relaxe. Depois, se ainda estiver preocupada com seus princípios, me telefone. Eu darei um jeito nisso.

Capítulo 25

Apesar de sua tenra idade, Samuel adora me ajudar com as tarefas domésticas. Quase com a mesma intensidade que o pai detesta. Já estou nos Estados Unidos há dois meses, e a quantidade de trabalho diminuiu consideravelmente graças a nossa nova faxineira, Daria (aparentemente eles tiveram várias antes de eu chegar — quase tantas quanto as babás). Mas seja me ajudando a esvaziar a lava-louça, varrer o chão após o jantar ou limpar a mesa de centro depois de desenharmos, ele se atira em cada tarefa com um entusiasmo imenso. Deixa um pouco a desejar no quesito habilidade, mas isso não importa.

Tudo começou há algumas semanas, quando desafiei Samuel a guardar os brinquedos mais rápido do que a irmã, depois fiquei admirada com o que um pouco de competição podia fazer com a motivação de uma criança. Os dois corriam pela sala de estar, arrumando as coisas, como se estivessem possuídos por um espírito faxineiro.

Outra atividade muito apreciada por Samuel é esvaziar a caixa de correio da frente da casa quando chega a correspondência. Ele parece se lembrar disso todo dia antes de Ruby e me implora para deixá-lo correr até lá fora, degraus abaixo, para que fique na ponta dos pés e consiga alcançar a correspondência.

Esta manhã, quando ele correu de volta à casa, suas mãozinhas estavam cheias de cartas. A maioria mala direta, catálogos e folhetos com anúncios de coisas que ninguém quer, mas também havia algumas contas. À primeira vista, nada daquilo parecia ser para mim, mas passei a esperar isso. A maior parte da correspondência que recebo é por e-mail, muito mais rápido e prático. A única desvantagem de olhar minha caixa de entrada é que passo muitas horas do dia me perguntando se Jason vai se lembrar de me mandar um e-mail. Quando cheguei aqui, eu acessava minha conta a cada oportunidade que tinha, com o coração aos saltos — que diminuía seu ritmo no segundo em que eu percebia que, mais uma vez, não havia uma só palavra dele.

Isso estava sob controle até o dia em que recebi o telefonema. Desde então, faço o *log in* com as mãos trêmulas e a testa suando — inutilmente, porque só o que recebo são e-mails de minha mãe.

Enquanto arrumo as cartas, percebo um envelope perto do fundo da pilha que chama minha atenção apenas porque não tem nome nem endereço de destinatário. É de um papel de boa qualidade, mas tirando isso — e a falta de destinatário —, não tem nada que o distinga dos demais.

Supondo ser outra mala direta, eu o abro e retiro seu conteúdo. Mas, no segundo em que dou uma olhada na folha de papel, percebo que não é uma propaganda e que a destinatária não sou eu.

— O que é essa carta, Zoe? — pergunta Samuel.

— Ah, hmmm, é do meu pai — minto, corando de dar pena.

— Posso pegar? — pergunta ele, estendendo a mão.

— Aaaaah, não, acho que não é uma boa ideia.

— Eu queria uma carta.

— Desculpe, querido, não posso te dar esta. Então, que tal fazermos outra coisa? Vamos lá, o que você gostaria de fazer?

Seus olhos se iluminam com um brilho malandro de alguém que viu uma oportunidade.

— Posso ver Bob Esponja? — pergunta ele com um sorriso esperançoso.

— E por que não? — respondo, levando-o pela porta.

Ele parece tão surpreso que eu sei que já está se perguntando se valeria a pena pedir também um pote de sorvete e um balde de pipoca.

Agora que sei que a carta não é para mim, seria irracional continuar a ler. O que é muito irritante, pela rápida olhada que dou, é que seu conteúdo não seria mais picante se estivesse enlatado pela Del Monte.

Vou para o hall e pretendo seriamente dobrar a carta, devolver a seu envelope e deixar na mesa para esperar por seu destinatário.

O problema é que enquanto estou tentada a fazer isso, sou atacada por um grupo insurgente de células cerebrais rebeldes que acampam em algum lugar na minha cabeça e, de vez em quando, me pegam de tocaia.

São essas células cerebrais que me obrigam, contra minha vontade, a comprar e devorar barras de chocolate quando eu havia jurado, horas antes, que seguiria a dieta macrobiótica restrita defendida por Gwyneth Paltrow.

São as mesmas células cerebrais que me fazem entrar em lojas e me impelem a usar meu cartão de crédito em um novo par de sapatos que infalivelmente vai estourar meu orçamento e não combina com nenhuma peça de meu guarda-roupa.

São essas células cerebrais que são responsáveis por todo tipo de decisões imorais de minha parte. Um exemplo, sem dúvida, é roubar a carta de Ryan e ir para um canto do hall para poder lê-la.

Querido Ryan

Já se passaram semanas desde que escrevi para você, e foi preciso toda a minha força de vontade para não escrever antes. Estou supondo que há um bom motivo para você não ter respondido à minha primeira carta. Não sei o que pode ser, mas estou preparada para lhe dar o benefício da dúvida.

Eu o vi no centro na terça-feira, sabia? Você tinha um almoço de negócios com alguém naquele lugar novo na Boylston Street. Fiquei tão tentada a me aproximar e te cumprimentar, mas eu estava acompanhada, por isso não pude.

Você estava com a camisa preta que eu adoro tanto. Não pude deixar de notar. Você fica mesmo muito bem com cores escuras, Ryan, eu sempre disse isso. Realça a cor de seus olhos maravilhosos.

Você deve estar se perguntando qual a finalidade dessa carta e, de certa forma, eu também me pergunto. Acho que só precisava entrar em contato com você e reiterar o que disse da última vez. Falar com você e lhe implorar que não me ignore. Não, implorar, não. Eu não imploro, não é? Não faz o meu gênero. Mas acho que você sabe disso.

Mas o caso, Ryan, é que há muito mais em mim que você ainda não conhece. O que houve entre nós foi apenas isso — o começo. O começo de algo lindo, se você deixar. Por favor, Ryan, ouça seu coração — e sua mente. Somos ótimos juntos, e no fundo você sabe disso. Não cometa o maior erro de sua vida por não reconhecer este fato, meu amor.

Sua para sempre,

Julieta

Bjs

— Posso ler sua carta, Zoe? — pergunta Ruby.

Dou um pulo e a escondo nas costas, ciente de que eu não pareceria mais suspeita se estivesse de barba falsa e óculos.

— Er, não, é só uma fatura — eu digo.

— Você disse pro Samuel que era do seu pai. Eu ouvi.

— E é. — Eu ruborizo. — O nome do meu pai é Fatura. Creio que você vá achar chata, é só isso.

— Você me disse que o nome dele era Gordon — responde ela.

— Parece que moro com o inspetor Poirot por aqui. — Eu suspiro. — Olha, é uma carta particular, está bem? Simples. E eu gostaria, pelo menos uma vez, de guardar para mim. Tudo bem para você?

— É uma carta de amor? — Ela sorri. — Anda, Zoe, é uma carta de amor?

— Não! — respondo, meneando a cabeça com uma exasperação fingida. — Mas é claro que não. — Bem, de *certo modo* eu estou dizendo a verdade.

Capítulo 26

Meu plano é simplesmente sair para comprar uns envelopes, colocar a carta para Ryan em um deles, misturar com o restante da correspondência e fingir que não a vi. Estou ansiosa para garantir que ele não tenha a impressão de que sou o tipo de pessoa que desconsideraria de propósito sua privacidade lendo o que é claro tratar-se de uma carta muito pessoal. Mesmo que eu *seja* esse tipo de pessoa.

O resto do dia, porém, não foi apenas agitado, parecia um dia ruim da série *Bedlam* multiplicado por dez.

Primeiro, tenho que levar Ruby ao treino de nado sincronizado, e me sinto a própria eficiência por estar dez minutos adiantada, até perceber que deixei seu maiô no hall. Depois de voltarmos em casa, estamos incrivelmente atrasadas, e todas as outras milagrosamente aprenderam um movimento complicado chamado a Ostra, enquanto a pobre Ruby ainda luta para se mexer na água.

Ela aceita isso com uma elegância impressionante, mas não é preciso um manual de psicologia e aulas particulares com Sigmund Freud para ver que está aborrecida. Eu me sinto péssima — mas, infelizmente, este é só o começo.

Em seguida, vamos até o final da rua para jogar fora algumas caixas de lixo não reciclável, que estivemos enfiando em um dos armários do corredor desde que cheguei. As duas crianças querem ajudar, e não vejo motivos para não deixar. É só quando já estamos saindo que me dou conta de como a mala do carro está limpa e vazia — depois percebo que, na verdade, não era para ser assim.

Em seu entusiasmo, Ruby jogou na caçamba um saco que contém metade do guarda-roupa de Ryan, que eu devia ter levado para lavagem a seco. Tomada de pânico, penso em minhas alternativas, reconheço que não são muitas e fico com a única atitude que me resta.

Pulo na caçamba, localizo a prova do crime e, quando tento sair, tenho uma mola de colchão enferrujada presa no cabelo, uma porção generosa de pizza velha saindo pelo alto da camiseta e vários homens parrudos da prefeitura parados ali, me ameaçando de prisão.

— Eu *adoro* você como babá, Zoe! — Ruby ri, enquanto piso no acelerador para nossa fuga rápida. — Espera só até eu contar ao papai.

Logo depois, por muito pouco não bato numa árvore dando a ré com o carro, então Ruby cai na frente da casa e quase quebra uma perna, e Samuel rouba um pacote de camisinhas do supermercado achando ser um novo tipo de M&Ms.

Os ataques de birra — que não têm estado tão ruins nos últimos dias — começam cedo, às sete horas. Para dar algum crédito a eles, suas desculpas estão adquirindo uma inventividade quase incrível. Esta noite, Ruby anunciou que tem uma goteira no teto do quarto e que não pode ir para a cama porque pode pingar.

— Ruby — digo calmamente —, não tem goteira no teto do seu quarto. Não estaria mais seco se estivesse no meio do deserto do Saara.

Ela faz beicinho com o lábio inferior.

— O meu pinga também — diz Samuel, no que pode ser uma demonstração de solidariedade para com a irmã, ou uma tentativa descarada de pegar carona na desculpa que ela arrumou. — Pinga, pinga, pinga!

— Não pinga, não! — grito, em meu tom mais animado e alegre, embora eu esteja cansada como alguém que atravessou o país no lombo de uma mula por vários dias antes de perceber que deixou o ferro ligado em casa. — Então, que tal vestir o pijama?

— Eu não gosto de pijama — me informa Samuel.

— Claro que gosta, querido!

— Não gosto.

— Mas este é o seu preferido, Samuel! Olha!

— *Nããããããooooo!*

A essa altura, descubro que minha nova regra estrita de não beber álcool mais de uma vez por semana — planejada na noite anterior, quando eu pedia meu terceiro copo de vinho na saída com as garotas — corre sério risco. Naquele momento, a perspectiva de pegar uma garrafa de cerveja e conversar por telefone com Trudie por no mínimo uma hora e meia é tentadora demais.

Às nove e vinte e um, finalmente chega a hora quando subo a escada de mansinho, coloco a orelha na porta do quarto de cada criança e ouço algo sublime. O silêncio.

Meus ombros relaxam, respiro fundo e desço, direto para a geladeira. Recuso-me a me deixar desanimar pelo fato de que, mais uma vez, Ryan deixou um prato quase cheio de massa sobre a bancada para a fada da faxina (quer dizer, eu) fazer desaparecer.

Estou com a mão numa garrafa de Coors quando o ouço entrando na cozinha.

— Ah, oi! — digo. — Eu estava procurando um lanche para a noite.

Mas ao me virar e olhar para seu rosto, vejo que ele está tão interessado se estou afanando sua cerveja quanto na previsão do tempo das ilhas Galápagos.

— Pode me dizer do que se trata isso? — esbraveja ele. Está segurando a carta que achei mais cedo.

— Do que está falando? — pergunto num tom angelical.

— *Você abriu a minha correspondência!*

— Não! — falo rapidamente. — Bem, sim. Quer dizer...

— *Por que* alguém faria isso?

A pergunta é feita com tanta intensidade que eu podia muito bem acreditar que ele está a três segundos de se transformar no Incrível Hulk.

— *Por que* alguém entraria na minha casa e abriria minha correspondência particular?

— Eu... Eu não pretendia abri-la! — Sei que pareço ridícula.

— O quê? Sua mão simplesmente escorregou? Você abriu *por acidente* o envelope, *por acidente* tirou a carta, e depois *por acidente* jogou o envelope fora?

— Bem... *Sim!* — respondo, na esperança de manter um ar adequadamente digno, apesar de meu rosto estar tão quente que se podia fritar um ovo nele. — O caso é que não tinha...

— Ah, cara! — interrompe ele. — Você é uma figura! Espera seriamente que eu acredite nisso? Vou te contar, já vi muito comportamento sórdido de babás, mas nada tão ruim. Quer dizer, o que em nome de Deus...

Ryan continua sua arenga, e fico cada vez mais indignada. Tudo bem, eu não devia ter lido a carta, mas foi mesmo por acidente que a abri. Além disso, realmente mereço uma bronca dessas depois do que tive de suportar nesse emprego?

Com meu sangue chegando ao ponto de ebulição, sei que a única maneira de lidar com a situação é com rapidez e foco: demonstrar que Zoe Moore não é o tipo de mulher que tolera um comportamento desses.

Fortalecida por esse pensamento, levanto a mão esquerda, descendo-a para bater na bancada, decidida que a força do gesto — com meu olhar de aço e autoridade — vai calar a boca dele prontamente, depois fará com que implore o meu perdão.

Infelizmente, não levo em consideração o fator do prato de massa não comido de Ryan, que está no caminho de meu punho quando eu o baixo.

Enquanto minha mão pousa, o prato e seus filetes de *tagliatelle* de tomate são arremessados no ar e atravessam a cozinha em um efeito de fogos de artifício, do tipo que não vejo desde a cerimônia de abertura das últimas Olimpíadas.

O prato bate nos ladrilhos e se quebra no que devem ser uns oitenta pedaços. Meu coração está martelando como louco, e estou ofegante de pânico.

Muito bem, Zoe, contenha-se. Pense em uma estratégia sensata com a qual reagir a isso. Implorar o perdão dele, talvez? Fingir que sempre foi minha intenção redecorar as paredes esta noite? *Fugir*?

Ah, merda...

Depois percebo uma coisa. Tudo bem, não era bem o que eu tinha em mente. Mas Ryan — vendo um bocado de molho de tomate no nariz — fica verdadeiramente pasmo, a ponto de se calar.

Endireito as costas e fecho a cara para ele. Ele tinha uma reunião importante hoje — sei disso porque se barbeou e estava com uma camisa branca e cara, que deixa a pele de seu pescoço gloriosamente bronzeada e macia. Meus olhos são atraídos para a curva erótica de seu pomo de adão, e uma imagem terrível aparece em minha mente — de meus lábios roçando ali. Estou enfeitiçada pelo contorno sensual de suas maçãs do rosto, sua testa decidida e seus lábios indecorosamente carnudos.

Ele é de tirar o fôlego, sério. Por mais arrogante, colérico ou irritante que seja, nada pode tirar isso dele.

Mas eu não posso me permitir nenhuma distração.

— Eu estava *tentando* lhe dizer — falo — que sua carta chegou num envelope sem *nenhum* destinatário, *nem* endereço. Eu *não* sabia que era para você. E certamente *não* sabia da natureza de seu conteúdo.

Ele endireita as costas, claramente lembrando a si mesmo de que *ele* é que devia estar irritado comigo.

— Mas agora você sabe, não é?

Meneio a cabeça para ele em silêncio, com a expressão calculada de decepção que se vê em um adestrador de cães cujo King Charles Spaniel acabou de fazer cocô no tapete.

Antes que ele tenha a oportunidade de dizer ou fazer alguma coisa desagradável, eu me viro e — ignorando a bagunça que criei — vou até a geladeira, abro e pego ostensivamente não uma, nem duas, mas *três* garrafas de cerveja. Depois bato a porta e saio.

— Vou dormir — anuncio.

Marcho escada acima, sentindo uma onda de júbilo. Eu consegui que Ryan calasse a boca e me ouvisse. Inacreditável!

Estou prestes a abrir uma cerveja comemorativa, quando percebo que me esqueci de trazer um abridor.

Não se preocupe, Zoe. Isto não é um desastre. Ainda posso pegar um abridor de garrafa sem estragar o efeito de minha saída espetacular. A gaveta onde ele é guardado fica perto da porta da cozinha. Assim, mesmo que Ryan ainda esteja lá, posso descer a escada de fininho, abrir a porta e silenciosamente correr de volta com o abridor, antes que ele perceba a minha presença.

Estou na cozinha com a mão na gaveta quando vejo Ryan do outro lado fazendo uma coisa que me deixa chocada: limpando o molho de tomate das paredes com um pano e um spray de limpeza. Não é verdade que ele nunca viu um frasco de detergente na vida: é só que, nas poucas vezes em que o vi examinar um, foi com a perplexidade que se vê na cara de um homem das cavernas que tenta montar um móvel da IKEA.

Quando me pega olhando, ele se levanta e coloca a mão no bolso da calça.

— Tome — diz ele, estendendo o abridor de garrafas. — Eu usei mais cedo.

— Obrigada — digo rispidamente, pegando o abridor.

— De nada — responde ele.

Estou prestes a sair dali, quando ele me olha de novo e sinto uma onda de calor no pescoço.

Ele sorri com malícia.

Mas do que ele está sorrindo? Enquanto respondo de cara amarrada, sua boca se retorce e percebo que ele reprime o riso.

Por algum motivo, a ideia me faz sorrir — o que incita alguma coisa nele. Gargalhadas. Incontroláveis, um tanto histéricas, e está claro que não vão parar, por mais firme que ele mantenha a mão tapando a boca.

Pior ainda, é contagiante. E acabo me juntando a ele, primeiro rindo, depois gargalhando sem parar.

A coisa se torna cíclica. Sempre que eu penso que me contive, dou uma olhada na cara dele, o que me faz perder o controle de novo. E o mesmo acontece com ele.

Por fim, com lágrimas nos olhos, Ryan me dirige para a porta.

— Dá o fora daqui — fala ele, entre bufos. — Mulher maluca.

Enquanto corro vertiginosamente escada acima, ocorre-me que esta talvez seja a coisa mais estranha que aconteceu desde que cheguei aqui. Ah, meu Deus, agora preciso mesmo de uma cerveja.

Capítulo 27

Devo confessar que já se passaram vários anos desde que fui a uma igreja para alguma coisa além de casamentos, funerais ou batizados. Uns vinte, para ser precisa. Não é que eu não acredite em Deus, eu acredito. Acho que sim. É que o nível de convicção que eu tinha aos 9 anos não permaneceu comigo. Além disso, minha avó Bonnie não está mais aqui para me dizer que vou para o inferno se não for à igreja toda semana com o cabelo recém-lavado e os sapatos brilhando tanto que ofuscariam metade da congregação.

Nos Estados Unidos, o comparecimento à igreja parece ser muito mais saudável do que na Inglaterra. As outras babás e eu entramos na St. Stephen, a igreja episcopal de nosso bairro, e reunimos nossa turba de crianças perto do fundo, mas o lugar está tão lotado que nos leva a pensar que vieram ver Frank Sinatra na estreia de uma turnê mundial.

— Eu realmente pensei, quando comecei a explorar os princípios da cientologia, que nunca mais poria os pés numa igreja convencional — me diz Amber com franqueza.

— Quando você começou a explorar os princípios da cientologia? — pergunto.

— Na terça passada.

A igreja é do tipo tradicional, e estar ali me faz imergir em pensamentos sobre o dia de meu casamento. Não que na ocasião eu tenha chegado a *entrar* na igreja. Mas ainda assim me faz pensar.

Muitas vezes me vejo vagando para um mundo de fantasia, em que nosso padrinho Andrew — em vez de se arrastar até papai e a mim para nos dizer que Jason fugiu — abre um sorriso largo e diz: "Você está linda, Zoe. Jason é um homem de sorte. Não sei como ele vai ficar quando a vir andando pela nave central — mas sei que ficará aliviado. Ele já chegou há 35 minutos."

Geralmente a essa altura, o devaneio se desintegra. Talvez imaginar a mim mesma no altar com Jason seja ilusão demais. No fundo, sei que esse tipo de coisa não me faz bem.

Sou arrastada de volta ao aqui e agora quando uma explosão de música enche a igreja para anunciar a chegada do sacerdote que, embora seja supreendentemente jovem, anda até a frente com um ar serenamente imponente.

— Bom dia a todos nesta linda manhã — diz ele, quando a música diminui. — Gostaria de começar dando as boas-vindas a todos que estão se unindo à St. Stephen pela primeira vez.

O sacerdote, claramente, não combina com a imagem estereotipada de um clérigo. Talvez de um modelo da Armani em férias. Ou do primo mais novo e deslumbrante de George Clooney. E torna-se evidente que não sou a única a perceber isso.

Trudie se curva sobre a cabeça de Samuel e acena para mim.

— Ele é sarado! — sibila ela.

Concordo prudentemente com a cabeça, numa tentativa de convencer a mulher no banco ao lado de que Trudie me transmitiu um comentário teológico profundo.

Durante a cerimônia, vejo-me tentando parecer tão *au fait* com o ritual como alguém que vai à igreja quatro vezes por semana e duas no domingo. Minha versão de "What a Friend We Have in Jesus" é particularmente convincente, eu acho, a não ser pela parte em que, por acidente, pulei duas páginas do hinário e terminei cantando "How Great Thou Art", até Felicity me cutucar no braço.

— Um culto maravilhoso! — berra ela no final, enquanto saímos da igreja com o resto da congregação. Seu rabo de cavalo é tão certinho e empertigado que nos faz pensar que ela foi penteada para um concurso. — Estou tão feliz por vocês todos terem vindo. Eu disse que iam gostar, não disse? Vocês gostaram?

— Eu achei ótimo — diz Trudie. — E não só porque o sacerdote parece o Sr. Agosto de um calendário *Hollyoaks*.

— Ora, minha querida. — Felicity está radiante, curvando-se para Tallulah enquanto nós nos demoramos na frente da igreja. — Endireite as costas, como lhe falei. E me deixe ajeitar esse chapéu, por favor?

Ela puxa a boina de Tallulah para que fique posicionada em um ângulo elegante. Hoje, a menina está usando uma meia-calça branca, sapatos de couro e um casaco formal — o tipo de roupa que se pode esperar de O Pequeno Lorde em um casamento real. Algo me diz que não foi a mãe que a vestiu esta manhã.

— Ah, Zoe — diz Felicity. — Tallulah e eu estávamos nos perguntando se você não estaria livre para outra sessão para brincar esta semana. Ela quer mostrar a Ruby a peça nova que ensinei ao piano. O que você acha?

— Pode ser na terça-feira — respondo. — Vou dar uma olhada na agenda, mas acho que não temos nenhuma reunião importante nesse dia.

— Maravilhoso, querida. Nós vamos à sua casa, está bem? Ruby e Tallulah adoram suas brincadeiras — e eu também gosto. No mínimo porque, como passo muito tempo com Felicity, agora sou capaz de me dirigir corretamente a uma baronesa em uma recepção, e já sei falar em francês "Desculpe, sou alérgica a caviar... Você teria algumas trufas?"

— Felicity, Tallulah, como estão? — pergunta uma voz branda e com sotaque americano, atrás de nós.

— Vigário! Que cerimônia maravilhosa! — exclama Felicity, jorrando como uma torneira quebrada. — Seu sermão foi o ponto alto. Tallulah e eu ficamos muito comovidas.

— Bem, é ótimo saber disso. — Sorri o sacerdote, enquanto cruza os braços num peito tão largo que me pergunto se ele passa cada minuto livre entre as orações fazendo flexões. — E é maravilhoso ver algumas recém-chegadas também. Meu nome é Paul.

De perto, Paul parece ainda mais novo do que no púlpito — ele não pode ser mais de dois ou três anos mais velho do que nós.

— Oi! — respondemos com entusiasmo, e segue-se um silêncio um tanto estranho, que só é quebrado por Brett, de 4 anos, perguntando a Amber se Taco Bells faz com que ela peide tanto quanto o pai dele.

— Você ia à igreja na Inglaterra? — pergunta Paul.

— Ah, sim — minto, colocando-me um passo mais perto da danação eterna. — Bem, quando era possível, claro.

— Ótimo! E quanto a você? — pergunta a Amber. — Acho que não a vi na igreja antes. Bem-vinda à St. Stephen... É ótimo tê-la aqui.

Amber levanta a cabeça e cora intensamente. Quando o olha nos olhos, mesmo que coraçõezinhos estivessem flutuando em volta da cabeça dos dois, não poderia ficar mais óbvio que ela ficou a fim dele.

— Hmmmm, estou aqui com o Brett — responde Amber, jogando um *dreadlock* para trás, tentando se recompor. — Achei que você passou umas mensagens interessantes e tudo, mas sou cientologista.

— Ah, é mesmo? — responde o reverendo Paul, sem pestanejar. — Tenho um amigo cientologista. O princípio dinâmico de L. Ron Hubbard sobre a existência do homem é uma teoria interessante. Tivemos algumas discussões profundas sobre ele.

Por um momento, Amber dá a impressão de que perdeu a capacidade de usar as cordas vocais.

— Hmmm... Que bom — responde ela.

— É claro que não sou um seguidor — ele sorri —, mas como sempre me interessei por filosofia e teologia, acho fascinantes algumas questões suscitadas pela cientologia, como o objetivo de a vida ser simplesmente a sobrevivência infinita. Além disso, há a dianética... a relação entre o espírito, a mente e o corpo. Qual é sua opinião? Sente que proporciona algumas respostas fundamentais?

— Hmmmm, definitivamente — responde Amber. — É. Sem dúvida.

— Bem, adoraria passar algum tempo discutindo isso com você, Amber, mas preciso ir. Foi um prazer conhecê-las. Vão voltar, não é?

Quando ele está fora de alcance, Trudie se vira para o resto do grupo com um ar mais sapeca do que um filhotinho que roubou um éclair de chocolate.

— Ele é *lindo*! — exclama.

— Ele é um homem de Deus! — Felicity a repreende.

— Sim, mas é solteiro? — Trudie dá uma piscadela.

— Pelo amor de Deus, Trudie — diz Felicity em tom de censura. — Não pode pensar nesses termos sobre alguém na posição do reverendo Paul. É totalmente inadequado.

— E por quê? — protesta Trudie. — Eles podem se casar e tudo, não podem? Além disso, eu só estava *comentando*, só isso. Já sou comprometida, como sabe.

— Ainda bem — responde Felicity.

— Só achei que ele ficou de olho na Amber — acrescenta Trudie, claramente sem conseguir se conter.

— Não seja ridícula! — rebate Felicity.

— Por que é ridículo? Vamos lá, Amber, o que você acha? Lindo ele, não?

— Eu... Bem... Quer dizer... — Amber está aturdida. — Ele parece muito legal, mas fundamentalmente é um... Um... Uma religião convencional não é algo que eu poderia...

— Amber, Amber — interrompe Trudie, colocando a mão de forma calorosa em seu braço —, não precisa dizer mais nada. Só confirme com a cabeça quando aceitar a ideia e vou juntar os dois mais rápido do que você pode digerir uma hóstia.

Capítulo 28

Depois da igreja, as crianças e eu fomos para a casa de Trudie para uma xícara de chá. Sempre gostamos dessa rotina, só que o chá que ela faz tem gosto de compota e é tão doce que os dentes ficam mais fracos só de olhar para ele.

Nos amontoamos em sua *station wagon* imensa, e tento conversar do jeito alegre de sempre, embora a viagem seja apavorante.

— Às vezes pode ser espinhoso lembrar-se de dirigir à direita, não é? — digo diplomaticamente, enquanto me agarro ao assento, temendo por minha vida.

— Dizem que você acaba se acostumando com isso, mas não sei se um dia vou conseguir, sinceramente — diz Trudie, enquanto tira um fino de um 4x4. O motorista abre a janela e faz um gesto que claramente não significa "tenham um bom dia".

— Que audácia! — exclama ela. — Com licença, crianças, tapem os ouvidos. VAI SE FODER, TÁ LEGAL?

— Algumas pessoas não têm boas maneiras, não é? — Faço um muxoxo, enquanto Trudie liga a seta.

— É exatamente o que eu penso, meu bem — responde ela, enquanto verifica o batom no retrovisor.

Estou chegando à conclusão de que os ouriços são muito mais atentos à segurança ao volante do que Trudie. Quando entramos na rua seguinte, ela chega perigosamente perto de acertar uma picape. Na mesma hora, abaixa sua janela se preparando para outro insulto. Só que o que faz a seguir não é o que estamos esperando.

— *Aaah! É você, caramba!* — Ela puxa o freio de mão, salta do carro e dispara pela rua até o motorista do carro. Ela o pega pela gola e começa a beijá-lo como se estivesse tentando laçar algo que está preso no fundo da garganta dele. Eu finjo, para os transeuntes, que nunca a vi na minha vida.

— É o Ritchie! — exclama Eamonn. — Ritchie, Ritchie!

Neste momento, os lábios de Trudie se separam do amante. Ela o pega pela mão e o arrasta para nós.

— Você precisa conhecer alguém — diz ela, inclinando-se para minha janela.

Ritchie tem a pele da cor de nogueira brilhante, cabelo castanho crespo clareado pelo sol, e o maior bíceps que vi fora de um desenho do *Desperate Dan*.

— Você deve ser a Zoe. — Ele sorri ao apertar minha mão. — Vou te contar, essa garota fala muito de você.

— Hmmm, de você também — digo, mas estou consciente de que dizer que ela fala *muito* ainda é pouco, uma vez que o nome dele aparece em frase sim, frase não.

— É mesmo? — Ele a aperta pela cintura. — Ora, é muito bom saber disso.

— Até parece que você já não sabia — interrompe Trudie, cutucando as costelas dele com tanta força que alguém um pouco menos parrudo acabaria indo parar num pronto-socorro ortopédico.

Passo o resto do percurso para a casa dos Kings confirmando que, sim, Trudie deve ser a pessoa mais sortuda do mundo por ter Ritchie como namorado. Chegamos no momento em que Barbara está preparando o almoço de domingo.

Para uma ambiciosa advogada com o salário que os magnatas do petróleo sonham ter, Barbara King se sai muito bem na vida doméstica. O terninho que a vi usar da última vez foi substituído por uma chique saia de algodão que cai elegantemente abaixo do joelho, uma blusa justa, estilosa, e um avental tão imaculado que me pergunto por que ela se incomodou em colocá-lo.

Seu cabelo está tão perfeitamente penteado, do mesmo jeito como quando o usa para trabalhar, e a maquiagem é igualmente perfeita, embora não haja ninguém para impressionar, exceto nós e um frango assado do tamanho de um avestruz bem-nutrido, que ela tira do forno.

— Meus meninos! — exclama ela, tirando as luvas térmicas e abrindo bem os braços. — Gostaram de ir à igreja?

Andrew e Eamonn correm para os braços da mãe, mas continuam mudos sobre a questão da igreja. Barbara recua e examina seus rostos.

— Trudie. — Ela franze o cenho. — Você vestiu Eamonn com o suéter de lã pura de Andrew? Eu já não te falei que ele é alérgico?

— Ah — diz Trudie. — Desculpe.

— Se você soubesse o que isso pode causar nele! Já estou vendo as marcas da irritação — murmura Barbara. — Eamonn, deixa a mamãe tirar essa coisa, sim?

Depois de puxar o agasalho pela cabeça do filho e ficar satisfeita por ele não correr perigo imediato, Barbara volta à preparação do almoço.

— Aprendeu alguma coisa nova na igreja hoje? — pergunta ela por sobre o ombro.

— Vai se foder! — Andrew ri. — Vai se foder! Vai se foder!

Pelo olhar de Barbara King, estou imaginando que ela não ficou nada satisfeita.

Capítulo 29

São dez e vinte e quatro da noite, meu horário favorito. As crianças estão dormindo, e eu posso mandar e-mails, ter minha conversa por telefone diária com Trudie e tentar tirar Jason de minha cabeça, me aconchegando na cama para descobrir com quem Lucky Santangelo está transando no próximo capítulo de *Chances*, de Jackie Collins.

Mas não esta noite. Ah, não, senhor. Porque, embora eu agora adore cuidar de Ruby e Samuel, algo ainda acontece na hora de dormir. Algo que faz com que esses pequenos seres humanos, geralmente adoráveis, se transformem em pit-bulls em miniatura, decididos a não ser obrigados a subir para o quarto.

No caso desta noite, a birra incluiu os protestos, desculpas e as mentiras elaboradas de sempre, mas Ruby entrou numa histeria tão acima da média que começo a me perguntar se ela realmente *tem* um monstro chupador de sangue no guarda-roupa.

— *Nãããããããooooo!* Não vou para a cama, *nãããããããoooo*! — grita ela, batendo com os punhos no corrimão.

— Ruby, me escute, meu bem — digo, desesperada. — Isso não vai adiantar nada, não vai mesmo... Você está exausta.

— *Nããããoooo, não estou nãããããoooo!* — geme ela, disparando para a sala de estar.

Respiro fundo de novo — pela 14ª vez esta noite. Está pior do que o de costume. Não sei por que, mas está. Estou começando a me desesperar com a aparente inutilidade de minhas técnicas testadas e comprovadas, envolvendo vozes calmas, gráficos e tempos limite, e as lágrimas ardem no fundo dos meus olhos.

Encontro Ruby deitada no sofá com a cabeça enterrada numa almofada, chorando incansavelmente. Coloco a mão em seu braço, mas ela a afugenta.

— *Nããããaoooo!*

Respiro fundo, pela 15ª vez, coloco a cabeça entre as mãos e me obrigo a pensar.

Mas não consigo me concentrar em soluções práticas, tenho apenas uma sucessão de pensamentos que prova que sou uma completa porcaria para este trabalho.

E daí se passei alguns anos cuidando de crianças em uma creche bonita e organizada, onde as devolvia no final de cada dia? Isso não é um desafio, é?

E quem se importa se eu consigo manter um tom calmo e um comportamento equilibrado quando Ruby parece querer se atirar de um penhasco e por dentro sinto que minhas entranhas estão se dilacerando?

Não existe outra explicação, Zoe Moore. Você é um tremendo fracasso.

Ruby se senta e me faz uma careta.

— Por que *você* está chateada? — diz ela num tom de acusação, com o lábio inferior tremendo.

— Não estou chateada, meu amor — respondo, na esperança de parecer convincente.

— Então por que está chorando?

Toco meu rosto, está molhado.

— Você não tem o direito de chorar — grita Ruby. — *Você* tem mãe. Eu não tenho.

Fico tão perplexa com isso que não sei como responder. Depois digo:

— É por isso, Ruby? Por causa de sua mãe?

Ruby funga e enxuga o rosto. Depois faz que sim com a cabeça.

— Ah, meu amor. — Eu a puxo para mim e a abraço.

No início, seus ombrinhos tensos se recusam a se sujeitar a meu abraço. Mas quando começo a afagar seu cabelo, ela relaxa e enterra o rosto em meu pescoço.

— M-mamãe me colocava na cama toda noite — me diz ela, com a vozinha trêmula. — Ela... Ela lia uma história pra mim e me dava um beijo na testa e ficava no quarto do lado, se eu precisasse dela. — Faz uma pausa e respira. — Se eu tivesse medo, só tinha de ir pro quarto dela e ela estava bem ali. — A menina olha para mim. — Mas... Ela não está mais aqui. Ela está no céu.

As lágrimas caem em sua camisola. Sinto um bolo na garganta que me dificulta a fala.

— Eu sei, mas quando as mamães estão no céu, elas ainda cuidam de suas garotinhas — digo a ela, improvisando da melhor maneira possível.

Ela me olha inquisitivamente.

— Ela está cuidando de você para que tudo fique bem — continuo, através de um borrão de lágrimas. — E, se sentir medo, só precisa fechar os olhos e imaginar sua mãe e dizer a ela o que tem de errado.

— E ela vai me ouvir? — pergunta Ruby.

— Claro que sim.

Ficamos sentadas ali por um minuto, as duas em silêncio, pensando — desconfio — a mesma coisa. A mãe de Ruby, no céu, não está mais ali para lhe dar um beijo de boa-noite.

— Mas às vezes é difícil — diz Ruby, suas lágrimas diminuindo.

— Eu sei, Ruby...

— Quer dizer, imaginar a mamãe. É isso que é difícil.

— Acho que já faz muito tempo que você não a vê, não é? — digo. — Sabe de uma coisa? Você devia colocar uma foto dela ao lado de sua cama. Assim, sempre que quiser falar com ela, ou só pensar nela, vai poder fazer isso.

Seus olhos se arregalam.

— É mesmo? — diz ela, iluminando-se. — Eu posso fazer isso?

— Bem, não vejo por que não. Isto é, se você quiser.

Ela concorda com a cabeça, decidida.

— Eu *queria*. Eu *queria* de verdade.

Fico tão emocionada com a ideia de que talvez eu seja a resposta de Liverpool à psicologia infantil que se passa um tempo até que eu registre uma leve preocupação. É incitada por algo que me incomoda desde que cheguei aqui. *Eu não vi uma única foto da mãe de Ruby em toda a casa.*

Não tem foto de casamento na lareira, nem as habituais fotos de família presas na geladeira, nem álbuns de fotos em nenhuma das gavetas. Na verdade, se não se soubesse a verdade, concluiria que ela nunca existiu.

— Tudo bem — digo a Ruby —, talvez eu possa falar com seu pai sobre isso amanhã à noite... Se ele estiver em casa... E vamos ver se arrumamos uma para você. Que tal?

— Eu sei onde tem uma foto da minha mãe — diz ela, baixando a voz num tom de conspiração. — Vem, eu vou te mostrar.

Enquanto ela se levanta e pega minha mão, eu me sinto subitamente inquieta.

— Ruby, acho que precisamos esperar para falar com seu pai.

Sua carinha deprime de novo.

— Então não posso falar com a mamãe?

Mordo o lábio.

— Ah, que seja, então. Me mostre onde está.

Capítulo 30

A foto está na despensa, metida no fundo de uma prateleira baixa, ao lado de um fogareiro para camping, acumulando poeira. Não pode ser tão antiga porque Ruby aparece nela, embora bebê, mas está gasta e cheia de dobras. Apesar das condições, tem alguma coisa prontamente cativante nela.

A mãe de Ruby é a imagem da juventude e da vitalidade, o cabelo louro e comprido caindo em cascata sobre os ombros, os olhos castanhos luminosos e vivos. Ela segura uma Ruby bebê tão perto do rosto que os narizes estão a centímetros de distância, e elas se olham nos olhos. Ela tem a expressão inconfundível de profundo amor que as mães adquirem logo após o nascimento do primeiro filho. A expressão de alguém que acaba de descobrir uma parte de seu coração que nem sabia que existia.

— Acha ela bonita? — sussurra Ruby.

— Ela é linda — respondo. E sou sincera. Ela tem um rosto de beleza clássica, com lábios carnudos, a pele um tanto sardenta e a estrutura óssea de uma supermodelo.

Encontro um porta-retratos vazio numa gaveta do hall — lembrei-me de tê-lo visto ali há séculos. Ruby observa enquanto eu posiciono a fotografia nele e fecho a parte de trás.

— Pronto — digo a ela. — Como ficou?

Quando ela sorri, sei que estou de volta à ativa.

— Bom — diz ela, resoluta.

— Que bom. Agora vamos, vou te colocar na cama.

— Espera — diz ela, e pega a foto. Olha por um segundo, depois planta os lábios no vidro.

Sinto o peito inflar e, de imediato, sou lembrada de que isto é muito mais do que tentar fazer bem o meu trabalho. Trata-se de uma garotinha sendo capaz de dar um beijo na mãe — o que ela não faz há quase três anos.

Quando Ruby se aninha na cama e puxa as cobertas até o ombro, eu me curvo para lhe dar um beijo.

— Boa noite, Ruby.

— Boa noite, Zoe.

Estou prestes a sair quando ela fala de novo.

— Zoe?

— Sim, meu amor?

— Obrigada.

Quando entro no meu quarto, são quase onze e meia. O sono me toma rápida e profundamente... e o que percebo em seguida é a voz de Ryan, que é como um helicóptero decolando do meu quarto.

— Zoe? Venha cá, preciso falar com você.

Esfrego os olhos e olho o relógio. São sete e doze da manhã, o que significa que eu tive quase oito horas de sono. Mas parece que só caí na cama há minutos.

— Zoe? Está me ouvindo?

Sento na cama, sentindo-me um zumbi que sofreu de insônia pela última semana.

— *Zoe!*

Saio da cama num salto, endireitando o pijama e procurando algo para prender o cabelo. Posso estar meio adormecida, mas certamente não vou atender à porta para Ryan parecendo a Noiva do Drácula num dia ruim.

— Só um minuto! — respondo, num tom que devia parecer despreocupado, mas não sai assim.

— ZOE!

Mergulho até a porta e a abro, apesar de ainda estar com o cabelo solto.

— *Sim?* — respondo friamente.

Ele está prestes a falar quando olha para a blusa de meu pijama.

— Algum problema, Ryan? — pergunto calmamente.

Ele evita meus olhos e gesticula para minha blusa.

Meus olhos viajam para baixo.

E então, eu quase desmaio.

— Ah, merda! Ah, merda!

Eu estava tão cansada na noite passada que consegui deixar dois botões abertos quando vesti o pijama. Não seria grande coisa, só que o peito esquerdo está saindo pela abertura.

Volto correndo ao quarto, pego meu roupão e me embrulho bem com ele.

— Desculpe por isso — murmuro com o rosto em brasa. — Hmmm, o que posso fazer por você?

— Posso entrar? — pergunta ele. Sua expressão deixa claro que ele não quer uma xícara de chá e uma boa conversa comparando horóscopos.

Minha mente dispara — o que tenho no quarto que talvez não queira que ele veja? O topo da lista é a calcinha de ontem ao lado da cama, na qual ele definitivamente não deve colocar os olhos — ainda que eu tenha acabado de me exibir para ele.

— Preciso falar com você num lugar em que as crianças não possam ouvir — sibila ele.

Eu hesito.

— Tudo bem. Claro. Só me dê um segundo — digo, voltando ao quarto e fechando a porta. Do lado de fora, eu o ouço suspirar de novo.

Passo os olhos pelo quarto enquanto tento audaciosamente quebrar o recorde mundial de velocidade, com o coração aos pulos. A calcinha criminosa é chutada para debaixo da cama. O kit de depilação do buço em minha penteadeira é enfiado no armário. E, por algum motivo que não consigo identificar, substituo o Jackie Collins na mesa de cabeceira por *Crime e castigo* de Dostoiévski, um livro que prometi a mim mesma que leria a certa altura de minha vida, mas que ainda não encarei.

Vinte segundos depois, o quarto está transformado em algo que considero vagamente aceitável aos olhos de Ryan. Abro a porta.

— Entre — digo, como se estivesse recebendo um convidado para um vinho e canapés.

Ryan entra e se senta na ponta de minha cama. Eu vou para o outro extremo.

— Muito bem — declaro, animada. — No que posso te ajudar?

Capítulo 31

Sentada junto à guarda da cama, tenho um vislumbre de mim mesma no espelho da penteadeira, e minhas piores suspeitas sobre meu cabelo são confirmadas. Parece que recentemente ele se embaraçou nas lâminas de uma colheitadeira. Eu o junto e prendo, tentando me concentrar no que Ryan está dizendo.

— Zoe — começa ele, com outro suspiro fundo. Ele está usando uma bermuda vintage que nunca vi. Quando se curva para a frente e coloca os cotovelos nos joelhos, a bermuda sobe e expõe as coxas bronzeadas e musculosas. Olho para elas momentaneamente, mas a imagem se demora em minha mente.

— Sim, Ryan? — digo.

Ele me fita, e vejo o quanto está cansado.

— Meus filhos gostam de você — diz ele com brandura.

— Ah! — Eu digo, me empertigando. — Bem... Obrigada. Quer dizer, que bom!

Ele assente.

— Meus filhos gostam de você. E... E eu...

Ele está prestes a revelar a avaliação que faz de mim.

— Eu acho que você é... você é...

Curvo-me para a frente, ansiosa, mordendo o lábio.

— Bem, não importa o que acho — conclui ele.

— Certo. — Eu me sinto murchar.

Ele olha as mãos e coça a lateral de um dedo. A pele dourada de um dos nós fica pálida por um breve instante.

— E é porque nós... isto é, *as crianças* gostam de você, que serei o mais diplomático possível.

Tento não erguer uma sobrancelha, mas as palavras "diplomático" e "Ryan" não combinam na mesma frase.

— A foto que você colocou ao lado da cama de Ruby na noite passada.

Meu coração quase para. Eu tinha me esquecido disso. Mas sei, de imediato, que tinha motivos para me preocupar. Também sei que, o que quer que tenha acontecido na outra noite, esta é uma conversa que *não* vai terminar num ataque de gargalhadas.

— Ah. — É só o que consigo me obrigar a dizer.

— Sim, *ah*. — Ele imita. — Bem, eu tirei de lá.

— Ah.

— E gostaria que você respeitasse o fato de que esta é a minha casa — continua ele. Sua voz, grave e melodiosa como sempre, tem um tom gutural esta manhã. — Se eu quisesse decorá-la com fotos de minha falecida esposa, já o teria feito. Mas não quero. E acho que a decisão é minha.

— Ah, Ryan, escute... — Não sei exatamente o que dizer. — Eu não tinha percebido...

— É só o que quero dizer a respeito disso.

— Por favor, me deixe explicar...

— Não — interrompe ele.

Fico tão perplexa que quase caio da cama. Sento-me ereta e me obrigo a ficar firme. Porque sei que, quer Ryan goste ou não, preciso explicar o que aconteceu ontem à noite.

— Por favor, me deixe só te contar o que Ruby me disse ontem à noite. *Por favor!*

Ele hesita por um segundo.

— Tudo bem. O que é?

Engulo em seco. Tá legal. Fale com calma, Zoe, com calma, mas de forma sucinta.

— Ela disse que jamais quer ir para a cama porque a mãe não está mais ali para lhe dar um beijo de boa-noite. — As palavras tropeçam para fora da minha boca. — Disse que não consegue imaginá-la porque nem mesmo se lembra de como era. Disse que queria poder falar com ela porque...

— *Pare!* — grita Ryan. — Já chega. Pelo amor de Deus, já chega.

— Mas Ryan...

— Eu disse que chega. Agora, *por favor*, faça as coisas do meu jeito. Pelo menos uma vez.

— Tudo bem, tudo bem. — Aperto o roupão no corpo. — Desculpe.

Ele assente devagar e respira fundo, depois se levanta para sair.

Ah, bem feito, Zoe. Tratou lindamente do assunto.

— Eu não pretendia te chatear — acrescento sem jeito.

Ao chegar à porta, ele se vira. Meus olhos encontram os dele, e fico chocada com o que vejo. Estão cheios de tristeza e, tenho certeza, brilham de lágrimas não derramadas. Ele está chorando? Ryan está mesmo chorando?

— Sei que não. — Ele funga e bate a porta depois de sair.

Capítulo 32

Para: Zoemmoore@hotnet.co.uk
From: Helen@Hmoore.mailserve.co.uk

Querida Zoe,
Como estão as coisas? Desculpe por não ter lhe mandado um e-mail antes, mas, como acho que seu pai te contou ao telefone outro dia, eu ando me sentindo muito mal-humorada ultimamente. Como aconteceu com todo mundo no trabalho, acho que também peguei uma virose estomacal.

É só no que posso pensar, porque estou completamente exausta e perdi todo o apetite. Nunca fui de comer muito, como você sabe, mas quando fomos à casa de Dave e Angela para um jantarzinho outra noite, eu mal consegui comer nada. Mas nem tudo é ruim, minha marca na Slimming World baixou 1,3 quilo pela primeira vez na vida, e eu ainda estava "naqueles dias".

Uma novidade, Ian e Debbie, nossos vizinhos, tiveram o bebê. É um garotinho, pesa 4,7 quilos, dá para acreditar? Debbie ainda está se sentindo meio fraca depois do parto. Nós a vimos ontem, e ela disse que foi como tentar extrair um melão de suas partes íntimas. Seu pai ficou meio nauseado. Deram o nome do bebê de Harley. Harley Stan Keanu Xabi Smith. Bem, estou certa de que vamos nos acostumar com isso.

Aliás, obrigada por mandar as fotos. As crianças são lindas, especialmente Ruby, com aquele lindo cabelo louro. E a casa parece maravilhosa — como algo saído de *Desperate Housewives*. É claro que ainda acho que seria melhor se você aceitasse aquele emprego no Wirral, por melhor chefe que Ryan seja, como você insiste em repetir. Esse lugar, em Neston, é uma daquelas creches de vários andares. É assim que as chamam, não é?

Ah, algo desagradável: preciso te contar uma coisa.

Jason apareceu aqui em casa outro dia. Eu estava voltando do trabalho — depois do que foi um dia infernal, piorado por Maurice Black, dos recursos humanos, que arranhou a lateral do Astra enquanto eu saía do estacionamento —, e ele apareceu, simples assim. Inacreditável. Aparentemente, queria seu endereço nos Estados Unidos e insistiu muito que déssemos a ele. É claro que não demos. Seu pai o mandou passear e eu, sinceramente, espero nunca mais ter que colocar os olhos nele de novo.

Tomara que eu tenha feito a coisa certa mencionando isso. Você não vai se preocupar, vai? Acho que conseguimos nos livrar dele, e depois do que seu pai disse, eu ficaria surpresa se ele um dia assombrasse nossa porta de novo.

Não tenho muito mais para contar hoje, além do fato de que escolhi um novo banheiro. É quase idêntico a um do catálogo da Fired Earth *e* tem um bidê. A reação de seu pai foi: Para que precisamos de um bidê quando temos papel higiênico? Não é típico dele?

Com muito amor,

Mamãe

Bjs

Capítulo 33

Considerando que minha mãe costuma tratar a fofoca como um esporte, mal consigo acreditar na falta de detalhes em seu e-mail sobre a visita de Jason. O que exatamente ele disse? O que estava vestindo? Ele estava envergonhado? Com remorsos? E, mais importante, *por que* ele foi lá?

Por quê? Por quê? Por quê?

Não posso fazer nenhuma destas perguntas em minha resposta a ela, é claro. Prender-me à questão abalaria a ilusão cuidadosamente elaborada de que estou conseguindo esquecê-lo. De que, agora que estou nos EUA, ele mal entra em meus pensamentos.

É risível, na realidade, porque nada pode estar mais distante da verdade. Penso nele o tempo todo, entre as bem-vindas distrações dos bíceps de Ryan e as decisões sobre o jantar das crianças.

Estou constantemente pensando nas pequenas coisas: quando ele ri, é um riso completo, aberto, lançando a cabeça para trás e se entregando inteiramente ao momento.

Penso na precisão com que ele trabalha quando está cozinhando, seu rosto como o retrato da concentração, mesmo quando está preparando uma coisa simples, como espaguete à bolonhesa. Penso nele cantando no chuveiro de um jeito que ninguém mais canta: sua voz forte e melodiosa, cantando com a perfeição de um profissional.

Penso nesses detalhes e em mil outros. E não consigo parar.

Além do problema óbvio de que ainda estou apaixonada por ele, não ajuda em nada que existam tantas perguntas sem resposta sobre nossa relação. Por exemplo, eu não sei quando tudo deu errado. Perguntei a mim mesma, vezes sem conta, e sempre chego a uma conclusão diferente.

E há minha suspeita não resolvida de que deve haver outra mulher. Jason insistiu que não havia — não comigo, porque nunca mais o vi desde o dia fatídico. Mas não demorou muito para que sua explicação se infiltrasse por intermédio de amigos mútuos: ele simplesmente perdeu a coragem. Não conseguiu passar por aquilo. Percebeu que eu não era perfeita para ele.

Ouvir tudo isso tornou as semanas, depois do casamento, muito mais insuportáveis — porque, embora Liverpool tenha uma população de cerca de meio milhão de pessoas, às vezes pode ser uma aldeia. Ironicamente, era uma das coisas que eu gostava nela. Por exemplo, não acho que alguma vez eu já tenha entrado no bar do Keith, na Lark Lane, sem encontrar alguém que conhecesse. Eu gostava de pensar que isso se comparava a viver no set de *Friends*, só que eu tinha uma semelhança tão grande com Jennifer Aniston quanto tenho com uma baleia jubarte.

O único problema de uma aldeia é que, quando há uma coisa de que você não quer falar, fica difícil se for o assunto mais quente do momento.

Sei que é da natureza humana fofocar. Mas não imagino nada que tenha atraído mais especulação e discussão do que o dia de meu casamento.

Estranhamente, porém, a única pessoa com quem poucos queriam discutir isso era eu. A expressão de *todas* essas pessoas quando finalmente falavam comigo, em especial se fosse a primeira vez que me encontravam depois daquele dia, era de pena, constrangimento, desconforto — um pouco como as mulheres das propagandas de remédios para constipação, quando estão sofrendo de "problemas na barriga", só que, é claro, não dá pra comprar um medicamento para não ficar "presa" numa conversa com Zoe Moore.

Acho que isso era esperado, mas depois de um tempo o clima em volta de mim, aonde quer que eu fosse, começou a ficar opressivo.

Até minhas relações com os amigos foram afetadas. Jessica, de quem fui tão íntima nos últimos anos, não sabia como lidar com as coisas depois do 14 de abril. O problema era que seu noivo Neil era melhor amigo de Jason. Quando Jason e eu estávamos juntos, este arranjo era ótimo. Quando nos separamos, ficou desastroso.

As conversas antes tranquilas entre mim e Jessica tornaram-se tensas. Como alguém que mantinha contato constante com Jason, ela claramente carregava o fardo de um senso de lealdade a mim. Além disso, havia um estado de pânico permanente sobre o que era ou não adequado me revelar do que ele dissera.

O resultado foi uma série de encontros canhestros entre mim e Jessica, em que ela se debatia com sua consciência sobre se devia se juntar ao ritual de críticas a Jason, liderado por minha mãe, ou se, como alguém que ouvira o lado dele da história, devia tentar uma defesa. Ela nunca fez isso, mas eu via que a situação fazia com que se sentisse culpada.

A questão é que a amizade não sobrevive a esse tipo de coisa — pelo menos a minha com Jessica não sobreviveu.

E, embora ela nunca vá chegar ao ponto de dizer que não conto mais com ela como amiga, nossa relação fracassou em algum momento. Trocaremos cartões de Natal, eu sei, mas não espero muito mais do que isso.

Quanto a minha mãe e meu pai, eles são outra história. Não sei o que teria feito sem meu pai. Ele fazia cara de corajoso e oferecia o tipo de apoio de que eu precisava. Não estou falando de nada grandioso, mas de copos de leite maltado, fortes como cola para papel de parede, na hora de dormir. Estou falando de lidar com os corretores de imóveis com a simpatia de um plâncton. E, sobretudo, estou falando de manter minha mãe sob controle, o que não deve ser fácil, porque ela não lidou muito bem com as coisas.

Não a culpo por ter ficado aborrecida, é claro: o 14 de abril era o grande dia dela, assim como o meu. E minha mãe tinha razão sobre a dificuldade de se livrar das amêndoas confeitadas.

Embora eu não tenha colocado a culpa em ninguém por nada disso — e continue não colocando —, depois de um tempo eu quis me distanciar. Um novo começo. Então, quando li um artigo numa revista sobre mulheres que usaram as habilidades adquiridas no Reino Unido para trabalhar no exterior, isso me fez pensar.

De muitas maneiras, eu era uma candidata tão provável a me mudar para o exterior quanto Gordon Ramsey para título de Miss Mundo. Nunca fiz isso na vida. Mas ao checar minhas mensagens de texto pela 53ª vez naquele dia, para saber se Jason tentara entrar em contato comigo, e ver que isso não aconteceu, eu sabia que já bastava. Eu precisava sair dali.

Mas havia um defeito naquela ruptura súbita e completa com minha antiga vida. Você pode atravessar um oceano para fugir. Mas não tem como fugir de seus pensamentos.

Capítulo 34

A Barbie e o Action Man estão passando por uma longa cirurgia plástica, cortesia de um pote de massinha de modelar. O Action Man é abençoado com uma perna a mais, enquanto a Barbie passou por uma prótese nos seios tão torta que, se fosse de verdade, seria um caso evidente de negligência médica. Pode ser que isso não conte como uma sessão de artesanato tradicional de tarde de sábado, mas certamente mantém as crianças ocupadas enquanto preparo seu almoço tardio.

Ao desviar os olhos de meu atum, porém, sei de imediato que a paz está prestes a ser rompida: Ryan entra na cozinha, claramente mais estressado do que nunca.

— Zoe — diz ele —, preciso te pedir um favor.

Tento não fazer uma cara de confusa. Ryan normalmente não acha que suas solicitações sejam um "favor". Em geral, ele pensa nelas como coisas que eu devia fazer no automático. Ou nem pensa nelas.

— Er, tudo bem. O que é? — Espero não parecer desconfiada demais.

— Não precisa parecer tão desconfiada.

— Não pareço — digo. — Quer dizer, não estou.

— Pode ser uma coisa legal — continua ele, na defensiva. — Na verdade, é uma coisa legal.

Agora estou definitivamente desconfiada.

— Er, tudo bem. O que é?

— Preciso que saia comigo esta noite — anuncia ele.

Largo a faca. Ela cai no chão, e eu fico a centímetros de ter o dedinho do pé amputado. Ruby se entusiasma e salta da cadeira, esmagando os peitos da Barbie na mesa.

— Papai, você e a Zoe vão *ter um encontro*? — guincha ela.

— Não! — respondemos em uníssono. Repentinamente, meu rosto fica muito quente.

— Preciso ir a um jantar de gala — explica Ryan. — Um jantar de gala muito importante. Não posso deixar de ir. E a *pessoa* que devia ir comigo me deu um bolo.

— Tudo bem — respondo, desanimada. Não deve haver uma só mulher que eu conheça que não aproveite de pronto a oportunidade de ter um encontro com alguém com a aparência de Ryan. Mas tenho uma aguda consciência de como os sentimentos semissexuais que ele desperta em mim são inadequados e comecei a pensar que eu *devia* fazer mais para mantê-los sob controle.

Eu sei que eles não passam do resultado de minhas mágoas, mas isso não os torna aceitáveis, uma vez que ele é meu patrão. Ter um encontro com ele, como Ruby diz, é procurar encrenca.

— Hmmmm, não pode tentar outra pessoa? — acrescentei.

— Já tentei. É tarde demais.

— Então sou o último recurso, não é?

Ele me ignora.

— Quem vai cuidar das crianças? — pergunto.

— Er, vou telefonar para Barbara King e ver se ela pode ficar com eles — diz ele.

— Barbara King? — pergunto. Ele deve ter perdido o juízo. Sei que Trudie não se importaria, mas Barbara é outra história. Ela teria mais consideração por um serial killer do que tem por Ryan.

— É, por que não? — pergunta ele.

— Não pensei que fossem amigos.

— Não somos. Mas não vou pedir a ela para passar a noite *comigo*, vou pedir para passar a noite com meus filhos. Ela acha que é a vizinha perfeita. Agora pode provar isso.

— Mas eu não posso ir! — exclamo enquanto ele pega o telefone.

— E por que não?

— Eu... não tenho nada para vestir!

No segundo em que digo isso, eu me xingo por dentro. Aos ouvidos de um homem, esta frase soa como tentar sair de um júri porque tem uma espinha. Mas não só é fundamentalmente importante para mim, como por acaso também é a verdade.

Quando fiz as malas para os EUA, nunca imaginei que iria a um lugar muito sofisticado, pelo menos nada mais glamoroso do que o bar do bairro. E, só porque pretendo ficar um ano aqui, não quer dizer que houvesse mais espaço em minha mala do que haveria para uma viagem de duas semanas a Majorca. Assim, os vestidos chiques ficaram para trás, enquanto os jeans vieram comigo.

— Vai precisar fazer melhor do que isso — diz Ryan.

— Então, o que vou vestir? — Agora, estou exasperada.

— Não se preocupe — diz ele. — Vou resolver isso para você.

Eu devo ter aparentado preocupação.

— Relaxa — insiste ele. — Vamos encontrar algo ótimo para você usar.

De repente, meu ânimo se eleva quando me ocorre o que ele está insinuando. Estou pensando em Richard Gere.

Estou pensando em Julia Roberts. Estou pensando naquele momento especial de *Uma linda mulher*, quando ele a leva pela Rodeo Drive e gasta uma fortuna comprando roupas para ela. Estou pensando: *Obaaaaa!*

— Tudo bem, tudo bem — digo, revirando os olhos. — Acho que vou.

— Que bom.

— Está me devendo uma — acrescento, tentando não demonstrar a empolgação que sinto.

Enquanto Ryan pega o telefone para negociar com Barbara King sobre as crianças ficarem com ela esta noite, eu penso se vou de roxo ou vermelho. O roxo definitivamente é minha cor, mas o vermelho é muito mais versátil — pelo menos, é o que a revista *Grazia* sempre diz. Mas o que estou pensando? Vermelho, roxo, quem se importa? Desde que seja novo e entre na conta do cartão de crédito de Ryan, não dou a mínima.

— Nem tenho como agradecer — Ryan está dizendo a Barbara, embora entre os dentes. Está prestes a desligar quando hesita. — Ah, mais uma coisa — continua ele. — Estou mandando a Zoe aí agora. Preciso que lhe empreste um vestido.

Capítulo 35

Adoro ir ao centro de Boston, com sua combinação assombrosa de lindos prédios públicos antigos, parques exuberantes e arranha-céus imensos e reluzentes. No topo de minha lista de lugares preferidos está a Newburry Street, cheia de galerias de arte elegantes que sempre pretendo visitar, restaurantes chiques aos quais gostaria que alguém me levasse, e butiques de primeira cujos produtos estou sempre devorando com os olhos. (Faço isso na esperança de que as vendedoras me tomem pela filha rica de um diplomata inglês, não como alguém que não pode pagar nem por uma de suas sacolas.)

É aqui que me encontro para o jantar de Ryan, que acontece no hotel mais refinado da cidade, um magnífico marco dos anos 1920 no final da rua, dando para a loja da Chanel de um lado e o Boston Common do outro. Sei que devia estar festejando a ocasião, seu esplendor e glamour, e ao entrar no saguão tento imitar o andar confiante e petulante das outras mulheres.

Só que não é o que acontece.

Os saltos agulha de Barbara King não ajudam em nada. Ela calça 38,5, o equivalente ao tamanho 6 na Grã-Bretanha. E o meu número é 5. Uma pequena diferença, pensei, mas, na verdade — descubro quando tropeço na escada da varanda e quase caio de cabeça em um arbusto —, é uma diferença crucial.

Somos recebidos à porta por uma loura bicuda, com a cintura do tamanho de meu braço, e conduzidos ao salão de baile.

— Por aqui — diz Ryan, abrindo a porta para mim. — Ah, e... você está... Hmmmm... Ótima, a propósito.

Ele me olha nos olhos ao dizer isso, e meu estômago congela imediatamente. Quase xingo a mim mesma: que coisa mais ridícula, ingênua e primitiva. À parte de minha determinação de dar um fim à minha obsessão, as palavras de Ryan evidentemente são a manifestação de uma técnica de gerenciamento que ele aprendeu em um curso caro a que sua empresa o enviou — palavras que pretendem manter minha autoestima elevada diante da adversidade. Porque o fato é que *não* estou ótima: parece que recebi uma repaginada de um lunático com um caso grave de daltonismo.

Além dos sapatos que não servem, tenho de me contentar com o vestido mais sumário do qual já me aproximei na vida, um artigo que seria pequeno demais para cobrir um porquinho-da-índia bulímico, quanto mais a mim e meus inabaláveis 7,5 quilos a mais.

Enquanto eu me arrumava, ficou evidente que este vestido era revelador demais para mim em seu estado original, então o customizei com a ajuda de vários alfinetes de segurança, que agora estão prendendo algumas partes do tecido para que eu possa ter, pelo menos, algum recato.

E está funcionando. Tenho um alfinete debaixo de cada axila, dois de cada lado da cintura e um nas costas. Mas se algum deles decidir se abrir durante a noite, eu me verei numa sessão improvisada de acupuntura.

— Odeio esse vestido — murmuro, com um sorriso paralisado, quando tropeço mais uma vez.

— Você está ótima — responde Ryan. — Ei... Eu estou falando sério.

Sinto uma sensação alarmante de prazer na virilha. Ai, contenha-se, Zoe!

Eu quis experimentar pelo menos outros seis vestidos do closet de Barbara, mas ela bateu no meu pulso como se eu fosse uma menininha de 6 anos birrenta estendendo a mão para uns doces. O Valentino preto e longo estava fora de cogitação. O Roberto Cavalli roxo, também. Recebi uma encarada de nem-pense-em-olhar para o YSL vermelho *e* o D&G creme. Não que qualquer um deles coubesse em mim. Mas o resultado teria ficado melhor do que com esse vestido amarelo horrendo, em que pareço a estrela de um bar de strip.

Além disso, sabe quando todas as revistas dizem que uma roupa íntima bonita faz maravilhas por sua autoconfiança? Bem, a única calcinha que eu tinha, que não estava para lavar, era uma nova da Mulher Maravilha que ganhei em um amigo oculto na creche, há quatro Natais.

Preciso dizer mais alguma coisa?

O que torna tudo imensuravelmente pior é que Ryan se arrumou tão bem para esta noite que cada mulher na sala vai ficar babando por ele, inclusive — meu Deus, odeio admitir isso — eu.

Ele está mais sexy do que qualquer 007 de smoking. Seus ombros parecem ainda mais largos e a barriga ainda mais firme. Os olhos claros e a pele bronzeada se destacam contra a brancura da camisa. A leve aspereza das mãos faz um contraste perfeito com a formalidade do traje. Ele tem um cheiro sensacional que não consigo definir. É a mesma loção pós-barba que ele costuma usar, mas com um toque a mais que gastei uma proporção insana de nossa viagem tentando identificar.

Em suma, ele nunca esteve mais desejável, nunca emanou mais sex appeal. Ele é a encarnação da perfeição masculina.

Motivo pelo qual tenho vontade de lhe dar um soco no queixo.

Quando entramos no salão, pego uma taça de champanhe da primeira bandeja que passa e tomo um gole, deliberadamente.

— Vamos — instrui Ryan. — Vamos falar com umas pessoas. Não se preocupe... Vou apresentar você.

Entorno o resto da champanhe e, com o coração saltando como um instrumento de percussão do diabo, corro atrás de Ryan, dizendo a mim mesma para não entrar em pânico. Para ficar calma. Para lembrar que posso ser tão refinada, elegante e cosmopolita quanto qualquer outra pessoa neste lugar. Mesmo que meu vestido se assemelhe a um espanador.

— Ryan, como você está? — troveja uma voz. Nós nos viramos, e um cara alto e bonito, de cabelo prateado e um sorriso de Paul Newman, aperta a mão de Ryan.

— Michael, é bom te ver — responde Ryan. — Zoe, este é Michael Ronson.

Estou ciente de que de algum modo terminei no meio de um grupo tão grande de pessoas como numa recepção de casamento — e que estou corando sem haver qualquer motivo concebível.

— E estes são Catherine Manford, Jack Bishop, Victor Hislop, James Sorbie, John Kaplovski e Terri Costa — continua Ryan.

Enquanto eles assentem e sorriem educadamente, ocorre-me um pensamento poderoso e pernicioso, que me convence de pronto de que posso ler a mente de cada um deles — e só uma coisa passa por suas cabeças: Mas que *raios* esta mulher está vestindo?

Pare com isso, Zoe! Lembre-se: você pode ser tão sofisticada quanto qualquer um.

— Oiê! — falo em um tom estridente, enquanto sorrio feito uma imbecil e, para piorar, estou acenando. — É *maravilhoso* conhecer a todos! Maravilhoso mesmo! Que lugar incrível! Rá... Caramba!

— Hmmm, Zoe é da Inglaterra — diz Ryan.

Eles assentem e dizem: "Ah", "Que bom", e "Ótimo". Há uma pausa estranha.

O garçom me oferece outra taça de champanhe e eu a pego, tentando romper o silêncio.

— Nesse ritmo, vamos todos ficar de porre! — exclamo.

Todos me encaram em silêncio. Tenho a impressão de que eles não ficam impressionados com minha considerável elegância social.

— Hmmm, então, como vão as coisas, Ryan? — pergunta Michael Ronson, enquanto os outros voltam a suas próprias conversas.

— Ah, nada mal, considerando-se as circunstâncias. Como todo mundo, tivemos que fazer algumas declarações complicadas recentemente, com a economia do jeito que está. É um mundo difícil, o que vivemos agora.

— Pode ter certeza — concorda Michael. — O mercado está mesmo com altos e baixos.

— O *Boston Herald* parece estar permanentemente nos defendendo também, mas essa é outra história — continua Ryan. — E vocês?

— A mesma coisa — assente Michael. — Olha, já soube de Jerry Chaplin, da Everright's?

— Já me contaram. — Ryan revira os olhos. — O sujeito é louco.

Fico ali em silêncio, com um sorriso congelado, meus olhos seguindo um e outro. De vez em quando, assinto astutamente, como se fosse grande amiga de Geof do escritório de Nova York e, como eles, por dentro dos desafios que envolvem o mundo das comunicações corporativas.

— Tsc, nem me fale — me vejo murmurando a certa altura. Mas, é claro que preciso tentar. Estou me sentindo tão útil nesta conversa como um leitão num jantar vegetariano.

— Zoe, isso deve ser uma chatice para você — diz Michael por fim.

— Ah, não! — eu me derreto, como se me dispusesse alegremente a ter os filhos dele só porque o homem se deu ao trabalho de falar comigo. — Não me importo nem um pouco!

— O que você faz para viver? — pergunta ele.

— Sou a babá de Ryan. Ou melhor, babá dos filhos de Ryan.

Michael assente.

— Esta é a primeira vez que ele me deixa aparecer em público — acrescento.

Os olhos de Michael se arregalam tão rapidamente que parecia que ele estava sendo congelado criogenicamente.

— Claro — murmura ele. — Que bom. Bem, Ryan, foi ótimo falar com você. A gente se fala, amigo.

— Claro — responde Ryan. — Não se preocupe — me diz ele, quando Michael se retira; não sei se ele está tranquilizando a mim ou a si mesmo. — Esta parte da noite é só de negócios. As pessoas logo vão começar a relaxar.

— Ah, sei que sim. — Sorrio, sem me convencer. — É, não tem problema.

Mas depois de 45 minutos de *networking*, só no que consigo pensar é em fazer contato com a porta e voltar para casa.

Capítulo 36

Os organizadores nos colocaram na frente do salão, numa mesa com uma decoração elaborada que ostentava um imenso arranjo de plumas pretas, rosas roxas e cristais. É tudo muito deslumbrante e sei que eu deveria estar curtindo, mas toda a experiência se prova tão agradável quanto fazer uma lavagem intestinal durante uma prova de matemática de nível avançado.

Chegamos a nossa mesa, e Ryan me apresenta à mulher à esquerda dele.

— Zoe, esta é Matilda Levin, nossa vice-presidente de marketing — diz ele. — Matilda, esta é Zoe.

Matilda é uma morena esbelta, tão imaculadamente arrumada que deve classificar o uso de hidratante como um de seus hobbies.

— Zoe — ela sorri, estendendo a mão —, é um prazer conhecê-la. Você deve ser a advogada com quem Ryan anda saindo.

— Aaaaah, er, não — murmuro.

— Ah — diz ela, erguendo uma sobrancelha. — A contadora?

— Não.

— A decoradora?

— Não. Não... Não! — Eu me atrapalho. — Desculpe, sou a babá.

— Ah. Desculpe. Não sabia que você estava saindo com uma babá. — Ela sorri para Ryan.

— Não estou — responde ele.

— Eu sou só *a* babá — esclareço. — Quer dizer, babá dos filhos de Ryan.

— Ah — diz ela, ainda sorrindo. — Fascinante. De onde você é?

— Inglaterra, infelizmente. — Eu também sorrio.

— Eu adoro a Inglaterra! Temos muito que conversar!

Eu me sinto tomada de alívio por ter encontrado com quem falar, até que Matilda pega Ryan pelo braço.

— Mas primeiro, Ryan, precisamos discutir sobre o pacote de mídia que criamos. Estive tentando falar com você a semana toda...

A dupla rapidamente se envolve em outra conversa desnorteante enquanto eu fico ali, remexendo minha bolsa. Minhas unhas agora se assemelham às pontas de um mordedor para cães.

— Olá, como vai? — diz uma voz atrás de mim. — Meu nome é Gerald Raven.

Eu me viro e me deparo com um homem de aparência gentil atrás de mim, de cabelo branco e curto e uma barriga de Papai Noel.

— Zoe Moore. Sou babá dos filhos de Ryan. — Decidi que esta será minha nova tática: anunciar quem sou logo e dar a eles a oportunidade de encontrarem alguém mais importante.

Gerald Raven não se mexe.

— É mesmo? — diz ele. — São duas lindas crianças.

— Ah, o senhor as conhece?

— Claro. Parece que foi ontem que Ruby nasceu. Uma menina ótima... especialmente depois de ter passado pelo que passou.

— Ela é mesmo — concordo, maravilhada e aliviada por ter encontrado alguém preparado para falar de um assunto que eu realmente domino.

— Agora, jovenzinha — diz ele, erguendo uma sobrancelha —, não parece que você seja desta região.

— Não — sorrio —, tem razão. Não dá para dizer que sou da Califórnia, não é?

Ele ri.

— Deixe-me adivinhar. Inglaterra? Norte?

— É.

— Não, espere — continua ele. — Posso fazer melhor do que isso. É de Manchester? Não, não, é de Liverpool, certo?

Meus olhos se arregalam.

— Impressionante. É o primeiro americano que conheço que sabe que meu sotaque é do norte. Pelo menos três pessoas esta noite acharam que eu era irlandesa e uma, australiana. Mas ainda acertou a cidade, puxa vida! Nota dez.

— Bem, eu devia esconder isso de você... Mas seria trapaça minha.

— Ah?

— Minha mãe era de lá.

— Está brincando!

Cinco minutos depois, descobri que a mãe de Gerald Raven era uma costureira de Speke (a uns 5 quilômetros de onde fui criada) e conheceu o pai dele — um soldado — durante a Segunda Guerra Mundial em Burtonwood, que é próximo. Eles se mudaram para os Estados Unidos depois de 1945. E o resto, como dizem, é história. Em minutos, eu me sinto tremendamente próxima deste homem. Nunca o vi na vida, mas o fato de que a mãe dele nasceu na minha cidade faz com que eu sinta que achei minha alma gêmea.

— Ei, grandão — cumprimenta Ryan, aparecendo do nada e abraçando Gerald. — Obviamente não preciso fazer as apresentações.

— Ah, nem precisava se preocupar conosco — esclareço. — Então vocês trabalham juntos?

— Sim, Zoe — diz Ryan. — Gerald é o presidente da BVH Systems. O que significa que deve ser o homem mais importante deste salão.

Capítulo 37

Bem, sentar-me ao lado de Gerald deve ser sido o maior golpe de sorte que tive a semana toda. Se eu tivesse contratado meu RP pessoal para a noite, ele não teria me enaltecido mais do que Gerald. Ele passou a noite regalando a todos com histórias tão carinhosas sobre a velha Liverpool — "cidade natal de Zoe e de minha querida mãe também" — que agora me olhavam como se eu fosse um artefato fascinante. O que é muito melhor do que ser uma aberração com um vestido amarelo-canário.

Tenho de confessar que algumas taças de vinho também me relaxaram um pouco. Mas estou pegando leve — a última coisa que quero esta noite é ficar bêbada e arriscar a dar um espetáculo.

— E então, o que acha de trabalhar para Ryan? — cochicha Gerald, quando a sobremesa é servida e Ryan se envolve numa conversa com Matilda, à esquerda dele.

— Ah, bem, esta é uma pergunta interessante. — Procuro pensar em uma boa resposta. *Ele é um pesadelo, mas não consigo tirar os olhos de seu traseiro* não parece muito apropriada. — Bem, as crianças são ótimas. Adoro cuidar delas. E, como você disse, elas passaram por muita coisa, e é bom poder dar alguma normalidade a elas.

— Aposto que você é ótima com as crianças — diz ele.
— Mas não foi isso que perguntei.

— Ah?

— Perguntei como é trabalhar para Ryan.

— Ah.

— Ah — repete ele com um quase sorriso.

— Bem, ele é ótimo. — Eu sorrio também. — É sério.

— Que bom — diz ele. — Porque algumas pessoas o acham meio complicado.

— Hmmmm...

— Não precisa falar nada — continua ele. — Mas me deixa te dizer uma coisa. Ryan é um bom sujeito. O melhor. No fundo, é a pessoa mais decente, trabalhadora e leal que você pode conhecer na vida. E ele *ama* os filhos. Mas recentemente... Bem, desde a morte de Amy, ele não é mais o mesmo.

Sinto uma pontada de culpa.

— Deve ter sido horrível para ele.

— Eles eram perfeitos juntos. Para ser franco com você, acho que ele nunca superou a morte dela. Sempre foi um cara forte, mas parece que entrou em crise depois disso. Intimamente, quero dizer. Por fora, ele se tornou uma noz dura de quebrar.

— Nem me fale — me vejo dizendo.

— Mas não deixe que o jeito dele a iluda — continua Gerald. — Ele só precisa de tempo. E algum apoio. Por isso, uma pessoa como você é tão importante.

— Eu?

— Sim, você — diz ele. — Há quanto tempo está trabalhando para ele?

— Ah, só há alguns meses.

— Ora — diz Gerald. — Isso é um recorde. Pelo que eu soube, as babás de Ryan não costumam durar mais de uma semana. Então, nota dez para você também.

Eu sorrio, mas não posso deixar de me sentir tão confortável com isso como ouvir que tenho um importante papel numa negociação do próximo tratado internacional de direitos humanos. Estou aqui por causa das crianças, não de Ryan. E estou aqui sozinha. Se ele precisa de alguém para recolocá-lo nos trilhos, eu sou a pessoa menos qualificada para isso.

Estava me perguntando se devia ou não contar este detalhe a Gerald, quando a banda começa uma música, indicando que era hora de as pessoas começarem a soltar a franga.

— Acho que não se importa de dançar, não é? — pergunta ele.

Eu começo a transpirar. Posso muito bem estar quase ligeira e alegremente bêbada, mas de maneira alguma vou para a pista desse jeito.

— Er, eu adoraria, mas primeiro vou dar um pulo no banheiro. Não se importa, não é mesmo?

— De maneira alguma. — Ele dá um tapinha na minha mão. — Nós nos vemos depois.

Estou a caminho do toalete das mulheres quando alguém salta na minha frente.

— Ora, oi, inglesinha!

É um dos homens do grupo que Ryan me apresentou no início da noite, um sujeito meio rotundo, com 30 e poucos anos, de cachos escuros e embaralhados, que me lembra o velho Westmorland terrier de minha tia Carol. Agora me deixe pensar, era Jim Bishop ou Victor Kaplovski?

— Er, oi. Jim, não é? — digo, acreditando ter chutado o nome certo.

— Jack. Mas eu te perdoo.

Para meu pavor, ele passa o braço em minha cintura com tanta familiaridade que parece que estamos em nosso quinto encontro.

— Isto é, se vier dançar comigo — acrescenta ele.

— Ah, eu não danço — digo a ele, desvencilhando-me de seu braço. — Tenho dois pés esquerdos. Existem pinguins que dançam salsa melhor do que eu.

— Bem, não tem problema — diz Jack, tentando colocar o braço de novo em minha cintura. — Porque estou feliz em ficar por aqui e conhecer você melhor. Então, é solteira?

— Er... Hmmmm. Ah... — Tento ganhar tempo para pensar em uma maneira inteligente de evitar a pergunta. — Você é?

— Ah, sim, garota. E não estou preparado para me comprometer. Meu apelido é Diversão. Vou ter de supor, pela sua resposta, que é o mesmo para você, não?

— Bem, esta é uma suposição *audaciosa*. — Eu fecho a cara.

— Eu sou um cara *audacioso* — responde ele.

— Hmmmm — murmuro, cruzando os braços, mas tentando ficar sorridente enquanto tramo minha fuga.

— Mas não importa — continua ele —, porque acho que você e eu fomos feitos um para o outro.

— Bem, não sei se *eu* penso assim — solto.

— Meu Deus, vocês inglesas sabem mesmo paquerar! O vestido é *óóóótimo*! — Ele encara meu decote com a expressão do Scooby-Doo quando está prestes a devorar um sanduíche de 2 metros de altura. Cruzo ainda com mais firmeza os braços. — Eu simplesmente adoro mulheres voluptuosas. Não há nada pior do que uma mulher que não gosta de comer.

— Obrigada. Você sabe mesmo deixar alguém nas nuvens — respondo —, mas agora preciso ir. Desculpe. Estou indo ao sanitário.

— Ao *sanitário*? — exclama ele, como se eu tivesse acabado de dizer a coisa mais engraçada desde John Cleese e os alemães. — O *sanitário*! Que máximo! Vou esperar por você bem aqui.

Eu disparo para o toalete. Quando chego lá, decido retardar minha volta à mesa o máximo possível para não ser pega novamente *en route* por Jack Sei-lá-do-quê. Estou retocando a maquiagem no espelho quando Matilda Levin se junta a mim.

— E então, como é trabalhar para o Olho Azul? — Ela sorri.

— Você é a segunda pessoa esta noite que me pergunta isso — respondo.

Ela sorri com malícia.

— As pessoas vão se perguntar de que lado você está... Do lado ele-é-um-completo-cretino-e-não-tem-nada-que-o-salve ou do lado ele-é-um-completo-cretino-e-ainda-consegue-ser-totalmente-lindo.

Eu procuro não demonstrar meu choque.

— Ah, não se preocupe, meu bem. — Matilda ri. — Pessoalmente, acho que você deve ser uma santa por *morar* com ele.

— Bem, ele não é assim tão ruim — digo, sem estar disposta a dar a impressão de que não o suporto. — Quer dizer, ele tem seus momentos, mas... as crianças são ótimas. É só com elas que eu lido.

— Ahã — diz ela. — Bem, só para sua informação, acho que Ryan gosta de você. Sei pelo modo como esteve falando de você antes.

— Ele esteve falando de mim? — pergunto, alarmada.

— Claro. Mas ele não disse muita coisa. De qualquer modo, aceite um conselho meu.

— Sim?

— Se vai entrar nessa, não perca a cabeça. Ryan tem sido um verdadeiro mulherengo ultimamente, mas para ele as mulheres são objetos de prazer a serem usadas e descartadas. É ótimo enquanto dura... Mas Ryan Miller é problema com P maiúsculo. Acredite em mim.

— Ah, é sério, não há nada entre nós... E não *haverá* nada entre mim e Ryan e... bem, sinceramente, é uma ideia ridíc...

— Pare! — Matilda ri. — A moça protesta demais! Só o que estou dizendo é cuidado. E só estou dizendo isso porque já estive lá. Ryan e eu já tivemos alguma coisa.

— Tudo bem — murmuro. Mas não consigo deixar de fazer a pergunta seguinte: — E aí, de que lado você está?

— Meu bem — ela dá de ombros —, eu mudo de lado todo dia.

Capítulo 38

Jack, o parecido com um Westmorland terrier, ainda está por ali quando saio do toalete. No segundo em que me vê, ele ataca como se eu fosse uma lata ambulante de patê Pedigree.

— E aí, e aquela dança? Vamos, sei que você não consegue resistir a mim. — Ele tenta ser inteligente de um jeito gracinha e irônico.

Não está dando certo.

— O que te deu essa ideia?

— Chamo de magnetismo animal. — Ele pisca, incitando outra imagem do cachorro da tia Carol. — Confesse, você pensa exatamente como eu, não é?

— Mais ou menos — murmuro. — Mas eu preciso correr.

— Não tão rápido. — Ele me pega pelo cotovelo. Sacudo o braço numa tentativa de me livrar dele e, nesse momento, Ryan aparece.

— O que está havendo? — pergunta ele. Ele não parece impressionado. — Você está bem, Zoe?

— Estou. Sério — insisto, querendo parecer durona e pós-feminista ao máximo.

— Ela está bem — ecoa Jack.

— Que bom — diz Ryan. — Mas aposto que ela vai ficar melhor se você ficar longe dela pelo resto da noite.

— Como é? — exclama Jack. — Só estávamos conversando, pelo amor de Deus, Miller. Que merda isso tem de errado?

Ryan mal pisca ao avançar.

— Quando uma dama deixa sua vontade clara — sussurra ele num tom ameaçador —, aconselho que a respeite.

— Mas o que...

— Fique longe dela. É só isso.

Enquanto Ryan me conduz para nossa mesa, eu o fuzilo com os olhos.

— Muito obrigada por isso. Mas, só para sua informação, eu *não* sou esse tipo de pessoa assustadiça.

— Não pensei que fosse.

— Não foi o que me pareceu.

— Ah, então estava feliz com Jack Bishop salivando nos seus seios, não é?

Meu rosto enrubesce com tal rapidez que eu devo dar a impressão de alguém que teve uma fogueira acesa dentro da cabeça. Finjo que isso não está acontecendo.

— Bem, não, mas a questão não é essa. Na verdade...

— Então, o que há de errado em eu resgatar você? — interrompe ele.

— Eu não *preciso* ser resgatada — observo.

— Não foi *isso* que me pareceu.

Sento-me de mau humor e procuro aparentar que não respondo com uma observação inteligente porque tenho altos padrões morais, e não porque não consigo pensar em resposta alguma.

— Olha, me desculpe, está bem? — Ele suspira. — Eu não pretendia implicar que você não sabe cuidar de si mesma. Mas ele é um babaca. E agora... Uma bebida?

Ele enche minha taça de vinho, e eu tento parar de sorrir.

— O que é tão engraçado? — pergunta ele.

— Não é fácil morar com você, Ryan — respondo. — E você fez muita coisa insensível, irritante e chata desde que cheguei aqui. Pode acreditar. Esta não foi a pior delas.

— O que quer dizer com isso? — pergunta ele, na defensiva.

— Só estou dizendo — continuo — que foi a primeira vez que ouvi você pedir desculpas.

— E?

— Gostei. — Dou um sorriso malicioso.

Ele baixa a garrafa de vinho e está prestes a protestar quando eu lhe lanço um olhar fulminante.

— Tudo bem. Vou calar a boca, está bem? — diz ele.

Capítulo 39

— E então, a noite está sendo tão ruim como você pensou que seria? — pergunta Ryan. Ele está sorrindo, mas tenho a impressão de que pela primeira vez ele se importa com minha resposta.

— Eu nunca disse que seria ruim — respondo.

— Não precisava. Sua reação esta tarde foi suficiente para deixar um sujeito complexado.

— Acho que não corro esse perigo. — Não resisto em dizer.

Minha libido entra em colapso quando me sento com Ryan, sozinhos em nossa mesa, vendo as pessoas na pista. As luzes foram reduzidas, e a mesa é uma cena de desalinho pós-jantar, a toalha antes branca e imaculada agora está coberta de manchas de vinho tinto e pedaços de brie que caíram da tábua de queijos.

Estamos sentados a centímetros um do outro, e Ryan tira o paletó. Sua gravata-borboleta ainda está ali, mas ele a afrouxou e brinca com o rótulo de uma garrafa vazia de Chablis. As luzes da pista passam por seu rosto e revelam traços que eu nunca tinha percebido. A sombra de uma cicatriz perto do olho esquerdo. Um pequeno sinal pouco acima do queixo.

Com muito vinho se agitando em minha corrente sanguínea, meus hormônios parecem explodir em ação sempre que o braço dele roça o meu.

— Mas eu estaria mentindo se dissesse que não me sinto um peixe fora d'água — continuo. — Quer dizer, olhe para mim. Não sou exatamente experiente quando se trata de eventos assim.

— Para sua informação, não acho que alguém teria adivinhado — me tranquiliza ele. — Além disso, que importância tem?

— Nenhuma, acho. Mas às vezes ainda me sinto uma idiota.

Ele meneia a cabeça com desdém.

— Escute. Eu me lembro de um dos primeiros jantares a que compareci quando comecei nessa área. Eu estava com o smoking mais ridículo que você possa imaginar... Peguei emprestado do pai de um amigo. Era pelo menos dois números menor que o meu, e as pernas da calça paravam no meio dos tornozelos. Estou convencido de que Woody Allen teria lutado para caber nele, imagina eu.

Não pude deixar de rir.

— Mas podia ter sido pior. Eu *quase* segui o conselho do meu amigo e usei um cravo na lapela.

— Um cravo? — Eu rio.

Ele faz que sim com a cabeça.

— As pessoas teriam pensado que me perdi no caminho para uma recepção de casamento.

— Então seu amigo não era um especialista.

— Ele era mecânico — diz ele —, então, por que eu pensei em dar ouvidos a ele, não sei. Ainda assim, todo mundo tem de aprender de algum jeito. Eu não cresci num mundo de festas elegantes e hotéis cinco estrelas... Na época, isso era novidade para mim.

— Ah — digo, surpresa. — Em que mundo foi criado?

Não sei por que, mas eu julgava que Ryan tivesse uma sólida criação de classe média. Imaginei que foi uma criança rica que cresceu no tipo de bairro em que mora agora. Mas parece que não.

— Bem, eu nasci e cresci no interior — diz. — Meu pai, quando ainda estava em casa, era lavrador, e minha mãe trabalhava no armazém.

— Quando ainda estava em casa? — pergunto.

— Eles se divorciaram quando eu tinha 10 anos. Mas tudo bem, porque eu não me dava com meu pai... Ninguém se dava. Ele era um tirano. E minha mãe ficou melhor sem ele.

— Então você se dá bem com ela?

— Dava — ele corrige. — Ela não está mais conosco. Mas sim, em resposta à sua pergunta, ela era gentil, amorosa, extremamente trabalhadora. Uma ótima mãe, em todos os sentidos.

— Há quanto tempo ela faleceu? — pergunto, insegura.

Ele examina o rótulo do Chablis.

— Ela morreu quando eu tinha 21 anos, de câncer no pulmão.

— Sinto muito — digo, pateticamente.

Ele dá de ombros.

— Eu só queria que ela estivesse presente quando me formei na faculdade.

Não é nenhuma surpresa que os olhos de Ryan sempre pareçam tão tristes. Ele tem mais mágoas na vida do que qualquer um devia ter de suportar.

Ele se vira e me pega olhando para ele. Eu coro e estendo a mão para a garrafa de água mineral. Enquanto abro a tampa e sirvo no meu copo, percebo que está vazia.

— E então... como o filho de um lavrador terminou na faculdade? — pergunto. — Pelo que eu soube, uma faculdade é tremendamente cara por aqui.

— Sim, se comparada com o Reino Unido — concorda ele. — É verdade que ela não é paga por lá?

— Atualmente se paga — respondo —, mas nada se compara aos preços cobrados aqui.

— É verdade. Mas eu tive sorte e ganhei uma bolsa. Trabalhei muito, tirei boas notas e... bem, a fórmula é simples. Aqui estou eu.

— Aposto que sua mãe teria ficado muito orgulhosa de você.

— Espero que sim.

— Algum irmão ou irmã?

— Não, sou filho único.

— Eu também — digo.

— É mesmo? — diz ele, surpreso. — Não sei por que eu imaginava que você tinha irmãos e irmãs por todo lado.

— Por todo lado? — Eu sorrio.

— Ah, toneladas deles! — responde ele, sorrindo.

Isso incita o pulo de meu estômago, algo que sempre acontece quando ele sorri. Não entendo a razão disso, talvez porque todo o seu rosto ganhe vida; talvez porque aconteça muito raramente.

— Talvez por causa de seu trabalho — continua ele. — Imaginei que você era do tipo que cuidou de outras crianças quando estava crescendo.

— Não. Odeio acabar com suas ilusões — digo a ele. — Além de tudo, isso poderia ter me dissuadido.

— É verdade — concorda ele. — Então, se você é filha única, isso quer dizer que... Como eu... É mimada, socialmente dominante e paparicada.

— Inteligente e conscienciosa, é como eu interpreto.

— É mesmo? — Ele ri. — Preciso me lembrar dessa.

Enquanto Ryan me serve outra taça de vinho, ocorre-me o quanto estou gostando de conversar com ele. Ele é muito mais do que um corpo sarado e um par de olhos cintilantes, quando quer. É adorável. É divertido. Tirando a beleza, ele é um dos homens mais carismáticos que já conheci. Me pergunto por que ele não pode ser assim o tempo todo, mas me contenho. Talvez seja bom que não seja assim. Só Deus sabe como eu me comportaria se fosse.

Então me ocorre outra coisa. Eu não pensei em Jason a noite toda.

Capítulo 40

Cerca de uma hora depois de meu papo com Ryan, ocorre-me que, em algum momento, a noite deu uma guinada significativa para melhor. Para começar, comecei a me apegar a minha roupa. Na verdade, o que diabos me preocupava tanto? Eu estou positivamente — quase certamente — *linda*.

E daí que eu esteja mostrando mais corpo do que qualquer outra pessoa? Todas são lindas de seu próprio jeito. Eu sou linda do meu. Linda, linda, linda! Não consigo compreender por que estou me sentindo tão positiva, mas não vou reclamar disso.

— Agora, para onde foi aquela garrafa de vinho? — eu me pergunto.

— Gostaria de outra dose, mocinha? — pergunta Gerald.

— Opa! — exclamo. — Eu falei em voz alta?

— Falou. — Ele sorri. — Tem certeza de que não prefere água?

— Aaaaaah, *nããããão*! — respondo, jogando a cabeça para trás para destacar meu argumento. A sala fica tão torta que eu quase caio da cadeira. — Não seria muito chato?

Gerald sorri novamente.

— Tudo bem — responde ele, servindo minha taça, mas só até a metade. — Você não me deu a dança que prometeu. Por que não fazemos isso agora?

De repente, me ocorre que Gerald pode pensar que eu estou meio embriagada. Quer dizer, não posso negar que estive desfrutando do vinho, mas só tomei três taças — ah, não, peraí, quatro... Ou foram cinco? Não, cinco foi o que eu tomei depois de voltar do banheiro. Meu Deus, isso quer dizer que devem ter sido...

A questão é que eu sempre me orgulhei de ser capaz de refrear a bebida — mesmo que todo mundo em que eu tente focalizar esteja balançando como se estivesse em uma balsa no mar da Irlanda.

— Tudo bem, Gerald — respondo, levantando num salto e estendendo a mão. — Você venceu.

— Tem certeza de que está preparada para mim? — Gerald sorri.

— Vamos arrasar! — respondo, com tanta confiança que, se Gerald tivesse me pedido para dançar na frente de uma torcida no Shea Stadium, eu teria respondido: "Me passe o colant."

Vou gingando para o meio do salão, balançando os ombros como Jennifer Gray em *Dirty Dancing*, mesmo que eu tenha de usar muita imaginação para fazer Gerald se metamorfosear em Patrick Swayze. Entretanto, com a banda a todo o vapor, antes que eu tenha a chance de pensar nisso, ele está me conduzindo numa valsa tão animada que faz com que dois de meus prendedores de cabelo caiam.

Não sei se o motivo é nossa dança brilhante, ou simplesmente o fato de ele ser chefe da maior empresa de Boston, mas logo os olhos de todos estão em nós, e giramos pelo salão.

Localizo Ryan ao lado com um de seus colegas e aceno ao passar rodando, na esperança de ele ficar tão impressionado quanto sei que todos estão. Confesso que Gerald está conduzindo, mas ainda assim, eu sou boa. Muito boa. Devo ser, porque ao levantar a cabeça, percebo que não conseguiria ser alvo de mais atenção nem se Gerald estivesse aperfeiçoando uma rotina avançada de break.

— Você é uma ótima dançarina. — Gerald sorri.

— Ah! Acha mesmo? — respondo com modéstia, valsando como um cordeirinho que acaba de descobrir para que servem os pés. Sentindo-me no topo do mundo, eu me preparo para uma manobra um tanto ágil que deixaria Ginger Rogers orgulhosa, e que envolve afastar-me de meu parceiro, depois voltar direto para seus braços.

Mas algo chama minha atenção. Algo que é imediatamente alarmante. Não, apaga. Potencialmente catastrófico.

Um dos alfinetes de segurança que prendia a lateral do vestido se agarrou ao forro do paletó de Gerald. Não consigo entender como isso aconteceu. Só o que sei é que eu estou presa.

Aimeudeus, aimeudeus, aimeudeus.

A primeira visão a aparecer em minha mente é de um buraco imenso no vestido de Barbara King, se eu tentar me separar de Gerald. Mas estou sendo otimista: o vestido é tão fino que, com um movimento em falso, tudo irá arrebentar mais rápido do que o sutiã de Barbara Windsor em *Fuzarca no camping*.

Em pânico, cambaleio pela pista, colada no tronco de Gerald, enquanto a música acelera cada vez mais. Olho para o alfinete, com a pulsação se acelerando ao ponto de um colapso cardíaco, as gotas de suor pinicando minha testa.

— Aaaah, ah, Gerald... — Ofego, apertando meu tronco no dele.

— Que tal alguma coisa um pouco mais elegante, hein? — Ele pisca, sem saber de minhas dificuldades, girando-me para os aplausos extasiados de um público crescente.

— Opaaaaaaaa! — grito, ao perceber que nossos corpos se separaram um pouco, afastando de seus respectivos donos o paletó e meu vestido de um jeito francamente apavorante.

Seguro as costas de Gerald e me puxo para ele, tentando ao mesmo tempo me concentrar em meus pés, que estiveram pisoteando tanto os dele nos últimos dois minutos que vou ficar surpresa se ele não terminar engessado.

— Gerald, opaaaaaa... eu... — começo, mas agora ele nos coloca num passo acelerado, com toda a sala reunida em volta da pista, aplaudindo e gritando tão alto que mal consigo me ouvir.

Ele me gira e eu ofego, a sala rodando, o alfinete cravando na minha pele, os ecos dos aplausos girando por minha cabeça.

— Agora, querida — cochicha Gerald alegremente —, vamos ao final. Vou trazer você para perto, depois girar para longe de mim.

De repente eu tenho dificuldade de respirar. Porque sei exatamente do que ele está falando. Também sei exatamente no que pode resultar fazer uma pirueta para longe de Gerald na velocidade que ele tem em mente. E tenho medo de que minha confiança recém-descoberta não suporte passar por uma situação tão embaraçosa diante de quinhentos dos mais importantes contatos de Ryan.

— Gerald, eu... *Nããããooo!* — digo ofegante, com o sangue a mil, e o rosto em brasa.

— Não se preocupe, querida, a plateia vai ficar louca com isso — garante ele.

— Não, quer dizer...

Enquanto ele me puxa, tateio seu paletó como uma punguista extremamente ruim em sua primeira aula prática.

— *Lá vamos nós, querida!* — grita ele.

Enquanto Gerald me impele para longe dele, percebo que o alfinete ainda está preso. Eu puxo enquanto ele empurra. Ele empurra enquanto eu puxo. E por fim, para os uivos dos espectadores, sinto meu vestido se rasgar, só um pouco, o bastante para me soltar do paletó de Gerald.

O que deve ser bom. Só que estou puxando com tanta força quando isso acontece, que em vez de girar graciosamente para longe dele, sou catapultada para trás com a força de um lançamento da nave Apolo.

Deslizando de costas pela pista, parece que vou continuar assim para sempre — passando pelos pés de vários convidados... Passo pelos garçons... Passo por Ryan... Passo pelos colegas dele.

Quando finalmente paro em um monturo com as pernas escancaradas aos pés de Jack, o Westmorland terrier, pergunto-me por uma fração de segundo se me safei dessa. Talvez, só talvez, eu pareça Jayne Torvill quando Christopher Dean a empurrou elegantemente pelo gelo durante a apresentação de medalha de ouro olímpica ao som de "Bolero" de Ravel. Levanto a cabeça e vejo os olhos de Jack, o Westmorland terrier.

— Bela calcinha. — Ele reprime o riso, enquanto a Mulher Maravilha sorri para mim. Atrapalhada, puxo o vestido para baixo para cobri-la e olho ao redor. A banda parou de tocar. A multidão está num silêncio pasmo.

E Ryan parece prestes a me estrangular.

Capítulo 41

Quando acordo na manhã seguinte e olho o relógio, já passa das dez. Eu me sento e esfrego os olhos.

A repentina mudança do centro de gravidade de minha cabeça faz com que pareça que ela foi de repente esmagada por um bloco de cimento. Mas o pior não é isso. À medida que relembro os acontecimentos da noite anterior, me sinto fisicamente doente. De novo.

Tenho certeza de que li em algum lugar a definição de alcoólatra como alguém que se arrepende do comportamento que teve quando bebeu. A ideia é tão deprimente que quero me enroscar na cama e nunca mais me levantar. Eu já sou uma desertora emocionalmente perturbada, uma neurótica com obsessão por bíceps e uma seguidora de dietas fracassada. Não posso lidar também com o alcoolismo.

Visto-me com a maior rapidez que posso, mas ainda parece que preciso de vinte minutos só para colocar os jeans. Ao descer lentamente a escada, sou atingida por flashbacks contínuos da noite anterior. De meu vestido medonho. De Jack, o Westmorland terrier. Do sorriso de Ryan durante o que deve ter sido a conversa mais bem-sucedida que já tivemos. Depois da Mulher Maravilha para qualquer um que quisesse ver.

Tenho tanto medo de encontrar Ryan que parte de mim está tentada a voltar correndo escada acima, fazer as malas e ir embora imediatamente. Mas esta seria a opção da pessoa assustadiça. E eu já me desgracei tanto, que sei que não seria capaz de conviver comigo mesma se fizesse isso.

Tenho poucas lembranças da viagem de carro para casa ontem, só que Ryan e eu ficamos a maior parte do tempo em silêncio e foi preciso cada grama de força de vontade que pude invocar para não vomitar sempre que virávamos uma esquina.

Quando abro a porta da cozinha, Ryan está sentado diante do laptop enquanto as crianças estão coladas na televisão. Ele não levanta a cabeça.

— Bom dia — eu tento, mas o que sai é mais uma grasnada.

— Zoe! Zoe! — grita Ruby, dando um salto e me abraçando. — Como foi seu encontro?

Olho para Ryan, que enrijece visivelmente.

— Não foi um encontro, meu amor — consigo dizer, através de minhas cordas vocais ásperas. — Mas foi... Interessante. Obrigada.

— A gente pode fazer um desenho? Vou fazer você com seu vestido bonito.

— Tudo bem — murmuro, deslizando para uma das cadeiras da cozinha e protegendo os olhos da luz do sol que entra pelas janelas. — Por que não vai pegar seus lápis de cor?

Enquanto Ruby sai correndo, eu me viro para Ryan — de cabeça baixa, em silêncio.

— Obrigada por pegar as crianças na casa de Barbara — digo.

— Ahã — responde ele.

Olho para minhas mãos e tiro uma lasca solta de esmalte da unha.

— Desculpe, Ryan — falo em voz baixa, com o coração pesado de medo.

Ele leva um segundo para responder.

— Não se preocupe com isso — diz ele monotonamente, sem tirar os olhos da tela.

— Eu me sinto péssima, se eu... sabe como é... se eu constrangi você. Ou se o decepcionei... Qualquer coisa assim — continuo. — Quer dizer, eu sei que o constrangi. E me sinto péssima por isso. De verdade.

Ele não responde. O silêncio é uma tortura.

Respiro fundo de novo.

— Se quiser me demitir, vou entender. Eu não demoraria muito tempo marcando a passagem e...

— Zoe — interrompe ele, enfim tirando os olhos do computador —, se eu quisesse te demitir, já teria feito isso há muito tempo. Não quero.

Sinto uma onda de felicidade, seguida de perto por outra de náusea.

— Obrigada — murmuro.

— Só não vou mais levar você a esses jantares — continua ele.

Baixo os olhos, envergonhada.

— Pelo menos, não sem mandar você comprar uma calcinha melhor.

Capítulo 42

Meu querido Ryan,

Você sempre tendeu um pouco para o lado malvado — sabe que em parte é o que gosto em você. Mas agora você está sendo malvado demais. Minhas últimas cartas foram um gesto de boa vontade, uma oportunidade para você perceber o erro que está cometendo. Não eram para ser ignoradas. Assim, estou profundamente decepcionada que você pareça ter feito justamente isso.

Deixe eu te lembrar de uma coisa, Ryan, uma coisa que é muito relevante para mim, se não for para você. Você e eu dormimos juntos. Várias vezes. Não sou o tipo de pessoa que vai para a cama com alguém — várias vezes — e passa ao homem seguinte. O que tivemos significa alguma coisa. Algo grande. E desistir disso não é opção — pelo menos, não para mim.

Mas além de como eu me sinto, vamos olhar para você, Ryan. Eu levei alguma luz à sua vida — sei que levei —, de uma forma que você não experimentava desde antes da morte de Amy. Eu sou sua salvação, Ryan. Você só precisa acordar e perceber isso. Me dê uma chance. Você e eu podemos ter um futuro de verdade juntos. No fundo, você sabe que isso faz sentido.

Enfim, o mais importante, não me ignore. Não mais uma vez.

Sua para sempre,

Julieta

Bjs

Desta vez, não abri a carta. Estava no meio da roupa suja de Ryan, metida no bolso da calça Levi's. O que não é realmente inteligente da parte dele, porque qualquer um podia encontrar. Quer dizer, qualquer um que mexa em suas calças. Mas olha, eu nem *queria* mexer nas calças dele.

Já faz uma semana desde o incidente mais humilhante de minha vida adulta e as coisas ainda não voltaram ao normal — seja lá qual for o normal. Se Denise Robertson do *This Morning* me aconselhasse sobre esta situação, sei que ela diria que Ryan e eu precisamos nos esforçar para deixar para trás esse incidente infeliz. O que *eu* estou tentando fazer. Mas não é fácil, dado que Ryan entrou em seu humor cáustico.

E tem a roupa suja. Embora Ryan tenha muito tempo para correr, trabalhar e perseguir as mulheres, ainda não encaixa a lavagem das próprias meias em sua agenda. Depois do jantar da semana passada, porém, não me sinto em condições de reclamar.

— Como é a vida na casa dos Millers? — pergunta Trudie. Estamos em nosso encontro quinzenal no que se tornou nosso bar preferido de Hope Falls, esperando que as outras cheguem.

— Seria mais divertido trabalhar para Vlad, o Empalador — digo a ela.

Esta noite, Trudie está com shorts de *Os Gatões* e um top turquesa da moda, os dois tão pequenos que podiam fazer parte da coleção primavera da Mothercare para crianças de 4 anos.

— Ele não está fazendo das dele de novo, está? — pergunta ela, mexendo no sutiã para suspender os peitos. — Anda, desabafa.

— Ah, não é nada em particular. — Eu suspiro. — Só consegui que o mau humor permanente dele ficasse pior.

— Sei que ele não faz isso de propósito, querida — diz ela, no que eu suponho que seja uma tentativa de me tranquilizar.

— Eu sei. Mas, embora isso pareça egoísta, parte de mim não liga mesmo se ele *faz de propósito* ou não. A questão é que morar com ele é um pesadelo.

— Talvez ele só esteja tentando esconder o fato de que gosta de você.

Eu rio de incredulidade.

— Por favor, explique a lógica distorcida por trás dessa declaração.

— Nunca aleguei ser lógica, meu bem. — Ela sorri. — Mas aquela mulher no jantar disse que ele gosta de você, não foi? Bem, concordo com ela... Também tenho essa impressão sempre que o vejo com você.

— Vocês duas obviamente são doidas varridas — insisto.

Todavia, parte de mim fica feliz em ouvir isso. Em seu nível mais básico, é porque não quero que Ryan me substitua por uma babá mais eficaz e sofisticada e me mande de volta para a Inglaterra.

Mas eu sei que é mais do que isso. Ainda há uma parte estupidamente primitiva de mim que não consegue deixar de sentir desejo por ele, por pior que seja seu comportamento.

E, embora eu saiba que esta é minha maneira deturpada de tentar esquecer Jason, não quero sentir desejo por alguém que não me suporta.

Tá legal, então as pequenas fantasias que tenho com Ryan de vez em quando nunca se tornarão realidade. Mas gostaria de pensar que, caso se realizassem, ele não se arrependeria delas de pronto. E gostaria de pensar que Ryan *me* acha atraente. Há ocasiões em que ele olha para mim de um jeito que faz meu coração disparar. Não sei o verdadeiro significado desses olhares, mas seria bom pensar que uma fração do frisson sexual que sinto sempre que ele está presente é recíproca.

— Ryan deve ter dito algumas coisas positivas sobre mim a Matilda Levin para livrar a própria cara — digo a Trudie.

— Como assim?

— Eu não era a primeira opção dele para aquela noite — explico. — Devo ter sido a zilionésima. Mas, de maneira alguma, iria querer que os colegas pensassem que ele estava acompanhado por uma imbecil usando um vestido que não serve nem para limpar as janelas. Então é claro que ele falou bem de mim um pouco.

— Você está paranoica. O vestido era ótimo. Nem acho que era revelador demais.

— Trudie, eu podia ter ido com um saiote transparente e ainda assim estar mais recatada.

— É verdade. Mas eu estava falando de *antes* de você mostrar a calcinha. Espero que esteja com sua depilação em dia. — Ela coloca a mão sobre o ombro e coça as costas com tal intensidade que parece que tem pulgas.

— Qual é o problema com sua pele? — pergunto.

— Ah, essas coisas. — Ela tira o adesivo de nicotina e coloca num cinzeiro com um peteleco. — São tão irritantes. E não é só porque ainda fico morrendo de vontade de fumar sempre que saio para beber. Já parei com os cigarros há meses, e a cerveja ainda não tem o gosto certo sem um Benson & Hedges.

— Vai se acostumar com isso — digo.

— Mas pare de mudar de assunto. Não acredito que Ryan seja assim tão ruim.

— Ele tem seus momentos, acredite — insisto.

— Bem, se é tão ruim, por que ainda está aqui?

De repente fico sem ter o que dizer. A resposta é tão simples, mas ao mesmo tempo tão complicada. Estou aqui porque fui abandonada. Estou aqui porque tento superar uma mágoa. Estou aqui porque voltar para o Reino Unido representará apenas tristeza.

Não contei a Trudie sobre o dia de meu casamento, embora nós nos tornássemos mais próximas a cada dia. Desde o início, decidi não deixar que ninguém daqui soubesse disso, não porque quisesse ser misteriosa, mas porque precisava de um tempo sem falar no assunto. E eu sei que não posso contar a alguém que fui recentemente largada e esperar que não me façam perguntas.

Mas, sentada com Trudie nessa noite, eu me sinto diferente quanto a isso. Não sei por que, mas é assim.

— Posso te contar uma coisa, Trudie?

— Claro, querida. O que é?

— Não falo nisso desde que saí da Inglaterra...

Ela franze a testa.

— Pode falar comigo, você sabe que pode.

Eu sorrio. Pela primeira vez em meses, sei que *tenho* de falar com alguém — *realmente* conversar com alguém. Alguém que vai entender. E não existem muitas pessoas assim. Respiro fundo.

— Bem, aconteceu uma coisa que...

Mal comecei quando uma voz do outro lado do bar me interrompe:

— *Cadê a minha garota?*

É Ritchie. Trudie se levanta num salto, e a felicidade faz com que seu rosto se ilumine tanto que ela podia ter seu próprio espaço na iluminação da Blackpool Tower.

— *Oiê, lindo!* — exclama ela, atirando-se nos braços de Ritchie para ele poder girá-la, sem se importar com a proximidade entre os saltos dela e as mesas dos outros. Depois eles se beijam, antes de Ritchie se afastar.

— Oi, garota — diz ele. — Como é que está?

— Bem. — Eu sorrio. — Ótima.

— Desculpe, querida — diz Trudie, endireitando o cabelo, que agora dá a impressão de que ela passou várias horas rolando em um monte de feno. — O que estava dizendo mesmo?

— Ah, nada. Sério. Ritchie, vou pegar uma cerveja para você.

Capítulo 43

Ritchie não entende Felicity. Pode ser porque, enquanto a maioria dos homens se concentra em sua beleza, em vez de sua excentricidade encantadora mas inegável, ele é tão apaixonado por Trudie que nada disso tem qualquer efeito sobre ele. O fato é que, de vez em quando, nós o pegamos olhando para ela como se a moça tivesse mais parafusos frouxos do que um guarda-roupa jogado fora.

— Está vendo, Ritchie — declara Felicity, com sua jovialidade de sempre —, não estou dizendo que o sotaque americano equivale necessariamente a uma pronúncia incorreta. Muitos americanos falam perfeitamente o inglês. Como... por exemplo... bem, a questão é que não se trata do *sotaque* de uma pessoa. É muito mais do que isso.

— Ahã. — Ritchie sorri, tolerante. — Querem outra cerveja?

— E por que não? — diz Amber, que está com uma saia estampada grande e tanta bijuteria étnica que parece o Mr. T em Woodstock. — Vou tomar uma Budweiser.

— Cientologistas podem beber? — pergunta Trudie.

— Hmmm, acho que sim — murmura Amber, olhando a garrafa que acabou de esvaziar. — Mas, agora que tocou no assunto, não tenho certeza. Ah, deixa pra lá, não vai dar em nada mesmo.

— E por que não? — pergunto. — Não me diga que o Tom Cruise ainda não apareceu na igreja.

— Isso também me deixa indignada — acrescenta Trudie.

— Eu não estava pulando num bonde de celebridades — diz Amber, com inocência. — Eu estava procurando por satisfação espiritual.

— Só estamos implicando com você, meu bem — diz Trudie, abraçando-a afetuosamente. — Mas é engraçado que você fale em satisfação espiritual, porque eu sei de alguém que é especializado exatamente nisso... E ele acaba de entrar pela porta.

Antes que Amber tenha a oportunidade de protestar, Felicity está acenando como se tentasse parar um táxi em véspera de Ano-Novo.

— Ah, vigário! Vigário, *venha* para cá e se junte a nós!

— Olá, pessoal. — O reverendo Paul sorri ao se aproximar. — Como estão todos?

— Estamos ótimos — diz Trudie —, mas não esperávamos ver o senhor aqui. Não devia passar as noites de sábado em casa, rezando?

Ele ri.

— Vim me encontrar com um velho amigo que não é da cidade, então acho que Deus vai me perdoar. Só desta vez.

— Vou pegar uma bebida para o senhor, reverendo — diz Ritchie, tirando o braço da cintura de Trudie para pegar dinheiro.

— Ah, obrigado — responde Paul. — Vou tomar um suco de laranja.

— Nada mais forte? — pergunta Ritchie.

— Ah, por que não? Você me convenceu.

Trudie cutuca Amber.

— Isso está ficando cada vez mais promissor — cochicha ela, enquanto o rosto de Amber assume um vermelho feroz. — Talvez você consiga embebedar e seduzir o homem.

Capítulo 44

Ryan era sempre tão misterioso a respeito de sua vida amorosa que quase me convenci de que ele namorava um membro do Serviço Secreto. E, para ser franca, para mim está ótimo. Não sei se quero ouvir os detalhes sórdidos de suas relações.

Assim, parada no hall, pega pelo laço enquanto ainda estava de roupão, não posso deixar de ficar sem graça com a conversa que temos.

— O negócio — diz ele — é que andei me encontrando com uma mulher.

— Tu-do bem — respondo, torcendo o cinto do roupão no dedo.

— Ela se chama Kristie e era quem devia ter ido comigo ao jantar de gala no seu lugar, na outra semana.

Procuro não me ressentir dela.

— Não vou entrar em detalhes — continua ele —, mas o motivo para ela me deixar na mão foi por estar meio irritada comigo porque... Bem, porque ela queria conhecer as crianças.

Ele para.

— Ah, sim — murmuro, ainda torcendo o cinto.

— E eu não queria que ela conhecesse.

— Hmmm, sei.

O cinto do meu roupão agora está tão enrolado em meu dedo que ele adquiriu o tom de uma salsicha crua.

— Mas decidi que talvez eu deva me arriscar — continua ele. — Quer dizer, não é que Kristie e eu estejamos em um relacionamento particularmente sério. É só que já faz três anos desde que... Bem, talvez eu precise apresentar as crianças *à ideia*. — Ele para.

— Tudo bem. — Não posso deixar de esperar que este seja o fim do assunto. Mas Ryan espera alguma resposta minha. Ele evidentemente não percebe que sou tão qualificada para dar conselhos amorosos quanto um cacto celibatário. — Bem, acho que você pode ter razão — declaro. — Por que está me contando isso?

— Porque vou apresentá-la a todos hoje — responde ele.

— Ah... Ah, bem, tudo bem.

Sinto meu espírito se elevar: se Ryan vai passar o dia fora com as crianças, eu posso ver se Trudie está disponível para aquelas compras no Filene's Basement — uma loja de descontos espetacular de Boston que vende artigos de grife que podem se passar por itens comprados na Selfridges.

— Sim, é mesmo uma boa notícia — continuo. — Será bom para vocês passarem um tempo juntos, como uma família e...

— Você virá conosco — interrompe ele.

— *Eu?* — exclamo. — Quer dizer, desculpe, mas por que precisa de *mim*?

— Sei que vai ficar tudo bem — continua ele, me ignorando —, mas acho que há uma chance remota de eles acharem isso meio perturbador. Espero que não seja assim, mas pode ser. E, se acharem, preciso de você lá.

— Para acalmar as coisas.

— Você entendeu — responde ele, animado, indo para a escada.

Capítulo 45

Kristie se parece com a Cindy Crawford, com maçãs do rosto como peitoris de janela e um corpo tão sarado que ela deve passar sete horas por dia malhando. Ela é deslumbrante. E não é difícil entender por que Ryan pode achá-la atraente. As crianças, por outro lado, desprezam-na no segundo em que colocam os olhos nela.

— Quais são suas matérias preferidas na escola? — pergunta Kristie, tão sem jeito que quase é possível ouvir sua voz estalar de tensão.

— Samuel é pequeno demais para ir para a escola — informa Ruby, mal-humorada. — Ele só tem 3 anos.

— Ah. — Kristie franze os lábios.

Estamos sentados sobre uma manta, no Boston Common, depois de um passeio de pedalinho e um enorme piquenique.

Kristie só comeu duas folhas de rúcula e um pedaço de bolacha que parecia algo que se usa para alimentar um coelho que toma moderador de apetite. Não deixo de pensar nisso com culpa, enquanto metade de uma pizza fria e várias porções de Doritos se acomodam pesadamente em minha barriga, cujo volume tento mascarar, sem sucesso, mantendo os braços cruzados pela maior parte da tarde.

Ocorre-me que se Jason e eu nos conhecêssemos agora, ele jamais se sentiria atraído por mim. Ele não é o tipo de homem que aprecia as curvas femininas. Embora nunca tenha dito nada quando ganhei uns quilinhos, era evidente que ele preferia a minha versão mais magrela. Só Deus sabe o que ele iria pensar se visse como minha celulite anda ruim ultimamente.

— Bem, e você? — continua Kristie, tentando envolver Ruby em algo que se aproximasse de uma conversa.

Ela dá de ombros e não responde.

— Vamos, Ruby. — Eu insisto com ela. — Diga a Kristie o quanto você adora artes.

— Artes, é? — diz Kristie, tentando de novo. — Eu também gostava de artes quando estava na escola. Mas isso já faz muito tempo.

Ruby não diz nada.

— Aposto que não adivinha quanto tempo faz — diz Kristie.

— Duzentos anos? — Ruby dá de ombros maliciosamente. Olho para ela com reprovação, Ryan reprime um sorriso, e Kristie claramente tem vontade de estrangular a menina.

— Não — responde ela, sorrindo com os dentes trincados. — Não faz tanto tempo assim, como tenho certeza de que você deve saber.

— Kristie comprou um Frisbee — anuncia Ryan, ao se levantar e espanar a grama dos jeans. — Que tal um joguinho? Vamos, Ruby.

— Frisbee é chato — responde ela. Felizmente, Samuel não é tão desdenhoso e logo se coloca de pé.

— Eu jogo, papai, eu jogo!

— Você não está sendo má com a Kristie, está? — pergunto a Ruby, quando todos se afastam.

— Não! — protesta ela.

— Tudo bem, não tem problema — digo. — Mas devia dar uma chance a ela.

— Por quê? — Ela faz beicinho.

— Porque seu pai precisa ter *amigas* — respondo, enquanto ela se senta no meu joelho. — E você devia ser legal com elas.

— Ela não é *amiga* dele — diz ela, empinando o nariz. — Ela é *namorada* dele. É diferente.

— Tem razão. — Faço que sim com a cabeça. — Desculpe se subestimei sua capacidade de observação. Mas Ruby, seu pai poderia ser mais feliz se tivesse uma companheira como Kristie. E ele ter uma namorada não é tão ruim assim, é?

— É, se a namorada é *ela*.

— Bem, acho que ela é muito legal, acho de verdade. E se seu pai gosta dela, então...

— Eu não ligaria se *você* fosse a namorada dele.

Meu coração para por um segundo.

— Ruby, meu amor, isso não vai acontecer. Seu pai e eu somos só amigos.

— Mas você é muito mais bonita do que ela — diz ela.

— Ah, bem, não sei nada disso... — Eu sorrio com recato, preferindo não ver este comentário como uma mentira cabeluda que pretende me fazer concordar com a ideia.

— E papai nunca fica zangado quando você está perto.

Ah, tá.

— Pelo menos ele não fica tão zangado, agora que você está aqui. É verdade — insiste Ruby, de olhos arregalados.

Os outros estão voltando, e Samuel mergulha em mim, decidido a achar um lugar no meu joelho.

— Eu joguei Frisbee, Zoe! — Ele não poderia parecer mais satisfeito consigo mesmo se tivesse passado num teste de direção.

— Eu sei... Eu vi! Você é um garotão crescido, hein?

— Não um garotinho — reitera ele seriamente.

— Não, é mesmo um garotão — confirmo.

— Garotão — repete ele.

— Garotãozão — digo, beijando-o enquanto ele desaba de rir.

Quando levanto a cabeça, Kristie está me encarando como se eu fosse conselheira política do anticristo.

— Hmmm, não foi ótimo a Kristie ter comprado um Frisbee para vocês? — eu digo, numa tentativa fraca de distrair a todos e trazer Kristie para o meu lado. Mas Ruby não morde a isca. E, infelizmente, mais uma hora de meu encorajamento parece não fazer nada pela popularidade da moça.

A única trégua acontece quando Samuel finalmente é convencido por Ryan a ir com Kristie alimentar os patos, enquanto Ruby fica para andar de bicicleta. Ryan e eu começamos a arrumar os restos do piquenique, que está em tal bagunça que nos leva a crer que foi consumido por uma horda de gnus em uma festa de adolescentes.

— O que você acha? — pergunta Ryan. — De Kristie, quero dizer.

— Ah... Bem, ela é ótima — digo, colocando um bolo semirregurgitado, do prato de Samuel, em um saco. Não posso deixar de sentir algo que se aproxima do ciúme com esta linha de interrogatório. — Quer dizer, é legal.

Ryan funga.

— Mais alguma coisa?

— Ela é muito bonita — digo com sinceridade.

— É — diz ele. — Ela é OK.

Ele abandona o piquenique, senta-se, pega um galho pequeno e começa a descascá-lo com seu canivete suíço. Os músculos do braço ondulam. Eu procuro ficar impassível.

— O que eu quis dizer é, como você acha que foi... com as crianças? — pergunta ele.

Tento pensar numa maneira de responder de forma diplomática.

— Sei que eles vão gostar dela. Mais cedo ou mais tarde.

Ryan bufa.

— Vocês, ingleses, são mesmo os mestres do sarcasmo, não é?

— Como assim?

— "Sei que eles vão gostar dela" — imita ele. — É o seu jeito de dizer que ela é uma merda com as crianças e que elas a odeiam.

— Eu não disse isso. — O calor sobe a meu pescoço.

— Nem precisava.

Essa não é a pior coisa que Ryan disse a semana toda, ou desde que cheguei aqui. Talvez seja só um comentário exagerado. Seja o que for, tem algo nele que me dá vontade de virar o prato dos brownies, agora encharcados, sobre sua cabeça e guarnecer com uma cereja.

— Ryan — falo, ignorando meu coração, que está fazendo acrobacias de padrão olímpico. — Qual é o seu *problema*?

— Hmmmm?

— Eu disse qual é o seu *problema*?

Estou tentando parecer durona, mas minhas mãos tremem tanto que me sinto severa como a patinha Jemima.

— Eu vim aqui hoje, embora não tire um dia de folga há Deus sabe quanto tempo — desabafo. — E banquei a acompanhante perfeita, a diplomata perfeita. Tentei de tudo para convencer Ruby a gostar da sua namorada. E, apesar de tudo isso, você *ainda* cai com tudo pra cima de mim.

Se Ryan ficou chocado com esta explosão, não demonstrou.

— Posso lembrá-la de que *eu* emprego *você*, Zoe? — observa ele.

— Se você me tratasse como empregada — resmungo —, não como escrava.

— Eu pago seu salário, te dou um teto para morar, e em troca espero que você trabalhe — responde ele. — O que há de errado com tudo isso?

— Nada — murmuro, lembrando a mim mesma que preciso deste emprego. — Nada mesmo. E só que... Só que...

— Só que o quê? — pergunta ele.

Meus lábios começam a tremer incontrolavelmente. Respiro fundo e me componho.

— Ryan, eu trabalho feito uma mula nesse emprego. E não me importo com isso. É só que... Bem, não posso deixar de me enfurecer por você nunca... nunca... dizer: "Puxa, obrigado, Zoe."

— Então quer que eu comece a te mandar flores ou coisa assim?

— Não! — exclamo de frustração.

— E o que é que você *quer*? — grita ele.

— Só quero que você pare de ser um "babaquera"! — grito.

Assim que digo isso, fico dividida entre pensar que perdi o juízo e que estou fazendo a coisa certa.

Porque, embora eu tenha pena de Ryan — tenha mesmo muita pena dele —, ninguém parece preparado para dizer que ele não pode tratar as pessoas como trata.

Ele se levanta e eu sei de imediato que passei dos limites.

— Não sei o que você quer dizer com isso — responde ele —, mas se sou um, não dou a mínima.

— Mas deveria.

— E por quê?

— Porque você tem dois filhos lindos que o amam e não merecem um "babaquera" como pai — digo. — Eles merecem alguém que seja um bom exemplo e...

— Um bom exemplo? — interrompe ele.

— Sim, um bom exemplo que...

— Está dizendo que não sou um bom exemplo?

— Pare de colocar palavras na minha boca!

De repente, percebo que Ryan não está me ouvindo.

Em vez disso, ele olha o lago, com o rosto cheio de confusão e ansiedade. Depois, Kristie vem correndo até nós. E ela está gritando.

— Mas que porra... — começa Ryan.

— É o menino! — grita Kristie, histérica. — Ele está se afogando!

Capítulo 46

Enquanto Ryan tira o corpo flácido de Samuel do lago, há tanta adrenalina correndo por minhas veias que fico nauseada.

— Não sei fazer RCP — murmura ele desesperado.

Eu engulo em seco. Nunca fiz isso na vida. Não numa criança de verdade. O treinamento que recebi durante meus estudos envolvia ressuscitação boca a boca num boneco que podia ser aparentado de uma gelatina gigante. Não era uma criança de verdade. Não era Samuel.

— Eu faço. — Tiro Ryan do caminho.

Tudo parece estar acontecendo em câmera lenta enquanto, como um robô, coloco Samuel na posição correta, na esperança, desesperada, de me lembrar disso corretamente. Kristie ainda grita histericamente que ela só deu as costas para atender ao celular. Ruby está parada atrás de mim, chorando, a bicicleta abandonada sobre a toalha de piquenique. Ryan é o único que não faz barulho algum. Está ajoelhado a meu lado, a cara tão sem cor que parece sobrenatural.

— Sabe o que está fazendo? — Sua voz está tão tomada de terror que eu mal a reconheço.

— Eu... acho que sim — respondo.

Mas eu não *sei.*

Só o que sei é que talvez eu seja a melhor esperança de Samuel.

Por favor, Deus, faça com que dê tudo certo.

Coloco a mão trêmula na testa de Samuel e a outra sob o queixo, levantando-o. Depois me curvo e procuro ouvir sua respiração. Mas mesmo com os sons ao fundo, sei que não há nada para ouvir. Seu peito está imóvel.

Em pânico, olho dentro de sua boca, depois fecho os lábios nela, dizendo a mim mesma para ter controle sobre a situação e não o perder, para ficar calma.

Só que não consigo me concentrar, todo meu corpo treme e transpira como se eu me recuperasse de um vício em heroína.

Conto até cinco enquanto começo o boca a boca, expulsando de minha mente qualquer pensamento, além daqueles relacionados com minha tarefa. Afasto-me e verifico a pulsação, rezando para sentir alguma coisa. Mas ainda não há nada.

Por favor, Deus, me ajude. Por favor, Deus, ajude Samuel.

Estou tentando ficar no piloto automático, tentando ao máximo manter a calma. Mas não adianta: o pânico me toma, e meu tremor ficou tão grave que mal consigo me equilibrar para fazer o boca a boca.

— Não o deixe morrer, Zoe — sussurra Ryan. — Por favor, não o deixe morrer.

Minha cabeça gira com as palavras de Ryan, o choro de Ruby, os gritos de Kristie. E o silêncio macabro e torturante de Samuel.

Deus Todo-poderoso, me dê forças para fazer isso. Por favor, Deus. Por favor.

Respiro fundo e fecho os olhos.

Eu posso fazer isso, não posso?

Eu posso.

ZOE, VOCÊ PODE FAZER ISSO!

Não sei por que ou como, mas de repente o barulho em volta de mim desaparece.

ZOE, VOCÊ PODE FAZER ISSO!

Curvo-me e começo o boca a boca de novo. Depois de cinco massagens cardíacas, recuo e verifico a pulsação de Samuel. Meus dedos estão em sua traqueia, mas ainda não sinto nada. Tento baixar a posição da mão — talvez eu não a tenha colocado no lugar certo.

ZOE, VOCÊ NÃO VAI DEIXÁ-LO MORRER!

Respiro fundo de novo, depois me curvo e coloco a boca na de Samuel de novo.

Uma...

Duas...

Três...

De repente, o peito de Samuel sobe. Eu me afasto, chocada, pasma, maravilhada, enquanto sua carinha volta à vida.

A água jorra de sua boca. Ele tosse como louco.

Depois, ele começa a chorar. Está chorando, chora sem parar.

Foi o melhor som que ouvi em toda a minha vida.

Capítulo 47

Jamais gostei de hospitais. Desde a morte de minha avó Bonnie, seis anos atrás, eles tinham poucos pontos positivos para mim, por mais dedicados ou simpáticos que sejam os funcionários. Até odiei levar Jason ao pronto-socorro quando ele quebrou o braço jogando badminton no final do ano passado. Confesso que em parte isso aconteceu porque o ângulo incrivelmente torto da fratura me fazia estremecer, mas a longa espera numa sala que se assemelhava a uma cela de prisão — com dois caras parrudos, emanando um cheiro suspeito — não ajudou em nada.

Embora o ferido fosse Jason, ele estava muito mais animado do que eu. Passei a implicar com ele quando começou a ver suas fraturas — eram três no braço esquerdo — como um distintivo de honra.

— Bem, eu não seria um esportista realmente bom se um dia não parasse num hospital. — Ele sorriu.

— Não sei se você é imensamente corajoso ou completamente estúpido. — Eu sorri quando o beijei na saída. Basta pensar nisso para eu sentir uma pontada arrasadora de desejo por ele.

Se eu estava esperando que os hospitais americanos fossem mais atraentes do que os britânicos, a ideia foi aniquilada no momento em que passei pela porta e fui atacada por um forte cheiro medicinal. E há o fato de que estamos aqui devido ao que aconteceu com Samuel. Francamente, não há nada de positivo que se possa dizer sobre isso. Só que, é claro, ele está vivo.

Graças a Deus, ele está vivo.

— Ele está se recuperando bem, mas vai precisar passar a noite aqui — diz o médico a Ryan. — Mas o importante é que ele vai ficar bem. Você salvou a vida dele.

A pele de Ryan agora está um pouco menos espectral, mas sua expressão é de torpor.

— Não fui eu — sussurra ele. — Foi Zoe que salvou a vida dele. Foi Zoe.

— Bem, Zoe — diz o médico, colocando a mão no encosto de minha cadeira —, você deve estar orgulhosa. O garotinho não estaria conosco se não fosse por você. Você fez tudo certo.

Forço um sorriso, mas estou me sentindo tão esgotada que sei que devo parecer um zumbi.

Quando o médico sai, olho a carinha redonda de Samuel, deitado ali, dormindo. Ainda está pálido, mas comparado com seu estado quando Ryan o tirou da água, ele é a imagem da saúde e vitalidade.

Ruby também dorme, num sofá no canto do quarto, com um cobertor bem enrolado em seu corpo. Eu me ofereci para levá-la para casa horas antes, mas ela estava decidida a ficar, e acho que Ryan ficou feliz com nossa companhia.

— Bem — me levanto pesadamente da cadeira —, quer um café? Sei que vi uma máquina por aí em algum lugar.

Ryan meneia a cabeça. Estou prestes a sair pela porta quando sua voz me interrompe.

— Zoe.

Eu paro.

— Pode se sentar por um minuto? — pergunta ele.

Volto a minha cadeira em silêncio para não acordar Ruby ou Samuel.

— O que é? — pergunto.

Seus olhos azuis cobalto estão vidrados de lágrimas reprimidas.

— Desculpe — diz ele devagar, enquanto as enxuga. — Me desculpe.

— Deixa para lá — sussurro. — Foi só uma briga. E eu disse coisas que foram...

— Não — responde ele. — Não me refiro só à briga. Eu quis dizer por tudo. Quis dizer... *Pelo meu jeito.*

— Ah. — É só o que consigo falar.

— Sei como é morar comigo. E ainda assim você suporta. *O jeito que eu sou.* E acho que o que estou dizendo é que... você não devia ter de suportar isso.

Agora baixo a cabeça, mexendo num cordão na lateral do leito de Samuel. Esta conversa *devia* parecer canhestra, mas de algum modo não é.

— Não posso dizer que achei fácil esse tempo que passei aqui — sussurro.

— Eu sei — admite Ryan. — E eu... não me sinto bem com isso. Acredite.

Olho em seus olhos. Ele está bonito como sempre, mas bastante pálido. Meu coração começa a bater mais rápido, e eu xingo a mim mesma com a inadequação disso.

— Zoe — continua ele —, precisa saber que você deve ser a primeira pessoa que conheci desde a morte de Amy de que realmente, verdadeiramente... *gostei.*

De repente, meu peito fica apertado e percebo que estou prendendo a respiração há tanto tempo que meu rosto deve estar ficando azul.

— Você é gentil, Zoe — continua ele, enquanto escuto em silêncio, estupefata. — Você é divertida. Você é *ótima* com as crianças. Isso para não falar no fato de que acaba de salvar a vida do meu filho.

Sentada ali, chocada, muitas coisas giram por minha cabeça, mas ainda não tenho nada a dizer.

— Eu fui um imbecil. E sei que não mereço sua amizade. Mas, por favor, entenda que lamento muito.

Sinto um bolo seco na garganta quando Ryan estende o braço pela cama e gentilmente segura minha mão. Ele é grande e forte, mas seus dedos são macios. Enquanto olho fixamente os nós de seus dedos, meu coração disparado como louco, ele aperta minha mão. Há algo nesse gesto dele que faz com que as lágrimas, que eu não sabia que se acumulavam, se derramem de meus olhos. Correm por meu rosto e caem no lençol ao lado dos pés de Samuel. Ver as lágrimas ensopando o tecido me faz dizer algo, sem nem mesmo pensar.

— Eu quero ir para casa.

Assim que deixo isso escapar, não entendo o porquê. Talvez a intensidade do momento me lembre do quanto sinto falta de lá. Do quanto sinto falta de Jason. De como sinto falta dele *desesperadamente*.

— Quero minha mãe e meu pai — falo num gemido. — Quero ouvir um sotaque de Liverpool de novo. Quero dirigir à esquerda da pista. Quero ver o que Leanne Battersby está fazendo em *Coronation Street*. Quero um café da manhã imenso com molho HP. Quero... eu quero... bem, é só isso.

Olho para Ryan, que parece que foi esfaqueado por mim, no coração.

Ele se levanta e, em silêncio, contorna a cama para ficar a meu lado. Depois se curva e — para minha maior surpresa — me abraça. Os braços são tão poderosos e fortes que me tiram o fôlego. Estou tomada de choque e desejo enquanto o calor se espalha por meu corpo e luto para manter a pulsação sob controle.

Fecho os olhos e, com minhas emoções todas no lugar, por fim convenço meus ombros a relaxarem. Enquanto ele me puxa para mais perto, registro como o calor de sua pele é glorioso na minha. Deixo que meu rosto molhado descanse na curva musculosa de seu ombro e me deleito com essa sensação. Minha cabeça é um ciclone de confusão, mas as reações de meu corpo são de um desejo inequívoco.

Ryan tira carinhosamente o cabelo do meu rosto, e sinto que sua boca está perto da minha orelha. Sua respiração é suave e doce.

— Não vá — sussurra ele. — Por favor, não vá.

Capítulo 48

Naquela mesma semana, acordo no meio da noite sonhando com o dia do casamento de novo. Há um suor frio na minha testa, e me sinto tão pegajosa que, se minha mãe estivesse ali, me acusaria de estar ficando doente.

Não consigo dormir depois disso, revirando-me na cama como se ela fosse invadida por uma colônia de formigas dançantes. Quando caio no sono, parece que só dormi alguns minutos antes de ser acordada por Ruby e Samuel batendo na minha porta.

— Entrem — grasno, parecendo que, sem querer, deixei minhas amígdalas em outro lugar.

Quando a porta se abre, Ryan está parado ali com uma bandeja de ovos mexidos, tomates, cogumelos, bacon, torrada, uma xícara de chá e um jornal.

— Ah, meu Deus... esqueci uma coisa — murmura ele. Ele pega algo no bolso de trás e coloca na bandeja.

É um vidro de molho HP.

Capítulo 49

Se existissem museus como o Boston Children's na minha infância, eu ia querer passar a vida toda lá. Trudie, Amber, Felicity e eu ficamos ali a manhã toda com nossa tropa, que ficou tão animada que parecia que alguém colocara aditivos em seus sucos de pera orgânica.

Estivemos desmontando torradeiras numa seção de nome Johnny's Workbench, investigando as leis da ciência com uma bola de golfe, e agora estamos no Kid Power, que trata das diferentes formas de se exercitar. Eles devem estar exaustos, mas se alguém sugerisse que parassem para descansar, tenho certeza de que as crianças recomendariam um hospício.

— Não vai se juntar a nós, Felicity, querida? — pergunta Trudie, enquanto tira as plataformas de cortiça e corre para uma pista de dança interativa com Andrew e Eamonn pulando atrás dela.

— Ah, desta vez vou ficar sentada — afirma Felicity, alegrinha, endireitando a gola do cardigã de Tallulah. — Não é o tipo de dança em que sou especializada.

— Não me diga que você tem qualificações nisso também — retruco.

— Só algumas. — Ela fica radiante. — Grau 8 no balé, 7 no jazz... O suficiente para me virar, na verdade. Minha verdadeira paixão é a dança de salão. Sabia que a valsa vienense é tão acelerada e complicada que algumas escolas insistem em ensinar em aulas particulares em vez de em turmas?

— Er... Claro que sim.

— Bem — continua ela com uma alegria conspiratória —, cá entre nós, embora eu nunca tenha comentado isso com ninguém, eu diria que a *minha* valsa vienense basta para fazer os cavalheiros chorarem.

— Por quê? Você pisa nos pés deles? — grita Trudie.

— Muito engraçado, Trudie — replica Felicity.

É sempre meio estranho ouvir Felicity se referir aos homens de sua vida. Ao contrário de Trudie — cuja vida amorosa é um assunto tão quente que é certamente inflamável —, Felicity dá a impressão de que seus sentimentos com relação ao sexo oposto são parecidos à sua opinião quanto a *fois gras*: ambos lhe são dispensáveis.

Uma vez, Trudie tentou interrogá-la sobre sua vida amorosa, mas embora tenhamos conseguido alguns nacos picantes (perdeu sua virgindade aos 21 anos com o filho de um dos companheiros de caça do pai), ela insiste em afirmar que está concentrada na carreira. Trudie não podia ter ficado mais horrorizada se seu chá tivesse sido batizado com desinfetante.

— Tallulah, minha querida — fala Felicity, enquanto se levanta e bate palmas —, vi uma área de tecelagem maravilhosa que sei que você vai adorar. Vamos lá?

A essa altura, as crianças estão eufóricas como um bando de hienas recebendo cócegas nos pés. Até Amber se juntou a elas na pista e se movimenta lentamente, fazendo o que insiste ser uma dança *bhangra* tradicional que aprendeu quando viajava pela Índia. Para mim, parece um dos passos que se vê às três da manhã no Ministry of Sound.

Tallulah olha para Ruby, que agora está quase histérica de tanto rir.

— Hmmm, tudo bem — responde ela com relutância.

— Não vamos demorar, Zoe! — trina Felicity, desaparecendo por um canto com Tallulah.

Trudie quica de volta até onde estou, sem fôlego, enquanto puxa a blusinha mínima por sobre a barriga.

— Meu Deus, tem algum paramédico por aqui? — pergunta, ofegante.

— Deixa isso pra lá — falo. — Agora que estou sozinha com você, exijo que me conte sobre sua noite com Ritchie. O "encontro da década" atendeu às expectativas?

A noite anterior não foi como qualquer outra. Ritchie fez reserva num restaurante de estourar a conta bancária, contratou um táxi e deu instruções diretas a Trudie para usar a peça mais glamorosa de seu guarda-roupa.

O resultado foi uma expectativa febril da parte dela, mais do que se ele a levasse a Paris em seu jatinho particular.

Mas a testa de Trudie está franzida.

— Queria que não tivesse me perguntado isso.

— Por quê? Qual é o problema? — pergunto, sem conseguir acreditar que ela não está louca para me dar cada microdetalhe.

— Não vai contar a ninguém, né?

— Claro que não. — Fico meio preocupada. — O que é?

Ela suspira e examina as mãos. O esmalte pink começou a lascar nas bordas.

— Ritchie me pediu em casamento.

— Aimeudeus! — exclamo. — Aimeudeus, aimeudeus! Puxa vida, Trudie! Isso é ótimo!

No meio de meu monólogo frenético, vejo seu estado de espírito e puxo as rédeas das felicitações.

— Ou... Não é ótimo? — pergunto, tentando entender por que ela tem a expressão de alguém prestes a identificar um cadáver.

— Hmmm, ótimo ou não? Boa pergunta, cacetada.

— Ah, meu Deus, você tem razão. É cedo demais. Eu não estava raciocinando, eu só...

— Não é cedo demais — interrompe ela.

— Ah. Então, por quê?

Ela não diz nada.

— Sei que somos amigas, Trudie, mas meus poderes de telepatia não estão sintonizados como deveriam.

— Desculpe, meu bem — diz ela. — Olhe, é bom em um sentido, obviamente.

— No sentido de que você o adora?

— É.

Reviro os olhos.

— Bem, pelo amor de Deus, que outro sentido existe?

— Shhhh! — sibila ela, olhando em volta para ver se alguém podia ouvir. — Eu *não posso* me casar com ele.

— Você não é casada, é?

Ela faz um muxoxo.

— Não.

— Hmmmm... Você se comprometeu secretamente em virar freira?

Trudie olha para a blusa e a calça, que parecem ter estado em uma máquina de lavar pelos últimos seis dias.

— O que você acha?

— Tudo bem... *Por quê?*

— Primeiro, deixa eu te contar uma coisa sobre o Ritchie. Ele adora crianças. É ótimo com Andrew e Eamonn... Quer dizer, ele é *mesmo* ótimo, melhor do que o pai deles. Antes mesmo de me fazer a proposta ontem à noite, ele esteve falando em começarmos uma família e essas coisas. Quer dizer, o Ritchie está *louco* para ter filhos.

— E?

— Bem, ele acha que eu daria uma ótima "mami", como ele diz.

— E daria mesmo.

— Não tenha tanta certeza — responde ela.

— Não quer ter filhos?

— Quero, mas...

— Eu vi você com Andrew e Eamonn. Você é maravilhosa com eles. Como pode pensar o contrário?

Ela rói a unha.

— Quando eu era pequena, adoeci. — Seus olhos se toldaram. — Tive leucemia.

Preciso de alguns segundos para que as palavras sejam absorvidas pelo meu cérebro.

— Você... está brincado?

Ela meneia a cabeça e continua com tanta simplicidade que podíamos estar falando de um surto de catapora.

— Eu só tinha 4 anos — diz ela. — Fiquei séculos entrando e saindo de hospitais. Quase enlouqueci os coitados dos meus pais com isso. Minha mãe estava convencida de que eu não ia conseguir... Quer dizer, você ficaria, não? Ter a filha de 4 anos com câncer não é algo que uma pessoa planeje.

— Meu Deus, Trudie.

— Bem, o inacreditável mesmo é que eu venci a coisa. "I'm a Survivor!" — canta, não tão afinada quanto as Destiny's Child.

— Você é incrível, Trudie — declaro. — Soube disso no minuto em que te conheci.

— É, bem — ela dá de ombros —, disso eu não sei. Eu venci a doença, parti do zero e cresci com uma vida inteiramente normal.

— E o que isso tem a ver com o Ritchie?

— Eu já estava chegando lá, meu bem. O câncer é uma doença cruel do sangue, Zoe, nunca duvide disso. E embora eu tenha vencido o bicho aos 4 anos, fiquei com uma lembrancinha. Uma coisinha para ter certeza de que nunca me esqueceria dele.

De algum modo, eu sei o que vem agora.

— Não posso ter filhos, Zoe. Fiz todos os exames. Por mais que eu os queira... Por mais que *Ritchie* os queira... Eu não posso ter filhos nunca.

Capítulo 50

Ryan não é nenhum santo e assim, se eu achava que o que aconteceu o transformaria da noite para o dia na pessoa mais agradável de se conviver do mundo, teria merecido um choque de realidade grande como a Ilha de Wight.

Mas — e este é um *mas* bem grande —, desde que coloquei em ação meu treinamento em primeiros socorros e seu filho voltou das portas da morte, tenho a sensação de que algumas questões passaram a ser vistas por uma nova perspectiva por ele. E a manifestação disto é que Ryan demonstrou tal melhora que, se eu estivesse avaliando seu relatório semestral, ele receberia uma estrela dourada.

O engolir-uísque-como-se-não-houvesse-amanhã parou. O pisar-duro-pela-casa *quase* parou. O chegar-em-casa-às-três-da-manhã-fedendo-a-perfume *não* parou — mas que diabos... Ninguém é perfeito.

Na realidade, na noite passada ele só chegou às cinco e meia da manhã, e eu confirmei — pelo cheiro que percebi em sua camisa quando estava separando a roupa para lavar nesta manhã (sim, ainda faço isso) — que ele está namorando a mulher que usa Estée Lauder Pleasures de novo. Ela não aparecera nas últimas seis semanas.

De qualquer modo, o essencial é que, além da maior parte de seu comportamento ruim ter mudado, ele começou a fazer um monte de outras coisas. Como passar muito tempo com os filhos, se divertir, e, acredite, rir.

Sim, Ryan ri tanto agora que começa a parecer um homem que se lembrou de aproveitar a vida. Ele até consegue me fazer rir constantemente, algo que antes considerei tão provável quanto Nicole Richie ganhar um prêmio internacional por sua contribuição à ciência molecular.

Ruby e Samuel perceberam a mudança drástica. Só nesta semana, ele chegou do trabalho toda noite antes das seis, o que permitiu que jogasse beisebol no jardim, sentasse para pintar na mesa da cozinha, ou até visse um filme na TV. Na verdade, ele fez tanta coisa com as crianças recentemente que às vezes acho que estou morando com um mascote de torcida.

O efeito de tudo isso nas crianças foi incrível. Ruby tem um brilho permanente nos olhos, e todas as noites desta semana — com exceção daquela agitação na terça — ela e Samuel foram postos na cama, abençoadamente exaustos, e adormeceram rápido até as oito e meia.

E meu trabalho ficou muito mais fácil.

Esta noite, quando estou pensando no que dar de jantar às crianças, ouço a porta bater. Meus ombros não se retesam mais involuntariamente.

— *Papai!* — gritam Ruby e Samuel, enquanto se atiram nos braços dele como dois filhotinhos hiperativos.

— Caramba — constato. Passa pouco das cinco. — Chegou cedo.

— Me deixaram sair por bom comportamento. — Ele sorri.

— Bem, eu ia começar a cozinhar... Pode jantar conosco, se quiser.

Ryan faz uma careta.

— Provei aquele molho HP outro dia — provoca ele. — Tenho algumas dúvidas sobre seu gosto culinário.

— Mas que audácia! — bufo, e as crianças caem na gargalhada.

— Não, não — protesta ele. — Eu ia me oferecer para levar todos vocês para jantar fora.

— É mesmo? — grita Ruby, pulando com tanta empolgação que era como se o pai tivesse dito que iríamos nos mudar para o Animal Kingdom da Disney.

— É mesmo? É mesmo? — acrescenta Samuel.

— Sim, *é mesmo, é mesmo* — responde Ryan, pegando-o no colo e jogando no ar como se ele não pesasse mais do que uma bola de praia.

Disparo escada acima e abro meu guarda-roupa para avaliar as opções. O que é que se usa para jantar fora com o chefe e seus jovens pupilos? Estamos falando de vestido de noite e saltos? Não, não, não. Vestido de noite e saltos estão definitivamente fora de cogitação — no mínimo porque sei que não quero flashbacks da última vez que usei roupas assim.

Depois de uma busca intensa em meu armário, me contento com uma roupa que comprei recentemente para uma ocasião dessas — isto é, quando eu não tivesse a menor ideia do que vestir: calça de linho e uma blusa leve com manga em formato de boca de sino, como a que Kate Hudson usou numa edição recente da revista *Allure* (embora eu aposte que a dela não custou 45 dólares na H&M).

Começo a me maquiar, um processo exigente e sutil, pelos padrões de qualquer um. Se exagerar na base Clinique, me arrisco a ser exposta como o tipo de imbecil que fica tão animada com a perspectiva de um jantar que esvaziou todo o guarda-roupa procurando algo para vestir. Se colocar muito pouco, vai parecer que parei no restaurante quando voltava do Walmart.

Quando encontro Ryan no hall, ele me olha ao abrir a porta para as crianças. Como sempre, meus joelhos ficam bambos.

— Você emagreceu, Zoe — diz ele.

Eu paro de repente.

— O quê?

— Você emagreceu — repete.

Fico assombrada com esta declaração e quase arrio sob o peso de minha gratidão. Era como se Ryan tivesse me informado que eu tenho olhos de estrelas, lábios de gotas de orvalho e o corpo de uma deusa grega.

— Ah, acha mesmo? — pergunto, com a maior indiferença que posso e o rosto brilhando como a ponta do dedo do E.T. — Eu não tenho feito dieta nem nada... E, sinceramente, eu costumava ser muito mais magra.

— Você está ótima. — Ele sorri, e meu coração dança de felicidade. — Agora vamos, Ruby... Sobe aí.

Aqui está o ridículo da coisa. Eu *não* estava de dieta. O que só pode me levar a uma conclusão: quanto mais esforço se faz para emagrecer, menos peso se perde.

E Ryan tinha razão: eu emagreci. É verdade que ainda não voltei a meu tamanho normal, mas eu estimaria que perdi pelo menos 3 quilos, talvez mais.

Entro no restaurante me sentindo a Miss Mundo depois de um dia de spa.

O jantar é na Legal Seafoods, um estabelecimento em Boston no qual Ruby e Samuel nunca tinham se arriscado a entrar. Ruby encara o desafio de estar em um "restaurante chique" fazendo um falso e engraçado sotaque britânico e segurando a faca e o garfo com tanta elegância que quase os deixa cair.

Ela pede truta arco-íris e fica decepcionada quando chega. Em vez da criatura exótica e colorida que imaginava, é só um peixe grande. Agora que sou uma emagrecedora de sucesso consciente da saúde, decido optar por uma sopa de mariscos light.

São as ostras de Ryan que criam a maior agitação.

— Eeeeca! Papai! — exclama Ruby, enquanto Ryan pega uma.

— Eeeeeca! Papai! — repete Samuel.

É engraçado, mas ver Ryan colocar uma ostra na língua tem o efeito contrário em mim.

— Olha, está delicioso. — Ryan sorri. — Zoe também acha. Não acha, Zoe?

Eu coro. Sem querer revelar que nunca comi uma ostra, coloco uma na boca.

— Uma delícia! — exclamo, engolindo o que parece um monte de lodo salgado. — Não sabem o que estão perdendo.

Samuel tem um ataque de riso, mas Ruby não poderia ficar mais horrorizada se estivéssemos comendo nossas próprias meias sujas acompanhadas de uma compota de água do banho.

— Vocês são tão nojentos — diz ela, pegando um pãozinho.

À medida que a noite se esvai, chego à conclusão de que comer fora é um sucesso tão sem precedentes que Ryan devia considerar fazer isso de vez em quando — e não hesito em dizer isso a ele.

Mas não é só pelas crianças. Eu também gostei. E às nove, quando ainda estamos à mesa, esperando nosso táxi, percebo o astral quente e agradável que estou sentindo esta noite. Dou o crédito à garrafa de vinho que Ryan e eu dividimos.

— Meu Deus, que idiotice a minha — diz ele, do nada.

— Esqueceu a chave?

— Não, não. Outra coisa. Um brinde. Levantem os copos, crianças.

Elas levantam os copos tão alto que Samuel quase derrama o suco de laranja na cabeça.

— À Zoe — diz Ryan. — Nossa salva-vidas.

Capítulo 51

Às onze horas, as crianças dormem a sono solto e eu me retirei para o quarto. Estou me ajeitando embaixo das cobertas quando ouço passos na escada. Ao ouvir o som novamente, sento-me na cama e franzo o cenho. Só que desta vez, Ryan — imagino que seja ele — está *correndo* escada acima.

Ele faz isso com tanto barulho que estou convencida de que vai acordar Ruby e Samuel. Salto da cama para descobrir o que está havendo. Só que, quando abro a porta, a visão que me confronta *não* é a que eu esperava.

Ryan está no alto da escada, de costas para mim, indo para o quarto. Ele está coberto apenas com uma toalha tão pequena que não cobriria as partes de Hortelino Troca-Letras, que dirá um homem de 1,90m.

Além disso, está pingando, o que me leva a deduzir que deve ter corrido para baixo para procurar uma toalha limpa. Enquanto ele anda pelo patamar, eu me vejo presa onde estou.

E então ele deixa cair a toalha.

Eu arquejo.

É um arquejar baixo, agudo e de pânico, em parte impelido pela perspectiva apavorante de que ele se vire e me veja boquiaberta com seu traseiro, em parte porque eu *estou* boquiaberta com seu traseiro.

— Merda — murmura ele, pegando a toalha. Ele a atira no ombro e caminha para o quarto.

Eu cubro a boca com a mão enquanto meus olhos devoram, cheios de cobiça, os contornos de seu corpo molhado e nu. Estou apavorada comigo mesma, mas não consigo parar. Vejo as gotas de água que se grudam nos ombros largos e bronzeados e — *ah, meu Deus, nem consigo respirar* — em seu bumbum.

O bumbum de Ryan é de primeira.

Quer dizer, alguns bumbuns são bons, mas este não é só bom. Michelangelo, no auge de sua capacidade criativa, não teria criado um melhor.

De repente, sem querer, eu solto o ar. Parece uma pequena explosão de gás de um balão de hélio. Ryan para. Eu mordo a mão e me encolho, rezando para ele não ter me ouvido.

Ele olha para o lado.

O suor arde em minha testa, e meus punhos estão tão cerrados que se eu tivesse unhas decentes precisaria ser hospitalizada.

Mas ele não se vira.

Não sei se ele me ouviu ou não — só o que sei é que ele entra em seu quarto e fecha a porta.

Fecho os olhos e solto um forte suspiro de alívio. Finalmente, me recomponho o bastante para voltar correndo para o quarto, fecho a porta, pulo na cama e puxo as cobertas até o queixo.

Tento ler meu livro. Mas algo estranho fica acontecendo. Sempre que chego ao final da página, percebo que não peguei nem uma palavra dela.

Capítulo 52

Preciso de uma semana para parar de pensar no traseiro de Ryan.

— Eu nem mesmo quero ficar com ele, pelo amor de Deus — confesso a Trudie ao telefone uma noite.

— Tá, tá, tá — fala ela. — É o que você vive me dizendo.

— É verdade! — guincho.

Não sei por que estou tentando me convencer disso. Talvez seja porque o que começou como uma centelha de agitação sempre que eu via o braço de Ryan se desenvolveu em uma obsessão irresistível envolvendo imagens de seu traseiro. E como é que posso desejar Ryan quando ainda sou infestada por ondas de puro e completo amor por Jason? Mecanismo de defesa ou não, está me incomodando.

— Tem certeza de que não quer ficar com ele? — pergunta ela.

— Claro que tenho — respondo. — Como posso querer ficar com ele quando só recentemente desisti de querer matá-lo?

— Você deve ter visto a luz. — Ela ri. Implicar comigo por causa disso é claramente um esporte para Trudie.

— Não seja ridícula.

— Tudo bem... Você viu a bunda dele. — Ela ri. — Obviamente foi o bastante.

Não consigo deixar de sorrir — mas isso não me impede de aproveitar a oportunidade para mudar de assunto. Além disso, tenho coisas muito mais importantes para falar do que o corpo de Ryan.

— Como estão as coisas com Ritchie? — pergunto, insegura.

— Ah, sabe como é — diz ela, reservada. — Acho que está tudo bem.

Ah, meu Deus. Até a outra semana, se eu pedisse a avaliação de Trudie sobre a relação dela com Ritchie, ela teria dito que eles faziam Romeu e Julieta parecerem Jack e Vera Duckworth.

— Não é a mesma coisa desde que ele me pediu em casamento — confessa. — Ele mudou. Quer dizer, superficialmente fingimos que não há nada de diferente... Mas sabemos que tem.

— Bem, mas mudou de que forma?

— Ah... Nada que se possa identificar. Mas é como se, antes, ele tivesse claro em sua mente que nos amávamos da mesma maneira. Agora acho que ele sente que a balança mudou. Porque não aceitei me casar imediatamente, ele se retraiu. Deixou de ser tão carinhoso e amoroso e... bem, agora estou compensando tanto que pareço um labrador no cio. É ridículo.

— Provavelmente é só uma questão de orgulho — proponho.

— Eu *espero* que seja.

— Mas você não disse não, disse? Quando ele te pediu em casamento, quero dizer.

— Não... Não, não disse — admite ela. — Mas veja do ponto de vista dele. Quando você se ajoelha no meio de um restaurante, um morno "Ah, er... tudo bem, vamos falar disso" não é bem a resposta que você quer.

— Deve haver uma maneira de contornar isso — sugiro. — Ele precisa entender o seu ponto de vista. Qual foi a reação dele quando você disse que não podiam ter filhos?

Há uma pausa, e eu me pergunto se tem alguma coisa errada com meu telefone.

— Trudie?

— Você deve estar brincando, meu bem — ela diz isso como se meu juízo estivesse na face leste do Everest. — Não contei *isso* a ele.

— E por que não?

— Já te disse por que não — continua ela. — Porque ele adora crianças, e é desesperado para ter uma família. Ele me atiraria longe, feito uma pedra, no segundo em que descobrisse.

— Mas e se não for o problemão para ele que você acha que é?

— Mas *é* — retruca ela.

— Mas e se não for?

— Mas *é* — repete.

— Olha, ele te ama, certo? E...

— Sim, mas... Barbara está entrando. Preciso correr. Se cuida... E obrigada por me contar os detalhes picantes sobre o bumbum de Ryan. Terei ótimos sonhos esta noite.

Capítulo 53

Nos últimos tempos, Ryan fez muitas coisas que surpreenderam as crianças. Para não falar de coisas que surpreenderam a mim. Mas nada tanto quanto isto.

É uma sexta-feira de outubro, como outra qualquer, o que significa que eu não esperava vê-lo antes de pelo menos amanhã de manhã, depois de sua corrida diária. Ele teria apenas três horas de sono depois de uma espécie *diferente* de maratona com uma sósia da Elle MacPherson banhada em Dior Addict.

Mas, no meio da tarde, meu celular toca e o número dele aparece na tela.

— Oi, Ryan. Tudo bem?

— Claro. Onde você está?

— No mercadinho, antes de pegar Ruby na escola. Samuel não consegue passar a tarde sem Oreos. Ele se comportou muito bem hoje, então decidi fazer esse agrado a ele.

— Bem, pode voltar aqui depois de pegar a Ruby?

— Aqui? — pergunto, indagando-me a que lugar ele estaria se referindo.

— Em casa.

— Você está em casa?

— Eu *moro* aqui — observa ele, com muita razão.

— Eu sei — admito. — Mas você não aparece em casa às duas e meia da tarde de uma sexta-feira desde que eu o conheci. Eu acharia que estivesse telefonando das Ilhas Ocidentais antes de pensar que está em nossa sala de estar.

— Tudo bem, tudo bem. Entendi. Mas é exatamente por isso que estou aqui agora. Tenho uma surpresa. Para as crianças.

Quando chegamos em casa, Ryan está no hall com duas grandes bolsas de viagem a seus pés.

— Muito bem, meninos — diz ele tentando, sem sucesso, reprimir o sorriso. — Venham aqui um segundo. — Ele ergue Ruby num braço e Samuel no outro. — Gostariam de uma viagenzinha de férias?

Os olhos de Ruby quase saltam das órbitas.

— É mesmo?

— Férias! Férias! Adoro férias! — cantarola Samuel.

Ryan me olha e sorri.

— Não é para as Bermudas — diz ele, hesitante —, mas adoraria que fosse conosco, Zoe.

Acontece que Gerald Raven, o chefe de Ryan e meu ex-parceiro de dança (quanto menos se falar nisso, melhor), emprestou sua casa de veraneio em New Hampshire. Ao que parece, é algo que ele vem oferecendo a Ryan pelos últimos três anos, mas que, até agora, ele nunca havia aceitado.

Quando chegamos lá naquela noite, não posso deixar de pensar que não aceitar antes foi um erro da parte de Ryan. E dos grandes. Eu tinha visualizado o trailer da tia Linda em Cleveleys, completo, com cortinas de renda asilo-chique, colchões tão calombentos que podiam receber um rali de mountain bike e uma "vista panorâmica incomparável" para as lixeiras.

A casa de veraneio de Gerald pede um ver para crer. É cercada de uma paisagem tão impressionante — álamos, bordos e cedros das cores mais inacreditáveis e vívidas — que, se você visse num folheto, pensaria que a foto foi retocada. Além da casa em si: uma mansão de madeira, imensa e luxuosa, com uma varanda nos fundos de largura suficiente para acomodar um jantar de gala.

— Este lugar é lindo — constato, enquanto Ruby e Samuel pulam animados pela sala principal. — Nem acredito que você nunca quis vir aqui. Você deve ser louco.

— Questionando minha sanidade de novo. — Ryan faz um muxoxo. — Mas talvez você tenha razão.

— Papai, papai — grita Ruby —, quando vamos ver os cavalos?

— Quem falou alguma coisa sobre cavalos? — provoca ele.

Na verdade, cavalos foram o único assunto durante toda a viagem até aqui. Acho que falamos mais sobre cavalos nas últimas horas do que o presidente de um hipódromo fala em um mês.

— Eu não ouvi nada sobre cavalos. Você ouviu, Zoe? — pergunta Ryan.

Balanço a cabeça.

— Nadinha. Eu não. Eu não os suporto.

— Aaaah — grita Ruby. — Você disse que a gente podia ver os cavalos. Papaaaai! Zo-eeee! Por favor!

— Tudo bem, tudo bem — diz Ryan, dando-lhe um beijo na cabeça. — Cavalos amanhã de manhã... Logo cedo. Eu prometo.

Apaziguada, Ruby brinca feliz com Samuel na varanda enquanto Ryan prepara bifes para todos nós, depois os serve com uma salada tão grande e verde que faz as minhas parecerem algo para o qual um hamster torceria o nariz.

Depois do jantar, com um sol fraco no horizonte e cervejas geladas nas mãos, Ryan e eu jogamos cartas com as crianças. Apostamos um pacote gigante de M&Ms, distribuídos igualmente no início do jogo — mas depois de menos de 45 minutos, Ruby e Samuel estão ganhando de lavada. O quanto isso foi graças a suas habilidades com as cartas ou ao fato de ficarem roubando chocolate da mesa, sem parar, eu não sei. Nem sei se no final venceram ou não. Mas, no fim da noite, eles estão com tanto chocolate no rosto que poderia se pensar que passaram o dia no departamento de controle de qualidade da fábrica de Willy Wonka.

— Não é ilegal fazer apostas na sua idade? — digo, abraçando um Samuel alegre.

— É, sem dúvida, imoral — intromete-se Ryan. — Então, vocês dois vão para a cama antes que alguém nos prenda por não cuidarmos de vocês.

Enquanto visto os pijamas nas duas crianças, dou-lhes leite e faço com que escovem os dentes, começo a me perguntar se será fácil colocá-los para dormir. Ruby está tão empolgada com a perspectiva de acordar para andar a cavalo que se conclui que ela se preparava para disputar o Grande Prêmio.

— Quanto tempo acha que Ruby vai dormir? — sussurro, enquanto Ryan fecha a porta do quarto deles.

— Hmmm. Trinta segundos?

Mas passam-se três segundos. Depois cinco minutos. E dez minutos mais tarde, quando espiamos pela porta, ouvimos algo que nenhum dos dois esperava. Silêncio. Ruby e Samuel — sem insistência, persuasão ou subornos — estão em sono profundo.

Capítulo 54

Não sou o que se pode chamar de amante dos cavalos. Fui criada no meio de uma cidade grande, pelo amor de Deus. Os únicos cavalos com que entrei em contato foram no entorno de jogos de futebol, com policiais sentados neles.

Tudo bem, essa não é a história toda. Eu fiz cinco meses de aulas de equitação todo sábado, quando tinha 10 anos. A filha de nossa vizinha Susan Hamilton, Sally, tinha chegado ao segundo ano no piano, por isso eu era enviada aos estábulos de Harthill Road todo fim de semana, para ser moldada em uma personagem dos livros de Jilly Cooper. Não era exatamente péssima, mas soltei um suspiro de alívio quando os Hamiltons se mudaram para West Kirby e pude ficar em casa e ver Trevor e Simon em *Going Live!*. Enquanto duraram as aulas, eu me saí bem. Mas há uma diferença crucial entre aquela época e agora: o medo. Na época, por exemplo, eu não tinha medo. Agora, fico tão apavorada que posso sentir os dentes batendo como um daqueles brinquedos plásticos de corda.

Ao montarmos, com a ajuda de nossos instrutores, a criatura destinada a mim — ironicamente chamada de Tiny — é tão grande que nem acredito que chegar ao alto dela seja humanamente possível. Já vi dinossauros mais delicados.

— O Tiny é ótimo com iniciantes — diz minha instrutora, uma ruiva chamada Cindy com coxas que podem quebrar nozes. — Mesmo com os que não são naturalmente... atléticos.

Ela passou a última meia hora jogando comentários depreciativos como este para o meu lado e paquerando Ryan. Isso está começando a me afetar.

— Não sou iniciante — informo a ela de novo. — Eu já *tive* aulas.

— Ah, desculpe. — Ela reprime o riso. — É que quando você colocou o chapéu ao contrário, achei...

Eu fungo, na defensiva.

— É assim que usamos na Inglaterra.

— Tanto faz.

— Mas, olha — continuo, ignorando-a —, quando em Roma, como dizem...

Coloco o chapéu direito desta vez e, pelo canto do olho, pego Ryan sorrindo para mim.

Observo enquanto ele verifica *com confiança* a sela de seu cavalo, depois salta *com confiança* para cima dele, antes de desfilar *com confiança* pelo pátio. É evidente que Ryan não pode ser mais especialista em questões equestres do que se fosse filho da princesa Anne.

Estou dividida sobre o que pensar. Por um lado, as credenciais rurais dele estão sendo esfregadas na minha cara. Por outro, ele está tremendamente sensual neste cavalo.

Eu nunca fui de ver filmes de caubói, mas a visão de Ryan me faz perceber onde pode residir seu apelo. Com as coxas fortes pousadas nas laterais do cavalo e sua camisa de mangas curtas enroladas para que os braços fiquem à mostra, ele é a imagem do atletismo rústico. O que não ajuda, em nada, a minha concentração.

— Está tudo pronto? — Ele sorri com entusiasmo.

— Hmmm... Quase! — Eu sorrio, trêmula. — Você montava muito quando era mais novo?

— Claro. — Ele dá de ombros. — Mas olha, Zoe, não se preocupe. Sua instrutora vai ficar bem do seu lado. Eu soube que eles cuidam muito bem dos iniciantes.

— Eu *não* sou uma iniciante — insisto, colocando o pé em um dos estribos e tentando jogar a perna por cima do dorso de Tiny. — Só estou um pouco enferrujada, é só isso. — Depois de cinco tentativas, percebo que pareço um Jack Russel artrítico tentando urinar na estaca de uma cerca. Pior ainda, Ryan salta do cavalo dele e tenta me ajudar, colocando a mão no meu traseiro e empurrando todo meu peso para cima de Tiny. É o movimento mais desajeitado que Cindy já viu, a julgar pela expressão dela. — Será que não seria melhor montar numa coisa mais parecida com aquela? — sugiro, apontando a montaria de Ruby.

— Deixa eu entender isso direito — pergunta Cindy. — Você quer o pônei da menina de 6 anos?

— Não precisa ser aquele, especificamente — reajo.

— Você vai ficar bem — ronrona ela, enquanto afaga Tiny, incitando-o a estremecer e me fazendo agarrar na frente da sela com tanta força que os nós de meus dedos ficam brancos. — Tiny é um gigante gentil.

Partimos em nossa excursão pelo campo, com Ryan na frente. Samuel e Ruby são os seguintes, seus instrutores — um cara adorável chamado Robbie e uma menina tímida, de 17 anos, de nome Lauren — ao lado deles, segurando as rédeas. Depois, somos eu e Cindy — que, na frente de todos me diz para não deixar que Tiny coma a folhagem.

— Ah, não vai fazer mal nenhum a ele — argumento, como se eu deixasse o cavalo fazer isso porque sou uma amante de animais boazinha e não porque Tiny se recusa terminantemente a seguir qualquer instrução que eu queira.

— É venenosa — fala ela.

Felizmente, Tiny decide se mexer enquanto eu me obrigo a tentar me acalmar. Porém, mesmo depois de andarmos por uma meia hora, ainda estou sentindo os efeitos do surto de adrenalina que um suicida com a ponta dos pés pendurados na beira de um penhasco teria.

— O campo é lindo, não é? — observa Ryan, enquanto seu cavalo se demora ao lado do meu.

— Ah, sim — respondo, contorcendo-me na sela, numa tentativa de imitar a pose tranquila de um rancheiro texano que começou a cavalgar logo depois de sair do útero de sua mãe. — E não há melhor maneira de vê-lo, não é mesmo?

— Que bom que você relaxou um pouco — diz Ryan. — As crianças estão se divertindo muito. Eu teria odiado se você estivesse desconfortável.

— Eu? — ironizo. — Eu? Rá! Desconfortável? Essa é para rir, não é, Tiny?

Num gesto que pretendia mostrar o quanto estou inteiramente confortável e confiante, tento afagar o pescoço de Tiny. Mas quando me curvo e minha mão o toca, perco o equilíbrio.

Na verdade, isso não descreve bem o movimento espetacular que acontece quando despenco de lado na sela, meu pé se solta de um estribo e fico pendurada, agarrando a crina de Tiny para salvar minha vida.

— Uaaaaaaaaa! — grito.

Tiny conclui que não gosta da ideia de uma lunática de 60 quilos se debatendo em cima dele, como uma lula gigante. E em vez de ficar parado para que alguém possa me resgatar, ele toma a questão nos próprios cascos — e acelera.

— Uaaaaaaaaaa! — grito, agarrada ao pescoço dele.

— Fique calma — rebate minha instrutora inutilmente, enquanto Tiny abre distância e minha bunda escorrega ainda mais pelo lado do cavalo.

A essa altura, não consigo me concentrar em nada, só no barulho dos cascos de Tiny enquanto sou lançada, para cima e para baixo, como uma boneca de trapos imensa em uma secadora de tambor, e meus músculos queimam quando tentam se agarrar com força e me manter parada.

Aliás, não se agarram o suficiente.

Eu me sinto escorregar ainda mais para baixo de Tiny, cada vez mais perto do chão, e temo por minha vida. Meus dedos escorregam pela crina, e eu sei que acabou: estou prestes a ser morta. A Cindy Esnobe e suas pernas de aço galvanizado serão a última coisa que verei na vida.

Mas, de repente, percebo algo acontecendo a meu lado. Alguém está cavalgando ali. Alguém segura as rédeas de Tiny.

— Oooooaaaaa!

Por milagre, Tiny reduz a marcha. E, um milagre ainda maior, por fim ele para.

Solto a crina e caio numa poça, como um saco de chá atirado pela lateral de um navio de carga. Fecho os olhos, tomada de choque e alívio.

Quando os abro, Ryan está ajoelhado a meu lado.

— Quem foi que deu aulas a você? — pergunta ele. — Clint Eastwood?

Capítulo 55

Nunca tive tantos hematomas na minha vida. Estou deitada numa banheira quente, semicomatosa, olhando nebulosamente um par de pernas que pode pertencer a uma personagem de *Cães de aluguel*. Tudo isso resultado de um tranquilo passeio pelo campo montada em Tiny, o "gigante gentil".

Pego o sabonete e solto um gemido enquanto a dor dispara pelo lado do corpo. Para ser franca, não é só por doer tanto que isso me incomoda. É que, apesar de estar completamente nua, eu pareço usar o manto de mil cores de José.

Fecho os olhos, e minha mente vaga. Imagino Jason cuidando de meus ferimentos. Ele sempre foi bom nesse tipo de coisa.

Alguns meses depois de nos conhecermos, caí da escada de uma boate e, além de me dar uma carona nas costas até a fila do táxi, ele me levou para sua casa. Enquanto estava deitada no sofá vendo a sala rodar, ele surgiu com o mais abrangente kit de primeiros socorros que já vi e cuidou do arranhão em minha perna com Savlon. Não sei o quanto isso ajudou do ponto de vista médico, mas fez com que eu me sentisse melhor.

Eu mataria para ter Jason aqui agora. Embora desconfie de que, desta vez, ele iria precisar de mais de um vidro de Savlon.

— Zoe, precisa de ajuda aí dentro? — grita Ryan, pela porta.

— Não! — grito, apavorada, saindo atabalhoada da banheira e pegando meu roupão. — Não, não! Estou ótima, é sério. Espere um minutinho!

Quando ouço Ryan se afastar, espio o espelho. Posso estar limpa — não estou mais coberta de lama da cabeça aos pés —, mas minha cara está tão arranhada que eu pareço ter lutado com um espinheiro.

Entro de fininho no quarto e visto uma calça cargo limpa, uma camiseta velha e meu moletom de capuz, confortável e grande — que adoro, embora minha mãe insista que é o tipo de coisa que se vê alguém usar quando está roubando uma loja de bebidas.

Entro na sala e vou para a varanda, onde Ryan tenta recuperar as barras de Hershey's que perdeu para Ruby antes. Samuel está terminando um desenho em que ele e a irmã obviamente trabalharam enquanto eu estive no banho.

— Ei, que lindo — declaro. — O que é?

— É a Zoe — responde ele com orgulho. — Zoe e um cavalinho.

As habilidades artísticas de Samuel, mesmo com a ajuda de Ruby, são abstratas. Mas posso distinguir o bastante para ver que eles desenharam um cavalo — com o que parece ser um monte grande de comida da véspera ao lado. Aparentemente, isto sou eu.

— Então você não ficou muito impressionado com minhas habilidades num cavalo? — pergunto, afagando seu cabelo

— Você não queria cair, Zoe — diz ele.

— Como está se sentindo? — pergunta Ryan. — Parece bem melhor depois do banho.

— Ah, eu estou bem. Me sinto uma completa idiota, mas, olha, estou acostumada com isso.

— É quase admirável. — Ele sorri. — Não muito. Mas quase.

— Ah, bem, acho que isso não é tão ruim. Quer dizer, eu preferia que dissesse arrasadoramente sofisticada... Mas quase admirável é mais do que posso esperar diante das circunstâncias.

Deve haver alguma coisa no ar desta parte do estado, porque na hora de dormir o milagre que aconteceu na noite passada é repetido e as crianças vão satisfeitas para a cama, com pouco estardalhaço.

— Está subornando os dois ou coisa assim? — pergunto a Ryan.

— Eles só precisavam de um dia cheio de ar fresco — diz ele. — Além do fato de que não sobrou chocolate nenhum.

— O que você quer para jantar? — pergunto. — É minha vez... Você cozinhou ontem à noite.

— Ei, não se preocupe. Vá descansar.

— É mesmo?

— É. Sente-se. Vou trazer um vinho para você. Comprei uma ótima garrafa mais cedo.

Ryan vai até a cozinha enquanto eu vejo a coleção de CDs de Gerald Raven. Não tem muitos clássicos, mas encontro um *Best of Billy Joel* empoeirado. Coloco no aparelho e pulo as primeiras faixas até chegar à minha preferida. "She's Always a Woman to Me" ainda deixa os pelos de minha nuca arrepiados — embora não apareça nas paradas de sucesso da Radio 1 há pelo menos trinta anos.

Vou para a varanda e respiro o ar do campo. Logo Ryan aparece com uma taça de vinho tinto do tamanho de uma tigela de sopa.

— Eu adoro essa música — diz ele.

— Eu também — respondo. — É a definição mais perfeita de como o amor pode ser completamente *doido*, não é?

Ele ri.

— Eu não usaria a palavra "doido", mas você tem razão. Ele a ama não só *apesar* de seus defeitos, mas *por causa* deles. Faz dele um sonhador e tanto. Acho que me identifico com isso.

Ergo uma sobrancelha.

— Você não me parece muito sonhador, Ryan.

— Não? Ah, talvez você só não me conheça muito bem.

Então me ocorre uma coisa. Como pode ser que, apesar dos hematomas, apesar da completa perda de dignidade, apesar de todo o resto... Eu me sinta estranhamente feliz?

— Do que está sorrindo?

— Ah, nada. Bem... Só estava pensando, você sabe...

— No quê?

— Estou gostando de estar aqui.

Ele sorri de novo. Desta vez, é um sorriso largo e inequívoco, do tipo que costumava ser uma rara visão no rosto de Ryan.

— Também estou gostando de estar aqui.

Capítulo 56

É uma da manhã. Estou embriagada de vida. Ah, tá legal, e de uma boa dose de vinho tinto.

Esta noite, sob o agora moribundo brilho de uma lamparina a óleo esgotada, Ryan e eu conversamos sobre tudo, desde se vale a pena ler *Crime e castigo* de Dostoiévski (ele me garante que sim) a se o futebol é o esporte mais importante do mundo (ele me garante que não). Passamos à questão se a maioria das pessoas ainda acredita no casamento e se o Botox é ou não uma boa coisa. Discutimos se britânicos e americanos têm mais em comum do que britânicos e outros europeus, e especulamos se Ruby, quando crescer, será presidente (não é sua única ambição) ou Hannah Montana (a mais recente delas).

Falamos da infância de Ryan em Michigan e da minha em Liverpool, dos dois verões que ele passou viajando (uma vez ao Extremo Oriente, outra à Australásia), e de um fim de semana que passei em Barcelona.

— Vamos lá, Zoe misteriosa — pergunta ele, completando nossas taças. — Qual é sua grande história de amor? Qual é exatamente a sua história com namorados, amantes, e outros relacionamentos?

— Não sou misteriosa.

— Sem essa — diz ele, erguendo uma sobrancelha. — O que mais pode ter levado uma jovem bonita e inteligente a atravessar o mundo?

Fico assombrada.

— Que foi? — diz ele, preocupado. — Eu disse alguma coisa que não devia?

— Você me acha bonita? — pergunto, maldizendo a mim mesma imediatamente.

A luz que aparece no rosto de Ryan o torna impossivelmente perfeito. Seus olhos são como lagos, claros e profundos, e suas feições fortes contrastam com a suavidade de sua boca. Só olhar para ele faz minha pergunta parecer ridícula. Mas ele franze o cenho.

— É claro que você é bonita, Zoe.

É só quando meus olhos encontram os dele que percebo o quanto meu coração está batendo forte. Enquanto o calor se espalha por meu sangue, o vinho que consumi zune por meu corpo e me vejo incapaz de me concentrar em alguma coisa que não sejam os contornos do rosto de Ryan.

Com o corpo formigando escandalosamente, só o que noto em seguida é que Ryan está mais perto de mim do que um segundo atrás. Ele coloca a mão em minha nuca. Quando me puxa em sua direção, eu me vejo cedendo de boa vontade — e logo seu rosto está ao lado do meu, nossa pele se toca, e ouço sua respiração em meu ouvido.

— É claro que você é bonita — murmura ele.

Meus olhos se abrem de repente, e minha cabeça roda com pensamentos. Pensamentos equilibrados, sensatos, pré-meio-galão-de-Zinfandel.

Ele é meu patrão, *pelo amor de Deus. Meu patrão.*

Isto é um erro em muitos níveis.

Um erro, um erro, um erro.

Mas antes que eu me dê conta, acontece algo que eu não poderia impedir, mesmo que quisesse. E impedir, neste exato momento, não é o que eu quero.

Os lábios de Ryan roçam os meus, provocando ondas de choque em mim. Enquanto nos derretemos um no outro, eu me submeto a seu gosto, seu toque, e me sinto tonta de desejo, como estou do vinho. Seus dedos correm por minhas costas, provocando pequenas chamas em minha pele, e seus lábios acariciam meu pescoço, deixando para trás uma trilha fraca mas deliciosa de umidade. Seus braços me envolvem. São incríveis. *Eu* me sinto incrível. E, no entanto...

— Ryan, eu... — Afasto-me, sem fôlego. — Não sei se devemos fazer isso. — Eu não pretendia que saísse tão brega.

Os olhos dele estão tão cheios de desejo que outro raio dispara por mim.

— Eu sei — responde ele, me puxando.

Capítulo 57

Acordo sobressaltada no meio da noite. Não, quase tenho um colapso cardíaco.

Ryan está deitado de bruços, envolvendo-me com os braços. Nossas pernas estão entrelaçadas como as gavinhas de um carvalho de 100 anos. Levanto a cabeça de seu peito. Estamos no quarto dele. Está escuro como breu. Eu ainda estou bêbada. A realidade da situação me atinge como se eu tivesse sido espancada na cara com uma frigideira.

Eu estou na cama com meu patrão.

Eu estou na cama com Ryan Miller.

E só o que tenho para cobrir minha nudez é uma calcinha mínima, uma camiseta da maratona feminina de 10 quilômetros de Liverpool e uns quatrocentos hematomas.

Respiro fundo numa tentativa de reduzir meus batimentos cardíacos. Isso faz Ryan se mexer. Ele me puxa para mais perto dele, e meu rosto é aninhado em seu pescoço. Sei o que devo fazer. Deleta isso — o que *preciso* fazer. Tenho de saltar da cama dele, pular na *minha própria* cama e reconsiderar minhas opções de trabalho na primeira oportunidade que tiver.

Como se lesse meus pensamentos, Ryan, ainda meio adormecido, beija minha cabeça e roça o pé em meu tornozelo. Fecho os olhos e me submeto ao tremor elétrico que isso me provoca.

Pelo menos eu não transei com ele.

Ele se mexe de novo, a mão languidamente subindo por minha camiseta, e eu sinto uma onda de calor entre as pernas.

Graças a Deus eu não transei com ele.

Seus dedos roçam meus seios, os lábios achando meu rosto enquanto minha pele formiga de excitação.

Transar com ele seria total e completamente desastroso.

Sinto um volume crescer contra meu quadril e ouço a mim mesma soltando um gemido de prazer.

Sento-me ereta, com as mãos na cabeça.

— *Ryan... Eu definitivamente não posso nunca, jamais transar com você!* — grito.

Ele se senta, chocado, como se um coro de dançarinas de cancã tivesse surgido, erguendo as pernas no meio do quarto. Leva um momento para recuperar o fôlego.

— Tudo bem. Não tem problema — diz ele com brandura, passando a mão no meu cabelo. — Tudo bem.

Ele beija minha cabeça, e nos deitamos de novo enquanto ele me puxa, aninhando-se a mim.

Pelo menos isso foi esclarecido.

Capítulo 58

Passei o dia seguinte tentando me comportar normalmente — como se a noite passada nunca tivesse acontecido. É a única atitude profissional a tomar.

Isto é bem complicado, dado que também dedico um bom tempo me lembrando de Ryan passando a palma da mão quente por minhas coxas. E movendo lentamente os quadris contra os meus. E fazendo todo tipo de coisas inteiramente inadequadas, mas de molhar a calcinha, que me fazem corar sempre que penso nelas.

É desconcertante que ele aja com total compostura o dia todo. E, embora fosse um exagero descrevê-lo como frio, não tenho a sensação de que ele está superfeliz com o que aconteceu também. Ele se comporta como fez ontem. Olhando para ele, não se pode adivinhar o que houve. Sei que este é o efeito exato que procuro, mas, meu bom Senhor, como ele consegue fazer isso tão bem? Por que não se entrega um pouquinho mais? E o que diabos ele *pensa* da coisa toda?

Quando colocamos as coisas no carro, no meio da tarde, e nos preparamos para voltar para casa, Ryan pega Samuel e lhe dá um abraço.

— Eu te amo, papai — diz Samuel, beijando-o nos lábios.

— Ah, eu te amo também, amigão — responde Ryan, claramente comovido. — E me diverti muito com vocês neste fim de semana.

— A gente pode fazer isso de novo, papai? — pergunta Ruby, afivelando o cinto em sua cadeirinha.

— Eu adoraria — diz Ryan.

— Que parte? Os cavalos? — pergunta Ruby.

— Claro — responde ele. — Os cavalos, o jogo de cartas... E uma ou outra coisinha. — Ele agora sorri para mim. — Adoraria fazer tudo de novo.

Meu coração dá um salto, e eu me arrasto para o banco do carona, querendo poder controlar meu coração disparado. Mas quando chegamos em casa, algumas horas depois, sou consumida pela paranoia.

Será que interpretei mal um comentário inocente de Ryan como uma paquera? Será que estou imaginando que ele está a fim de mim, quando a noite passada só aconteceu porque eu era a única mulher num raio de 40 quilômetros?

Naquela noite, enquanto desfaço a mala, com a porta de meu quarto fechada, digo a mim mesma para me controlar. Já não me prometi que as fantasias que andei tendo com meu patrão permaneceriam assim? Lembro a mim mesma de que meus sentimentos por Ryan são superficiais. Pensamentos sexuais, sonhos obscenos, escapismo. O que eu penso e sinto por ele não é nada perto do amor puro e profundo que tenho por Jason. Como pude ter me deixado influenciar por isso?

Ouço uma batida na porta enquanto estou colocando a mala debaixo da cama.

— Entre — respondo.

A porta se abre e é Ryan. Meu coração dispara de novo.

— As crianças estão dormindo — diz ele, fechando a porta atrás de si.

— Ah, é mesmo? Meu Deus, o ar do campo deve mesmo ter contaminado os dois. — Eu rio de nervosa. — Olha, foi bom você ter vindo aqui.

— Ah, sim?

— Sim. O caso é que... hmmm. Sobre ontem à noite.

— Foi ótimo para mim.

— Bem — continuo, decidida —, pode ser, mas como você é meu patrão e tudo, não sei se foi uma boa ideia. Além disso, há certas coisas pelas quais passei recentemente que podem ter afetado meu julgamento. Quer dizer, em minha vida sentimental. E acima de tudo, seria terrível se Ruby e Samuel descobrissem. Isso além do fato de que...

— Eu concordo — interrompe ele.

— O quê? — respondo, chocada. — Ah, bem, que bom. — De repente, tenho vontade de cortar os pulsos. — Quer dizer, sim... Foi ridículo, não foi? — tagarelo. — Uma idiotice nossa. Eu não poderia estar mais arrependida, e sei que você sente o mesmo. Tão irresponsável...

Ele agora está bem na minha frente.

— Não, quero dizer que concordo com o que você disse sobre Ruby e Samuel — sussurra ele, olhando-me nos olhos enquanto tira um fio de cabelo de meu rosto. — Não quis dizer sobre o arrependimento. Eu *não* me arrependo.

Retribuo seu olhar, e minhas pernas ficam fracas.

— N-Não?

— Claro que não — diz ele.

Depois, ele se curva e me beija. Isso tira meu fôlego, e eu entro em pânico pelo efeito que isso terá em meus planos. Mas, quando seus dedos deslizam pelo meu cabelo e, com a outra mão, ele me puxa para junto de seu corpo firme, eu logo paro de me preocupar com isso.

Capítulo 59

Três semanas e dois dias depois de nosso fim de semana em New Hampshire, eu transei com Ryan. São três semanas e dois dias desde que prometi que não transaria. E... *Ah, meu Deus!* Foi a experiência mais sensual que tive na vida. Mais carinhosa do que pensei ser possível. Mais eletrizante do que devia ser possível. Foi lindo. Perturbador. Apaixonante. Incrível.

Estou dividida entre me sentir tremendamente culpada e estar caminhando nas nuvens.

A única coisa com que concordamos é que isto — este caso (*argh! É um caso?*) — deve ser escondido de Ruby e Samuel. O motivo para eles não poderem saber é óbvio, e não precisamos sequer enunciar: esta é uma das ficadas de Ryan que, como é lógico para nós, só pode terminar da mesma maneira que as outras. E tudo vai bem se só envolver dois adultos. Mas a perspectiva de Ruby e Samuel descobrirem torna as apostas altas demais.

Ryan e eu sabemos que eu não podia ser só outra namorada, em particular no entender de Ruby. Então, quando terminar — porque *vai* terminar —, é melhor que Ruby não saiba de nada.

De qualquer modo, essa é a teoria, mas a prática de guardar segredo deles nem sempre é fácil.

Especialmente quando Ryan me leva para detrás de uma porta e rouba um beijo lânguido quando ninguém está olhando. Ou puxa meu cabelo de lado e roça os lábios em minha orelha enquanto estou tentando descascar batatas na pia da cozinha. Ou agarra minha mão no segundo em que as crianças vão para cama e me envolve com seus braços com tanta ternura que me sinto vazia quando por fim ele se afasta.

Dito isto, ainda não estou confiante de que estou fazendo a coisa certa me envolvendo nesse caso.

Preocupa-me constantemente que seja um namorico sem importância, usado por mim unicamente para esquecer o amor de minha vida. Preocupa-me o caráter unidimensional deste comportamento. A falta de qualquer coisa parecida com a profundidade e o fôlego de meus sete anos com Jason. E, embora isso possa parecer antiquado, eu me preocupo com o tipo de mulher que isso me torna.

Por outro lado, não posso negar que namorar Ryan faz com que eu me sinta inteiramente *fantástica*. Ando num estado permanente de semijúbilo, meu coração bate de expectativa pelos momentos furtivos que tenho com ele.

De muitas maneiras, isto é compreensível, dada minha história recente. É como se eu tivesse passado meses me desintoxicando com sementes de alfafa e melão antes de ser presenteada com um ovo de Páscoa gigante. Sei que não me faz bem, mas, meu Deus, é uma delícia.

Ironicamente, um dos efeitos colaterais de tudo isso é que eu *realmente* estou emagrecendo. Aqueles quilos a mais aos poucos estão sumindo num ritmo tão acelerado que quase estou de volta a meu peso original.

— Você está apaixonada — declara Trudie, enquanto bebemos café gelado no jardim de inverno de Barbara King.

— A única maneira, além dessa, de perder 2 quilos em uma semana seria um surto de disenteria.

As crianças estão brincando alegremente na enorme caixa de areia de Andrew e Eamonn. Até agora, eles criaram um "castelo" que parece uma casa semigeminada de Wigan e alguns soldados que parecem tão gravemente desidratados que têm problemas para ficar de pé.

— Não estou apaixonada, Trudie — digo a ela. — Não mesmo. Eu te diria se estivesse, mas não estou.

— Ora essa, é o que você está demonstrando, e com muita competência.

Suspiro e tomo um pouco do café. A realidade é que não posso estar apaixonada por Ryan Miller. Eu sinto desejo por ele. Estou me divertindo muito com ele. Mas, embora me seja doloroso dizer, ainda sou apaixonada por Jason. Por mais que me esforce para não ser, eu sou.

Capítulo 60

Para: Zoemmoore@hotnet.co.uk
De: Helen@Hmoore.mailserve.co.uk

Querida Zoe,
O banheiro novo é um desastre. Seu pai insistiu em procurar uma empresa local e olha como nós ficamos: com uma banheira de hidromassagem que não tem massagem e uma ducha com o vigor de uma mangueira com vazamento. Mesmo assim, os ladrilhos são bonitos. Consegui que copiassem os do folheto do Center Parcs, e eles fizeram um trabalho muito bom. Tirando os golfinhos, quer dizer — tem um canto do boxe em que vários deles foram decapitados. Mas saíram pela metade do preço.

Tenho hora marcada com o médico na semana que vem; esta sensação de fraqueza e cansaço não está passando. Visitei um site ontem e afunilei a lista a uma de duas causas: intolerância a trigo ou câncer pancreático. Então é esperar para ver.

Só espero que isso se resolva, porque está me deixando louca. Linda, a mulher que se senta na minha frente no trabalho, estava me contando que foi ver *Dancing on Ice* na Arena, e eu quase cochilei. Ela sabe ser uma chata quando quer. Quantas vezes se pode ouvir uma piada sobre uma pirueta tripla, mesmo que envolva calças que se descosturam no meio do salto?

Até agora não conversamos sobre isso, mas você já decidiu quando virá para o Natal? Só faltam sete semanas, sabia? Gostaria que estivesse em casa pelo menos com alguns dias de antecedência — pelo menos para evitar que seu pai faça a decoração! Você sabe que ele nunca me ouve sobre como fazer uma árvore bonita. Da última vez, ele não foi supervisionado e usou tanto spray de neve que os vapores provocaram asma em Desy, que quase foi parar no pronto-socorro.

Imagino que você venha pelo menos uma semana antes, mas, seja quando for, pode se lembrar de trazer uma nova garrafa de licor Tia Maria do Duty Free? A tia-avó Iris acabou com a nossa no ano passado.

Com amor,

Mamãe

Bjs

Capítulo 61

Ryan está na cozinha preparando o jantar, e o mundo entrou em suspensão temporária.

— Qual é o problema dos homens na cozinha? — Eu meneio a cabeça, assombrada. — Sei que este rosbife ficará incrível, mas parece que estamos na presença de Marco Pierre White quando os juízes do guia Michelin estão presentes.

Ryan nos faz um comentário sobre cada ingrediente que coloca no prato — todos os cinco — e está se exibindo tanto para sua plateia, isto é, eu, Ruby e Samuel, que claramente espera uma rodada de aplausos.

— Não sei o que quer dizer. — Ele sorri com malícia. — Estou me saindo muito bem. Na verdade, eu devia fazer isso com mais frequência... Evidentemente sou um gênio da culinária.

Pelo menos ele está sendo irônico... eu acho.

Pego Samuel no colo e deixo que ele espie a panela.

— Eu quero pizza — diz Samuel. Pela expressão dele, parece que está diante da carcaça apodrecida de um roedor recém-falecido.

Sem querer, solto uma risada.

— Isto é uma refeição nutritiva e caseira! — diz Ryan, fingindo se ofender. — Não será nada além de deliciosa... Não é verdade, Zoe?

— Vai ficar maravilhosa, meninos — afirmo. — E, se não ficar, podemos escapulir para o McDonald's depois.

Ruby ri.

— Traidora — murmura Ryan.

De repente, ouvimos uma voz na frente da casa.

— Olá? Er, hmmm... Oiê?

Parece Trudie, só que mais baixa. Geralmente, ela anuncia sua presença num volume que só compete com a buzina de uma carreta de 400 toneladas.

— Posso ter cinco minutos antes do jantar? — pergunto a Ryan.

— Claro.

Trudie está no hall, com um vestido curto e florido, o tipo de coisa que, numa outra pessoa e em um tamanho diferente, pareceria uma daquelas roupas de gestante da Boden. Trudie consegue parecer uma das mulheres que figuram nas páginas centrais da *Playboy*, em seu momento de folga.

— Como você está? — pergunto. — Eu pretendia perguntar se você queria ir ao cinema com as crianças essa semana, mas... Ei, o que foi?

Trudie nunca está pálida. Em parte porque ela é fã tão grande dos produtos de bronzeamento Fake Bake que faz a pele média das peruas de classe média fãs de autobronzeamento parecer positivamente elisabetana. Mas esta noite ela está exatamente pálida. Pálida e preocupada.

— Tem um minuto? — pergunta ela, com o lábio tremendo.

— Claro. — Eu a levo para a sala. — Quer um suco ou outra coisa?

Assim que digo isso, percebo que ela precisa de algo significativamente mais forte. Como um betabloqueador, ou cinco.

Ela meneia a cabeça.

— O que foi?

Ela solta a respiração, trêmula.

— Por onde começo?

— Pelo início? — proponho.

— Tudo bem — diz ela. — O início... Bem, vou *começar* por Ritchie.

— O que aconteceu?

— Ele apareceu hoje — responde ela — e disse que quer passar o resto da vida comigo... Mas se eu não quiser, não tem sentido desperdiçar mais tempo juntos.

Eu cruzo os braços.

— E o que você disse a ele?

— Eu tentei explicar... Bem, mais ou menos... Por que não aceitei na hora me casar com ele.

— Então você contou que não pode ter filhos? É só isso que está te preocupando?

— Só isso? — exclama ela, incrédula. — Zoe, esta é uma coisa imensa para qualquer um, e mais ainda para alguém que diz o tempo todo que está louco para ter uma família.

— Eu sei, eu sei. Não queria dizer isso — falo com ela, arrependendo-me de minha falta de tato. — Desculpe, eu... Você contou a ele, não contou?

Ela morde o lábio e olha pela janela.

— Eu disse a ele que o amo... Amo *de verdade*... E que isso não tem nada a ver com o motivo de eu não aceitar a proposta dele no segundo em que foi feita e que... Eu só precisava pensar em algumas coisas e... bem...

— Mas você contou a ele?

— Bem...

— Trudie?

— Não exatamente. Não.

— Ah, Trudie.

— Zoe, pense bem. Se eu contar a ele sobre meus problemas... Que não posso ter filhos... Só haverá dois resultados. Um, ele me deixa. Dois, ele fica comigo e eu estrago sua vida por não dar a ele a única coisa que quer.

— Mas...

— Não se precipite — me interrompe ela. — Isso não é nem metade dos problemas que tenho no momento. — Seu rosto se amarfanha, e as lágrimas escorrem pelas bochechas.

— Ah, meu Deus. O que mais? — pergunto, abraçando-a.

— É Barbara.

— O que tem ela? O que ela fez? Não é possível que haja algum problema no seu trabalho. Você é maravilhosa com Andrew e Eamonn. E eles adoram você. E...

Eu paro. Seus lábios ainda estão tremendo.

— A culpa é minha. — Ela chora. — É tudo culpa minha.

— O que, Trudie? *O que* é culpa sua?

— Depois que Ritchie saiu — diz ela, entre fungadelas —, eu estava tão aborrecida que coloquei os gêmeos no cercadinho para verem *Jo-Jo's Circus* na TV, e subi para o meu quarto.

Ela se interrompe.

— Continue.

Ela olha as próprias mãos.

— Eu tinha parado de fumar antes de vir para cá... Sinceramente, Zoe, parei mesmo. Ou pensei que tinha parado.

Ah, meu Deus.

— Eu *pensei* que tinha largado o vício. Sinceramente pensei.

Ah, meu Deus.

— Mas me lembrei de que tinha um cigarro num maço de Marlboro Light enterrado no fundo de minha mala.

Ah, meu Deus

— Eu estava tão estressada por causa de Ritchie que me vi procurando por ele. Eu parecia uma mulher possuída. Juro que estava tão desesperada que, se aquele cigarro fosse o último em uma máquina, eu pagaria 140 pratas por ele.

Ah, meu Deus.

— Então, estou recostada na janela do quarto, fumando — continua ela —, e foi ótimo. Foi bom pra caramba. O cigarro estava velho pra danar, tinha gosto de sovaco de camelo... Mas foi ótimo.

— Continue.

— E eu estava dando o último trago e ia apagar...

— Quando Barbara te pegou no flagra — concluo por ela.

Ela assente.

— Ah, meu Deus — digo.

Fumar contraria inteiramente todas as regras para qualquer babá em praticamente todos os países do mundo. Mas a proibição é dobrada nos EUA. E triplicada para Barbara King, uma mulher tão obcecada em proteger os filhos de qualquer tipo de toxina que é um espanto que ela não os tenha parido com máscaras de gás.

— Estou imaginando que ela não gostou muito disso. — Sei que só a ideia de uma molécula errante da fumaça de cigarro abrir caminho até os pulmões de uma das crianças será o suficiente para deixá-la apoplética.

— Não, não gostou mesmo — continua Trudie, enxugando ainda mais lágrimas do rosto. — Zoe, ela me demitiu. O que significa que não só estou sendo expulsa de meu emprego, como estou sendo expulsa do país.

Capítulo 62

Não acho que Ryan andando de um lado para o outro faça algum bem ao nervosismo de Trudie. Não no estado em que ela se encontra nas últimas duas horas.

Ele costumava andar muito assim quando cheguei. Já tem algum tempo que não faz isso — há séculos, na verdade. Mas está fazendo agora. Não como um maníaco, como costumava ser, admito: é mais um andar pensativo pela sala, enquanto parece estar bolando um plano. Só precisava de um charuto e seria um sósia de Hannibal de *Esquadrão Classe A*.

— Vou falar com Barbara — anuncia ele, parando no meio de um passo.

Trudie funga e toma um grande gole da cerveja que entreguei a ela. Fico surpresa de não sobrar nada na garrafa depois disso.

— Não vai adiantar nada. — Ela suspira. — Sinceramente, não vai. Você não sabe o que é Barbara com os cigarros. É como se ela tivesse me flagrado injetando crack na veia.

— Isso é ridículo — diz Ryan.

— Não, não é. Acho que ela tem razão. — Trudie começa a tirar o rótulo da garrafa de cerveja. — Eu disse a ela que não era fumante e traí sua confiança.

— Mas você não *era* fumante quando se candidatou ao emprego — insisto. — Você tinha parado então, não tinha?

— Bem, tinha. Mas só vinte minutos antes — confessa Trudie.

— Mas não fumou nem uma vez desde que veio para cá, não foi? — pergunta Ryan. — Antes de hoje, quero dizer.

— Não. — Trudie meneia a cabeça decisivamente. — Na verdade, eu estava me saindo muito bem até ficar sem adesivos e me esquecer de comprar mais. É por causa da TPM. Eu me esqueço até do meu próprio nome em certas épocas do mês.

Ryan veste um suéter.

— Bem, eu falei sério. Isso é ridículo. E alguém precisa fazer alguma coisa a respeito.

Trudie e eu nos olhamos enquanto Ryan sai e bate a porta com tanta força que devem ter sentido no Kentucky. As crianças correm para a janela para olhar. Estou prestes a dizer para não serem tão enxeridas, mas decido não fazer isso e me ajeito ao lado delas com Trudie.

Ryan está atravessando a rua em direção à casa dos Kings com total determinação. Não posso deixar de ficar impressionada. Depois ele para, se vira, faz o caminho de volta e passa pela porta da frente.

— Mudou de ideia? — pergunto, tentando esconder minha decepção.

— Claro que não — diz ele, indo à mesa de centro e pegando o ramalhete de lírios que coloquei ali mais cedo. Os caules pingam água, e ele entra na cozinha, abre a geladeira, pega uma garrafa de um sofisticado vinho branco californiano e parte.

Desta vez, ele chega à porta de Barbara King. Quando ela abre e o vê, sua expressão não poderia parecer menos entusiasmada se ele fosse o novo sucateiro do bairro tentando lhe empurrar umas panelas de segunda mão. Ryan responde tirando as flores das costas. Ela parece inteiramente inabalável.

— Isso não vai dar certo — suspira Trudie.

— Meu pai vai salvar você, Trudie — garante Ruby.

Ela tenta sorrir, mas é quase tão convincente quanto um vira-lata de 15 anos na exposição Crufts.

Mas ela terá uma surpresa.

Cinco minutos depois, a expressão de Barbara King se abrandou tanto que estou convencida de que sua última aplicação de Botox simplesmente decidiu fazer efeito. Ela convida Ryan para entrar.

— Bem, nunca pen... — Eu sorrio.

— Vai, papai! — diz Ruby, triunfante.

— Papai! Papai! Papai! — grita Samuel.

Animadas, sentamos para esperar por ele. E esperamos. E esperamos. Na verdade, esperamos tanto que toda a coisa fica menos dramática e mais parece um programa educativo de duas horas sobre mecanismos avançados de aspiradores de pó. As coisas ficam tão chatas que as crianças acabam indo dormir praticamente sozinhas.

— Ele já está lá há tempo demais — digo a Trudie, depois que eles foram colocados em segurança na cama.

Então, uma ideia me vem à mente.

— Não acha que ele...

— O quê? — pergunta Trudie.

— Não acha que ele está...

— O *quê?*

— Seduzindo Barbara.

Os olhos de Trudie se arregalam.

— Meu Deus, sei que ele quer me fazer um favor, mas eu não queria que ele se prostituísse.

Nesse momento, um carro para e reconheço de imediato que é o do Sr. King. Começo a entrar em pânico por Ryan — perversamente, para dizer o mínimo.

— Merda! — exclama Trudie. — Espero que ele não o pegue de calça arriada na sala de estar!

Franzo a testa para ela.

— O que quero dizer é que espero que ele não *esteja* de calça arriada na sala de estar. Se *estiver*, as coisas ficariam muito piores do que...

— Trudie — interrompo.

— Tá. Tudo bem. Vou calar a boca.

Voltamos à janela. Só que agora não há nada para ver. Na verdade, não há nada para ver por séculos. E séculos. E mais séculos.

Só do que me lembro depois é de acordar assustada quando a porta se abre. Trudie e eu adormecemos no sofá, e eu estou babando feito um são-bernardo faminto. O relógio diz que são dez para a meia-noite.

Trudie esfrega os olhos enquanto nos levantamos, e a porta da sala se escancara. É Barbara King, com Ryan atrás dela. Ela parece ter passado o dia todo numa sessão de degustação de vinhos e se esqueceu de cuspir.

— Tshhhrudie — balbucia ela, apoiando-se no ombro de Ryan. Seus olhos estão tão vesgos que nos leva a pensar que eles se desentenderam. — Thsssrudie, vochê e eu prechisamos converchar.

— Eu sei, Barbara, eu sei. Me desculpe. Eu lamento muito mesmo. Foi tudo minha culpa, e você tem razão em me expulsar. Mas eu adoro meu trabalho. E eu adoro Andrew e Eamonn. E adoro estar aqui perto de minha amiga Zoe. E adoro este país. E, e...

— Shhhhh! — instrui Barbara, tentando colocar o dedo nos lábios, mas enfiando-o no nariz. — Vamos ver tudo icho amanhã. A questão é que eu mudei de ideia. Vochê pode voltar. — Ela abre os braços e se inclina para abraçar Trudie, que a pega antes que sua cara faça amizade com o carpete da sala. — Vamos para caja, Tshhrudie?

Trudie sorri e aperta seu braço em torno dela.

— Vamos, Sra. K.

Ryan e eu olhamos Trudie e Barbara voltarem trôpegas para casa, onde o Sr. King está esperando na porta. Ele acena para Ryan, que acena de volta. Eu me viro para ele, boquiaberta.

— Mas o que *houve* lá?

— Eu fiz amizade com meus vizinhos, só isso. E só observei que ótima babá a Trudie é e como as crianças a adoram. E, bem, foi só isso.

— Sem essa — digo, cética. — Deve ter havido mais do que isso. Como foi que vocês ficaram tão amigos?

Ele não diz nada.

— Você deve ter dado em cima dela — digo, tentando parecer fria ao levantar essa hipótese.

— Talvez. — Ele sorri. — Mas também não foi isso.

— Ah?

— Eu prometi que vou aparar minha grama.

— Não!

Ele faz que sim com a cabeça.

— Toda maldita semana.

Capítulo 63

Ruby e Samuel viam tantos desenhos animados na TV que corriam o risco de acreditar que o mundo era povoado por gente pequena e amarela como *Os Simpsons*. Mas isso acabou. A vida não é mais ditada pelos caprichos dos programadores de TV. Bob Esponja não é mais uma força poderosa e onipresente em nossas vidas. E eles não ficam mais sentados encarando a tela por horas, como que enfeitiçados. Para eles, há coisas mais interessantes para fazer.

Aliás, não falou isso por presunção. Não estou dizendo que sou Jo Frost. E devo confessar que *coisas mais interessantes* recentemente, na verdade, foram dar um novo visual arrepiado ao cabelo da Barbie com uma tesoura de artesanato (Samuel) e pintar a cabeça do Homem-Aranha com meu esmalte Tropical Sunset (Ruby). Mas ainda assim, já percorremos um longo caminho.

Não estou dizendo que as crianças ainda não gostam de um *pouco* de televisão de vez em quando. E, com o clima que ficou tão úmido e frio, que parece Skegness em novembro, estamos no espírito de ficar quentinhos em casa, fazendo nada mais vigoroso do que uma rigorosa sessão de zapeada.

Ruby assumiu o controle remoto e caiu em algo que de imediato chamou sua atenção: James Bond.

— Todo mundo na Inglaterra se veste como ele, Zoe? — pergunta ela assombrada, encarando o smoking de Roger Moore. É *O espião que me amava*, feito nos anos 1970, o que quer dizer que as lapelas de todos são tão grandes que se pode estacionar um Volvo nelas.

— Não o tempo todo, meu amor.

Ela se volta para a TV, onde Barbara Bach está na tela com um vestido parecido com o que pode ser encontrado pendurado nas janelas de um bangalô.

— Ela é bonita, né? — diz Ruby.

— Sim, é — concordo, olhando para Ryan do outro lado do sofá.

Seu rosto se abre num daqueles sorrisos de parar o coração, e meu pescoço fica vermelho. O que ainda me parece estranho, e não só por causa de minha mágoa eterna com Jason. É estranho porque Ryan e eu temos feito coisas juntos que são significativamente mais íntimas do que um sorriso safado. Mas uma simples expressão — que não é sugestiva, nem estimulante — tem um efeito físico em mim que só posso chamar de profundo.

Minha linha de raciocínio é rompida quando o famoso tema de 007 explode pelos alto-falantes da TV e as crianças se inclinam de expectativa.

— Mas isso é que é um homem de verdade — declaro, enquanto Roger Moore pega Barbara Bach nos braços, depois de resgatá-la do supermau Jaws. — Apesar do penteado duvidoso e do bronzeado estranho.

Ryan solta uma risada e — como as crianças claramente não serão distraídas por nada inferior a um abalo sísmico — curva-se para mim.

— Eu faria isso por você — brinca, beijando minha orelha.

Eu recuo.

— De jeito nenhum.

— De todo jeito — insiste ele. — Não tem problema.

— Bem — digo —, como é improvável que nos vejamos no mar da Sardenha tão cedo, para a sua sorte, não terá de ser obrigado a provar o que diz.

Ele está prestes a protestar de novo quando meu celular toca.

— Dê lembranças minhas a sua mãe — diz Ryan, sentando-se direito de novo.

Com a proximidade do Natal, ela anda me telefonando com tanta frequência que sua próxima conta vai rivalizar com a de uma empresa listada na Bolsa de Londres. Estou prestes a atender quando olho a tela. O sangue foge de meu rosto. Reconheço o número tão instantaneamente quanto da última vez em que ele tentou falar comigo.

— O que foi? — pergunta Ryan.

— Ah, hmmm, nada — murmuro. — Só minha mãe, como disse. Vou sair, assim não perturbo vocês.

Quando saio da sala, subo a escada com a graça de um jumento bêbado. Chego ao meu quarto, com o dedo pairando sobre o botão de atender. Continua pairando. E continua. Mordendo o lábio, eu rezo, pedindo forças — mas acabo arrancando um naco da língua. Por fim, atendo.

— Alô? — grasno. — Jason? Alô?

Capítulo 64

Tarde demais para mim. Ele já desligou. Desabo na cama, com a cabeça girando tão loucamente que mal consigo me concentrar em meu abajur.

Sei que devia estar aliviada, e parte de mim está. Acho.

Vir para os Estados Unidos devia representar um rompimento com meu passado e falar com Jason não ia ajudar nesse aspecto.

A parte sensata de mim também sabe que ele deveria ter me telefonado nas incontáveis ocasiões em que tentei entrar em contato com ele, logo depois do não casamento. Ele teve sua chance. *Suas chances.*

Prometi a mim mesma que seria uma mulher forte, focada, independente, que não chafurdaria no passado. E sei, depois de chegar até aqui, que o pior que eu podia fazer seria ceder a Jason — ou a mim mesma — uma longa conversa que reabriria antigas feridas.

Mas parte de mim está desesperada para fazer justamente isso.

Tenho tantas perguntas para ele que eu podia me sair melhor do que um entrevistador de TV. Por exemplo, o que houve com ele naquele dia? E havia realmente mais alguém envolvido? Quando foi que ele decidiu que não ia passar por aquilo? E, mais importante, *por que* ele decidiu que não ia passar por aquilo?

Mas a ideia de que eu podia pegar o telefone e ouvir sua voz adorável e familiar dizendo meu nome é demais para eu suportar.

Meus olhos se demoram no celular enquanto eu olho o último número discado. Vou fazer isso. Sei que não devia, mas vou.

Estou a milissegundos de apertar "chamar" quando ouço uma batida na porta.

Em pânico, atiro o celular debaixo do travesseiro e me recosto na guarda da cama como se estivesse em uma espreguiçadeira esperando alguém aparecer para me passar filtro solar fator 15.

Devo parecer ridiculamente nervosa.

— Está tudo bem? — Ryan está um tanto preocupado.

— Sim, claro! — declaro. — Só subi aqui para bater papo.

Ele não diz nada.

— Com... minha tia — acrescento.

Ele continua sem dizer nada. Meus olhos disparam pelo quarto procurando inspiração e caem na montanha de produtos de higiene em minha penteadeira.

— Minha tia... Lil-let. — Ah, meu Deus. Eu batizei a tia imaginária com o nome de um absorvente.

Ryan franze a testa. Depois sorri.

Ele vem até a cama, coloca a mão em minha nuca e me beija, fazendo minha pulsação martelar de desejo.

— Você está tão linda hoje — cochicha ele, passando a ponta dos dedos por meu rosto.

— Estou? — pergunto, perplexa. Não me maquiei, e está crescendo uma espinha ao lado de meu nariz.

— Totalmente. — Ele sorri. Depois de se virar para sair, ele hesita.

— Não sabia que tinha uma tia... Como se chama mesmo? Lil-let? — diz ele.

— Hmmmm — respondo.

— Ela é... francesa?

— Não... er, sim. Não.

Ryan ergue uma sobrancelha.

— Quer dizer... ela é belga — solto de repente.

— Você tem parentes na Bélgica?

— Ah, sim. — Quero que minha boca se feche e só volte a abrir quando eu conseguir cultivar um cérebro. — Um monte. Grandes bebedores de cerveja. E chocólatras.

Cala a *boca*, Zoe.

— Mas então... pensei em subir aqui para atender ao telefone porque a tia Lil-let às vezes não bate muito bem — acrescento, revirando os olhos.

— Ah, sim?

— Hmmmm — continuo. — Ela está na menopausa e tem fogachos horríveis. Foi por isso que telefonou... Então, obviamente, eu não queria ter *essa* conversa na frente de Ruby e Samuel.

Outra pausa.

— Ao que parece, é o chocolate — acrescento, maldizendo a mim mesma.

— O que tem o chocolate?

— Os fogachos. O chocolate piora muito.

— É mesmo?

— Hmmm, ah, sim, ela...

Eu paro. Ryan está me encarando, claramente sem acreditar numa só palavra dessa baboseira.

— Bem — diz ele por fim —, dê lembranças minhas da próxima vez que falar com ela. Vou descer. Só queria saber se você estava bem.

— Eu? Rá! Ótima. Totalmente ótima e magnífica. Não poderia estar melhor.

Ele sorri. Eu tento fazer o mesmo.

E quando ele fecha a porta, olho o telefone. O que eu estava pensando? O que *diabos* eu estava pensando? Apago o número da última chamada recebida — o número de *Jason* — e desligo o aparelho.

— Ryan — grito, abrindo a porta. — Espere um minuto. Eu também vou.

Capítulo 65

Sair à noite com um sacerdote não é algo que eu tenha feito muito na vida — e desconfio de que o mesmo vale para Trudie, Amber e Felicity. Mas Paul é diferente de todo clérigo que conheci. Pelo menos, ele não é nada parecido com o reverendo Derek Crapper, que era da St. Michael, em Woolton, nos tempos em que eu comparecia regularmente à igreja. Ele era um homem adorável que tinha costeletas que podiam ser usadas para esfregar uma escada, e maneiras gentis e carinhosas.

Relembrando agora, ele tinha um odor corporal tão forte que uma fungadela quase arrancava o revestimento das vias nasais de qualquer um, mas ele era tão legal que isso não importava.

Para o reverendo Paul Richardson, porém, isto não é problema. Ele também é adorável, mas cheira a Hugo Boss e esta noite está usando a gola de padre por cima de uma camisa preta de grife e jeans que melhoram seu traseiro de tal maneira que qualquer um pensaria que isso não devia ser permitido a um homem de Deus.

— E então, hmmm, o que você acha de Paul? — pergunta Amber enquanto me ajuda a levar as bebidas para a mesa. Ela está se esforçando tanto para fazer com que a pergunta soe despreocupada que parece que esteve escovando os dentes com aguarrás.

— Eu o acho incrível. Gentil, inteligente, uma companhia divertida. Por que a pergunta? — acrescento, como se não soubesse.

— Ah, por nada — diz ela.

Eu sorrio.

— Não me olhe assim — acrescenta ela, corando. — Sei que todas vocês acham que estou a fim dele, mas não estou, posso te garantir.

— Claro — digo.

— Além do mais, nossas luas não combinam.

— Suas o quê?

— Luas. Acredito piamente na astrologia védica, depois de todo o tempo que passei na Índia. Sob o sistema Kuta, você pode medir o fluxo de consciência entre duas pessoas e como essa energia se harmoniza na relação.

— E sua energia não está em harmonia com a de Paul?

— Nossas mansões lunares são totalmente desencontradas. — Ela suspira. — É claro que isso não quer dizer que seja um indicador de *completa* compatibilidade cármica...

— Ah, bem.

— Hmmmm? — diz ela em dúvida.

— É claro que se você *gostasse* dele, nada dessas coisas importaria, não é? — observo.

— Claro que importariam, Zoe — diz ela num tom de pena. — Juntar duas pessoas cujas luas não estão alinhadas, seria como tentar misturar... sei lá... algo realmente oleoso com algo muito aquoso.

— Óleo e água? — sugiro.

— Exatamente. Não daria certo.

Esta conversa me faz sorrir por dentro, até que me sento. Trudie e Felicity parecem completamente infelizes.

— Você está bem? — sussurro a Trudie.

— Sim, sim. — Ela faz que sim com a cabeça, mas não poderia ficar mais evidente que não está. — Por que não trouxe Ryan conosco esta noite?

— Ah, porque alguém tem que ficar de babá. De qualquer modo, é bom ficar só entre os amigos.

Cá entre nós, estou mentindo com tanto descaramento que me surpreende que meu nariz não tenha uns 30 centímetros. Ryan brincou com a ideia de vir, mas assim que soube que era uma noite de mulheres, pareceu mudar de ideia.

Não estou preocupada com isso, em especial porque ninguém — além de Trudie — sabe de nosso lance. Então faz sentido evitar fazer alguma coisa tão suspeita quanto convidar Ryan para sair conosco.

— Como está Tallulah ultimamente? — pergunto a Felicity. — Ruby sente falta dela... Não vemos vocês há uma semana. — Estou tentando trazê-la para a conversa, mas ela está tão estranhamente arriada esta noite que desconfio de que nada, além de uma chupeta de bateria, vai dar jeito.

— Ah? Ah, ótima — diz ela, com um lampejo de seu sorriso habitual.

— É verdade que você está ensinando francês a ela? — pergunta Trudie.

— É — responde Felicity, claramente tentando se animar. — Ela é muito boa. E a mãe está pegando uma palavra ou outra. Mas acho que não vamos muito longe, porque Nancy não consegue deixar de pronunciar o *z* de *chez*, mas *está* se esforçando.

— Incrível! — exclamo, feliz por ela se animar um pouco. — Espero que as leve na festa de Natal de Ryan.

Este é um evento que Ryan só anunciou na semana passada. Inicialmente foi ideia de Ruby, mas ele a adotou de coração, o que posso tomar como uma prova de que ele está gostando de falar com os vizinhos sem ter de se equilibrar na beira do Armagedom.

De minha parte, mal posso esperar, principalmente porque Ryan contratou alguém para o bufê. Já planejei minha roupa. Calça de pernas largas que me cai muito bem e uma blusa de cashmere preta com um generoso decote. É chique de um jeito casual, embora me tenha tomado um dia inteiro de procura intensa em cada loja de Boston.

— Festa de Natal? — pergunta Felicity, apagando o frágil sorriso. — Ryan vai dar uma festa de Natal?

— Bem, vai. Hmmm, vocês receberam o convite, não foi?

— Não, Zoe. Não recebemos. — Felicity faz uma tentativa de parecer alegre enquanto dá sua resposta, mas não funciona.

— Ah. Bem, talvez ainda não tenham sido enviados.

— Nós recebemos o nosso — observa Trudie, sem ajudar em nada.

— Nós também — disse Amber.

Olho para o reverendo Paul, em busca de ajuda. Ele faz que sim com a cabeça. Meus olhos se arregalam.

— Ah, meu Deus, desculpe, Felicity — digo, repentinamente atrapalhada. — Deve ter sido um lapso, só pode ser. Sei que colocamos vocês na lista. Ryan deve ter se esquecido de mandar um e-mail a vocês. Mas, por favor, considere-se convidada. De verdade.

— Não, não! — declara ela, levantando a mão como um agente de trânsito e sorrindo, como se essa fosse a última coisa que lhe passasse pela cabeça. — É sério, não se preocupe comigo, Zoe!

— Mas Felicity, eu...

— Não! Nós não vamos! Não se preocupe!

— Sinceramente, Felicity — tento interrompê-la —, você *estava* convidada. Você *está* convidada!

Ela para por um segundo.

— Prefiro não ir, se não for bem-vinda. — Ela está sorrindo de um jeito hesitante e magoado.

— Você *é* bem-vinda — insisto.

Ela para.

— Sou?

— Totalmente — digo.

— Bem, isso é maravilhoso. — Ela fica radiante. — Vou ter de ver minha agenda, é claro, mas pode me colocar nessa.

O assunto reaparece vinte minutos depois, quando Trudie coordena uma ida ao banheiro comigo para retocar a maquiagem — o que ela gosta de fazer com a regularidade de um bebê que está sendo treinado para usar o penico.

— Meu Deus, que bom que você descobriu que Felicity estava fora da lista de convidados da festa de Ryan — comenta. — Ela nunca o perdoaria por isso.

— Eu sei. Só espero que tenha sido mesmo um acidente e Ryan não a tenha deixado de fora de propósito. Talvez ele não se dê com Nancy e Ash

— Eles se dão bem com todo mundo — diz Trudie com desdém. — Além disso, Ryan está tentando ser o vizinho mais perfeito do mundo, pelo que Barbara me disse, então ele nunca deixaria de convidá-los de propósito. Mas ainda bem que isso se resolveu. Felicity está num humor estranho a noite toda.

É típico de Trudie pensar nos outros quando sua própria vida não está exatamente um mar de rosas.

— E como estão as coisas com você? — pergunto.

Ela dá de ombros.

— Ah, sabe como é... Mais ou menos. Quer dizer, as coisas com Barbara estão ótimas, não me entenda mal. Ryan fez um milagre.

— Você e Ritchie?

— *Não* existe um eu e Ritchie. Não nos falamos desde aquele dia. — Eu penso no que dizer, mas Trudie chega lá antes de mim. — Ele não retorna minhas ligações. — Sua expressão se fecha.

— Ah, Trudie. — Eu a abraço. Estou totalmente consciente de que minha reação é tão lamentavelmente inadequada quanto uma tentativa de apagar o incêndio de uma casa com uma pistola d'água, mas é difícil saber o que fazer.

Passamos os dez minutos seguintes no banheiro, chorando e nos abraçando, chorando e nos abraçando. Quando ela decide que está pronta para voltar ao bar, a pele de seu rosto está tão inchada que parece que teve uma reação alérgica ao pó facial.

— Eu não pretendia te deixar chateada, Trudie — digo a ela, enquanto saímos.

— Não seja boba, meu bem. Eu me sinto melhor por ter uma amigona. Não sei o que faria sem você, não sei mesmo.

Mas, no segundo em que saímos do banheiro das mulheres, vejo alguém do outro lado do bar que, com certeza, mudará drasticamente o rumo da noite.

Cutuco Trudie, mas ela mexe na bolsa de lantejoulas cor-de-rosa, procurando um adesivo de nicotina para juntar aos outros quatro que colou por baixo da blusa.

Eu a cutuco novamente.

— Peraí, meu bem, parece que achei — diz ela, pegando um objeto pequeno que parece gesso. — Ah, droga. Esse é um de meus tapa-mamilos.

— Trudie — sibilo, cutucando suas costelas com tanta força que ela grita.

Quando ela levanta a cabeça, Ritchie se aproxima de nós, hesitante. Eles ficam frente a frente, em silêncio, e por um segundo dava para sentir a tensão no ar.

— Oi, amor — cochicha Trudie por fim. — Como está?

Ritchie estende a mão para pegar a de Trudie que, apesar de suas tentativas de aparentar calma, treme incontrolavelmente.

— Trudie — murmura ele —, estou aqui para tentar de novo.

Capítulo 66

O bar está em polvorosa. As pessoas prestavam tanta atenção em Trudie e Ritchie quanto dariam a um artista de rua durante um show do U2. Isto é, até Ritchie sacar uma aliança. Não sei se ele pretende que sua proposta seja tão pública, mas a mulher à esquerda não está muito preocupada com isso. Porque quando ela entende o que ele está prestes a fazer, sua reação é tão exagerada que se pensaria que ele estava propondo casamento a *ela*.

— Ah, meu Deeeeus! Ele vai pedir! Shhhhh, todo mundo, ele vai pedir!

Todo o bar para e olha boquiaberto para Ritchie.

— Er, Trudie — começa ele enquanto se ajoelha, Trudie parece estar prestes a ir para a forca. — Você é a única mulher para mim, querida. Sei que estou fazendo o papel de bobo, mas você vale a pena. Eu te amo, Trudie, e vou te pedir em casamento sem parar, se precisar. Eu quero você. Quero que tenha os meus filhos. Então, por favor, Trudie, o que você diz?

Eu estremeço com a penúltima frase de Ritchie.

— Er, é... sobre isso. — Trudie olha o salão, com os olhos percorrendo o mar de rostos em expectativa. Depois olha para Ritchie.

— Trudie?

— Er, bem... Tá, por que não?

Largo a garrafa de Budweiser que pareço ter roubado sem querer. Ela se espatifa no chão na minha frente, deixando meus jeans novos cobertos de cerveja e espuma entrando pelos dedos dos pés.

— Está dizendo *sim*? — pergunta Ritchie, levantando-se com uma expressão de tanta incredulidade que parece prestes a desmaiar.

— Er... — Ela olha o salão novamente. — ... SIM!

Eu dou a ela nota dez pela convicção.

Ritchie a pega nos braços, enquanto todo o bar explode num volume que se esperaria ouvir ao lado de um 747 durante a decolagem.

— Bebidas por minha conta! — grita ele, girando Trudie e fazendo sua bolsa quase derrubar um inocente que passava por ali. Quando ele finalmente a solta, curva-se para o balcão para pegar uma garrafa de champanhe, e dou uma olhada em Trudie.

— Não olhe para mim desse jeito — sibila.

— De que jeito? — sussurro. — Eu não estava olhando de jeito nenhum. Eu só...

— Só o quê?

— Bem, o que te impediu de dizer sim a ele na primeira vez... Você vai contar?

Ela respira fundo.

— Claro que vou. Só preciso achar uma hora melhor para...

Mas antes que ela possa pronunciar as palavras, é engolfada em outro beijo tão apaixonado que os lábios de Ritchie devem estar em chamas.

— Bem, devo dizer que é uma maneira muito boa de terminar uma noitada — diz o reverendo Paul, dando uns tapinhas nas costas de Ritchie. — Parabéns, meninos. Muito bem.

— Onde está Felicity? — pergunto a ninguém em particular.

— Ah — Amber franze o cenho —, não sei para onde ela foi. Estava aqui havia um minuto, quando Ritchie fez a proposta. Depois se levantou e disse que precisava ir.

— Ela está bem? — pergunto.

— Sei lá.

Penso em ir atrás dela, mas Trudie está do meu lado de novo.

— Isso não está bom — cochicha ela. — Você tem razão. Eu tinha de contar a ele. Não posso fazer isso.

— Trudie, esper...

— Não, Zoe — responde ela. — Eu preciso falar com ele.

Observo quando Trudie pega Ritchie pela mão e o leva para fora do bar, perguntando-me como é que ele vai reagir à notícia.

Capítulo 67

Fecho a porta da frente em silêncio e me pergunto se Ryan ainda está acordado, mas não ouço nada. Sinto uma certa decepção. Ao subir a escada de mansinho, vejo que a luz dele está apagada e sei que devo ir para meu próprio quarto. Quer dizer, eu não estou desesperada, estou? Certamente posso passar uma noite sem me aninhar em Ryan e passar os dedos pela curva de suas costas. Além disso, será a oportunidade perfeita para fazer meu novo regime de beleza. Jurei que o seguiria desde que respondi a um questionário numa revista ontem e descobri que minha negligência nesta área pode me deixar com a cara de Dot Cotton quando tiver 35 anos.

Vou ao banheiro com a intenção de limpar toda a maquiagem do rosto, passar um tonificador suave e formulado clinicamente (que se assemelha muito a uma água colorida), hidratante, escovar os dentes com pasta clareadora e me preparar para uma boa noite de sono.

Ah, que droga.

Entro no quarto de Ryan, tiro a roupa e me meto na cama, aquecendo minha pele na dele. Passo o braço por seu tronco e coloco o rosto em seu pescoço.

O cheiro dele — tão limpo e sexy que é uma pena que não possa ser engarrafado — faz com que meu sangue pulse pelo corpo, e eu me vejo apertando os quadris nele. Ele se mexe e se vira para mim meio sonolento, puxando-me com força enquanto suas pernas envolvem as minhas.

— Você voltou — sussurra, com a boca tão perto que posso sentir o gosto da pasta de dente em seu hálito.

— Eu não queria te acordar — respondo, afagando seu rosto com o polegar.

— Sei, sei — murmura ele, beijando-me devagar.

— Tudo bem, eu queria. — Eu sorrio, enquanto nossos corpos se movem um para o outro num ritmo lento.

— Olha, não estou reclamando. — Ele beija meu rosto, provocando arrepios em minha pele.

— Não?

Seus dedos deslizam por minhas costas, irradiando calor. Ele roça a boca em minha orelha.

— Mas é claro que não.

Transamos até de manhã, tarde o bastante para ser perigosamente perto da hora em que as crianças devem acordar.

Vestimo-nos devagar — entre beijos —, e enquanto Ryan põe a camiseta, eu me vejo levantando uma questão em que pensei muito ultimamente.

— Você nunca falou de sua mulher — falo com brandura.

Ryan, com a camiseta no meio do corpo, para o que está fazendo, e eu me pergunto se foi um erro falar nisso. Procuro em seus olhos ansiosamente.

— Eu sei. — Ele termina de se vestir e se senta na cama a meu lado. — Nunca pensei em mim mesmo como um desses homens que não conseguem expressar seus sentimentos. Mas desde que Amy morreu, acho que provei, de todas as maneiras possíveis, que é exatamente isso que sou.

Ele para.

— Às vezes, falar sobre o assunto pode ajudar — proponho, mas enquanto as palavras saem de minha boca aos tropeços, percebo que hipócrita eu sou. Eu não falei de Jason, nem de meu casamento cancelado, com *ninguém*. Pelo menos não falei direito. Ainda assim, isso é diferente, é outra praia. O que Ryan passou coloca meus problemas no chinelo.

Ele assente, como se acreditasse no que digo — só não sabe como fazer isso. Depois se levanta e vai até a janela, de costas para mim.

— Nós nos conhecemos quando tínhamos acabado de sair da faculdade — diz ele, mantendo a voz estável. — Eu era muito galinha. Nunca tinha conhecido ninguém com quem quisesse ficar a sério. Então conheci Amy, e tudo isso mudou.

— Como ela era? — pergunto.

Ele se vira devagar, recosta-se no peitoril e sorri, transportado a outra época, a outro lugar.

— Inteligente. Divertida. Franca. Ela não aguentaria nenhuma merda de mim. — Ele ri.

— Não? — Eu sorrio.

— Ahã. — Ele balança a cabeça com carinho. — Ela teria odiado o modo como eu estava quando você me conheceu, a *zona* que eu estava. Ela teria dito: "Pelo amor de Deus, Ryan, controle-se. Vá se barbear e pare de ser um babaca."

— Não seja tão rigoroso consigo mesmo — aconselho. — Você passou por maus bocados. Não é muita gente que tem de lidar com a viuvez e dois filhos pequenos.

— Eu não lidei bem com isso — insiste ele. — Desde o começo, não lidei nada bem.

Não digo nada.

— Quando recebi o telefonema dizendo que ela estava no hospital, que tinha sofrido um acidente de carro, eu... eu... — Ele se interrompe para organizar os pensamentos. — É difícil descrever o que senti. Eu simplesmente não conseguia absorver. Eu *não queria* entender... Não acreditava. Ela ia pegar a amiga, Keeley, a menos de 8 quilômetros. Elas iam fazer compras, e eu cuidaria das crianças. Samuel ainda era muito novo e... bem, você sabe o quanto bebês podem exigir das mães. Era para ser uma tarde de folga para ela.

— O que aconteceu? — pergunto.

Ele fecha os olhos e solta um longo suspiro.

— Foi uma colisão de frente com um cara que tinha assaltado uma 7-Eleven. Ele dirigia como um louco, virou uma esquina sem olhar e basicamente terminou no para-brisa do carro de Amy.

— E *ele* sobreviveu? — pergunto.

— Não. E isso é bom, porque eu o teria matado.

Mordo o lábio.

— Desculpe — disse ele, baixando os olhos.

— Ninguém pode te culpar por se sentir assim.

— E então — continua ele —, quando cheguei ao hospital, nem me lembro de muita coisa, só que eu gritava como um maluco, exigindo saber por que os médicos não faziam mais nada para salvá-la. O negócio foi que ela morreu na hora. Não havia nada que pudessem ter feito.

— E onde estavam Samuel e Ruby enquanto tudo isso acontecia?

— Keeley... a amiga de Amy... apareceu para cuidar deles. Ela era incrível, pensando bem. Foi ela que teve de contar a Ruby o que aconteceu. Eu estava... pirado demais. E o pior é que nunca mais a vi. Ela me acenou uma vez quando me viu do outro lado da rua no centro, mas fugi dela o mais rápido que pude. Acho que isso resume minha atitude para com toda a história desde que aconteceu. Fingir que nunca houve nada.

— Por isso não tem fotos de Amy.

Ele torce o nariz.

— Isso é idiota... É simplista... Mas o fato é que sempre dói muito olhar para ela, falar nela, pensar nela. Então acho que, sem saber, decidi que não ia fazer nada disso. O que sei que não é bom para as crianças e provavelmente não é bom para mim também.

— Você está falando nela agora — observo.

— É, estou. — Ele se interrompe. — E na verdade está tudo bem. Até ótimo.

Eu sorrio.

— Sabe de uma coisa — continua ele, virando-se para a janela —, acho que Amy teria aprovado você, Zoe.

— É mesmo? — Fico aturdida.

— É — responde ele. — Ela teria.

De repente, sinto um pânico por causa dessa declaração; talvez eu tenha interpretado mal o que Ryan podia estar esperando dessa relação. Quer dizer, sim, gosto muito dele. E tudo bem, ficar com ele certamente é melhor do que choramingar no quarto de hóspedes de minha mãe.

Mas ele não é Jason.

Olho para Ryan novamente e digo a mim mesma que estou imaginando coisas. Ele desabafou comigo porque era a hora certa para isso. Ele está tocando a vida — e faria o mesmo com qualquer pessoa. Não, isso ainda é um caso sem importância, para ele e para mim.

De repente, o rangido da porta interrompe meu raciocínio, e os cachos louros e embaraçados de Samuel aparecem como cobertura de sorvete de baunilha.

— Zo-eee? — murmura ele, sonolento. — Eu quero Cheerios. Por favor.

Ryan vai até ele, pega-o no colo e lhe dá um forte abraço.

— Zoe e eu vamos descer agora, amigão, então vamos pegar para você, está bem? Ela estava aqui conversando uma coisa comigo.

Enquanto desço, penso em ver Trudie, quando meu telefone toca para anunciar a chegada de uma nova mensagem de texto.

"Não comemore ainda", diz. "O casamento foi cancelado."

Capítulo 68

Trudie chega menos de meia hora depois. Seus olhos estão tão injetados de chorar que ela parecia ter passado os últimos vinte anos de sua vida bebendo vodca no café da manhã.

— Ele não pode ter desistido desse jeito — digo.

— Não, não, ele não desistiu — esclarece ela. — Disse que ainda me ama. Mas quer tempo para pensar no que fazer.

Eu suspiro enquanto saio para pegar a correspondência.

— Você fez o que era certo — digo, sentindo-me quase tão qualificada para dar conselhos sobre a questão como Tinky Winky.

— Eu estava certa em aceitar a proposta dele em um bar lotado, depois largar uma bomba em cima dele vinte minutos depois? — diz ela. — Você só pode estar brincando.

— Tudo bem, a escolha do momento não foi das melhores — admito —, mas muita gente teria feito o mesmo naquele bar. Quer dizer, era muita pressão. A mulher de blusa azul parecia pronta pra te esganar se você dissesse não.

— Talvez. Mas o caso é que... Você está bem? Zoe, o que foi?

— O quê? Ah... — Olho a carta em minha mão. — Eu já te contei dessas cartas estranhas que Ryan andou recebendo.

— Contou, eu me lembro disso.

— Bem, parece que ele recebeu outra.

— Meu Deus! — exclama Trudie. — Já perguntou a ele sobre elas? Quer dizer, vocês dois estão juntos agora, então é perfeitamente razoável.

— Nós não estamos *juntos*.

Ela ergue uma sobrancelha.

— Como quiser, meu bem.

Muito mais tarde, quando as crianças estão enfiadas na cama, finalmente consigo falar com Ryan.

— Você recebeu outra dessas hoje — digo a ele, estranhamente tímida ao lhe entregar o envelope.

Ele está prestes a pegar quando percebe o que é.

— Merda. Pensei que tivessem acabado.

Ele apanha o envelope e mete no bolso de trás, depois vai procurar uma cerveja na geladeira. Eu fico quase tão satisfeita com sua reação quanto alguém que encara uma fila do departamento de atendimento ao cliente por três horas, só para descobrir que está fechado.

Quando vi uma dessas cartas pela primeira vez, fiquei meio intrigada. Na época, eu não passava de uma observadora da vida de Ryan. Elas eram um quebra-cabeça de uma imagem incompleta que eu tinha dele: bad boy, mulherengo, sedutor canalha.

Mas agora que sou *mais* do que uma observadora, não posso deixar de sentir algo mais sobre elas, algo que não me agrada.

O que Ryan e eu temos pode ser pouco mais do que um romance de férias com uma duração maior, uma distração amorosa das realidades da vida, mas o reaparecimento dessas cartas representa um lembrete sombrio do passado dele — e, potencialmente, de seu presente. Elas são um lembrete de que, por mais convincente que ele seja quando está comigo, por mais carinhoso que pareça, Ryan não é um menino inocente.

A autora dessas cartas, quem quer que seja, um dia encontrou consolo nos braços dele, como eu. E, por mais tolo que isso seja — *pelo amor de Deus, eu ainda estou apaixonada por outro!* —, faz com que eu me sinta estranhamente insegura. Com ciúme, talvez. E isso não é legal.

— Hmmm... De quem são? — pergunto, tentando demonstrar indiferença.

Ele gira e examina meu rosto. Claramente sou tão boa fingindo indiferença quanto domando leões.

— É alguém com quem tive um *lance* uma vez — revela ele. — Um lance muito curto que não foi absolutamente nada. Nada demais. Estou falando sério.

— Ela não parece pensar assim. — Não posso deixar de observar.

— Bem, eu sei, mas tenho uma tática muito simples. Ignorar as cartas dela. Não são nada demais.

— E se ela descobrir sobre mim? Não vou ter uma doida obsessiva tentando me pegar, vou?

— Não — nega com desprezo. — Ela é maluca, mas numa briga, aposto minhas fichas em você.

Fico tão tranquilizada quanto alguém que acaba de descobrir que Sweeney Todd foi designado para fazer sua barba.

— Não se *preocupe* — enfatiza ele. — De qualquer modo, ela não sabe de você.

Não se preocupe. As palavras que sempre me deixam preocupada.

— Então, tudo bem. — Só consigo pensar em uma maneira de aquietar minha mente. — Se está convencido de que ela não sabe de mim, talvez eu possa ver a carta.

— O quê? Você não quer...

— Ryan, eu não vou dormir se não ler — interrompo. — Vamos lá, me faça feliz.

— Posso pensar num jeito muito melhor de fazer você feliz. — Ele sorri.

Coloco a mão no bolso dele. Ele tira a carta de minha mão com tanta rapidez que quase leva meus dedos com ela.

— Agora eu estou preocupada de verdade.

— Tudo bem — concorda ele. — Você venceu. Mas pelo menos deixe que *eu* a abra.

Eu o vejo rasgar o envelope e olhar a página. É difícil interpretar sua expressão.

— E então?

— Não vai querer ver isso. — Ele coloca a carta às costas.

— Eu quero! — guincho, tentando tirá-la dele.

— Não, não quer, não — diz ele, afastando-se de mim de novo.

— Sim, eu quero, sim — respondo, sabendo que é tão provável que eu derrote Ryan fisicamente como Cherie Blair vencer o Eurovision Song Contest.

— Não, você...

— Ryan! — vocifero. — Se não me deixar ver essa carta, vou pensar que é dez vezes pior do que deve ser. Então me mostre, tá?

Ele hesita. Depois, lentamente, leva a carta para onde eu possa ver e, relutantemente, me entrega.

Ryan,

Seu cretino. Seu completo cretino.

E você sabe o que piora tudo? Ela é, pelo menos, dois números maior do que eu.

Julieta

Olho para ele, boquiaberta.

— Tudo bem — diz ele. — Então talvez ela saiba de você.

Capítulo 69

Para: Zoemmoore@hotnet.co.uk
De: Helen@Hmoore.mailserve.co.uk

Querida Zoe,
Nem acredito que você não virá para o Natal. *Não acredito!*

Depois de tudo por que passamos esse ano, pensei que pelo menos podíamos nos juntar, como uma família, e ter um bom Natal. É pedir demais? Afinal, fiquei na minha — pelo menos publicamente — quando deixei que você fosse para os Estados Unidos, sem muito mais que um piscar de olhos. E fiquei sentada em casa, doente de preocupação, mas sem dizer nada porque seu pai não deixava.

Se estiver preocupada em ver Jason aqui, não precisa. Eu não encontro muito com ele na rua — ninguém encontra. É como se ele tivesse desaparecido da face do planeta. O que, por mim, é perfeito. Marte deve ser o melhor lugar para ele.

Sei que isto provavelmente não faria nenhuma diferença para sua decisão, mas eu pretendia te contar uma coisa quando estivesse aqui. Uma coisa extremamente importante que descobri em minha consulta com o Dr. Ahmed ontem. Não é câncer pancreático nem intolerância a trigo, mas eu te garanto que é igualmente sério. Tanto que não me sinto à vontade para te dar essa notícia por e-mail. Nem por telefone. Mas, se não pode se dar ao trabalho de vir para casa, eu não me darei ao trabalho de contar a você.

Então, espero que esteja satisfeita, mocinha, é só o que posso dizer.

Mamãe

Minha mãe pode mesmo estar gravemente doente?

A ideia passa fugazmente pela minha cabeça. Depois me lembro de que sua hipocondria é de primeira... Uma vez, ela teve uma unha encravada e pensou que resultaria em amputação.

Não, tenho certeza de que quando minha mãe diz que tem alguma coisa grave, como câncer pancreático, pode estar se referindo a algo desde uma enxaqueca prolongada a piolhos.

Mas isso não faz com que eu me sinta melhor em relação ao e-mail. A ausência de beijos no final é uma facada no meu coração.

A verdade é que é uma *agonia* para mim pensar se vou ou não passar o Natal em casa. Por um lado, acho que eu teria gostado de ver meus pais. (Ah, meu Deus, só as palavras "eu acho" devem fazer de mim um arremedo ainda pior de filha do que eu já sou.) Mas não há dúvida de qual seria o assunto que minha volta para casa traria — o casamento. E, para ser franca, quero passar o Natal falando do casamento tanto quanto quero mudar minha profissão para coveira.

O outro motivo para minha ansiedade com a volta é ainda mais simples: Jason. Estou tão desesperada quanto apavorada para encontrar com ele. E, francamente, nessa época do ano, prefiro estar explodindo de alegria festiva do que com uma paranoia furiosa. Não, obrigada.

Então, no fim, minha decisão simplesmente aconteceu. Descrever como uma decisão faz com que pareça mais deliberada do que de fato foi. Eu não conseguia decidir o que fazer, então não fiz nada. O que quer dizer que ainda estou aqui, a menos de uma semana do Natal e sem meios práticos de conseguir ir para casa, mesmo que eu quisesse. Cada voo para Manchester a essa altura sem dúvida estará lotado, com exceção dos lugares tão caros que um barão do petróleo precisaria de uma segunda hipoteca para pagar.

Mas isso não evita que eu me sinta podre. E tenho de aquietar minha mente para descobrir que doença misteriosa é essa de minha mãe.

A diferença de fuso me obriga a esperar até a manhã seguinte para telefonar para casa, e faço isso enquanto estou preparando o café da manhã das crianças. Minha mãe atende depois de três toques.

— Alô, Zoe. — Ela parece magoada.

— Mãe, que história é essa de você estar gravemente doente? — pergunto. — O que você tem?

— Eu nunca disse que estava... Olhava, eu só disse que *era sério*. Nunca disse que seria hospitalizada logo ou qualquer coisa assim, então não precisa se preocupar.

— Mas o que é? — insisto.

Ela suspira.

— Não é algo que eu queira discutir ao telefone.

— Tudo bem — respondo, entre os dentes, tentando esconder o fato de que quero estrangulá-la.

— Simplesmente não é o tipo de coisa que se conversa num telefonema internacional — continua ela com arrogância. — Então, se estiver tão intrigada, terá de passar o Natal em casa, como faria qualquer filha normal.

— Mãe, está me chantageando? — pergunto, incapaz de esconder minha irritação.

— Não! — exclama ela, ofendida.

Paro por um segundo, pensando.

— Coloque o papai na linha — peço decisivamente.

— Ele não está — informa ela. — E, de qualquer modo, ele está sob instruções estritas de não discutir meus problemas médicos com você, então não tem sentido tentar essa opção.

— Às vezes, você é uma mulher muito frustrante, mãe — revelo.

— Rá! — guincha ela. — Eu sou frustrante? Foi você que me deixou com exatamente 2,5 quilos a mais de peru orgânico. Muito obrigada por não aparecer.

Respiro fundo..

— Olha, mãe, só me diz uma coisa. Isso que você disse que o Dr. Ahmed diagnosticou, vai te matar?

— Não.

— Vai te deixar significativamente debilitada?

— Não.

— Então, tudo bem. Vou desligar agora.

— Zoe — diz ela, antes que eu encerre a ligação —, essa coisa não é motivo de preocupação. É só que... Eu queria te falar pessoalmente, só isso. Ah, não importa, não é urgente. Você virá logo depois do Natal, não é? Mesmo que não seja para o Natal em si.

— S-Sim — respondo, insegura.

— Muito bem — diz ela. — Então conversaremos nesse dia. E não se preocupe, está bem?

Capítulo 70

A festa estava se tornando o ponto alto de meu mês até que vejo o impresso de um dos convites, logo depois de Ryan mandá-los também por e-mail. Ao que parece, com o apoio dos filhos, ele tomou a decisão crucial de apresentar um tema para o evento com o qual eu me sinto distintamente inquieta.

— *Precisa* mesmo ser à fantasia? — pergunto a ele.

— Pensei que vocês, britânicos, adorassem festas à fantasia. Em geral, só fazemos no Halloween. Mas as crianças me convenceram de que era uma boa fazer uma agora, em sua homenagem. — Ele sorri.

— Que ótimo — respondo.

— Ainda não tem nada para vestir? — pergunta ele.

— Não — digo, desanimada.

— Ora, está tudo bem — diz ele, animado. — Tem uma lojinha ótima, no centro, onde sei que vai encontrar alguma coisa.

— Ah, er... acho que agora é tarde demais — tusso. — Quer dizer, acho que prefiro ficar fora da parte "fantasia".

— O quê? — pergunta Ryan, sem acreditar.

— *Nããããão, Zo-eee!* — grita Samuel.

— Não pode ser a única a não se fantasiar. — Ruby faz beicinho.

Ah, meu Deus. Eu *odeio* fantasias. Eu odiava fantasias desde que fui à festa de aniversário de Louise Bennett vestida de cocker spaniel, porque minha mãe achou que eu devia ir como "alguma coisa peluda". Quando cheguei lá, todas as outras meninas estavam fantasiadas de *fada*.

— É fácil para você falar — digo a Ruby. — Sua roupa é incrível.

Ruby vai de Barbie Princesa da Ilha e Samuel de Dash, de *Os Incríveis*, depois de Ryan levar os dois para escolherem as fantasias na semana passada.

— E a sua também será, Zoe. — Ela sorri, alegre.

Eu queria ficar mais entusiasmada.

Começo pela loja que Ryan recomendou, mas está fechada. Então, faço uma ronda por cada estabelecimento de fantasias que todo o estado de Massachusetts tem a oferecer, mas já são quatro e meia. Ainda estou sem sorte. Até que chego a uma última loja — que está aberta. O problema é que não está exatamente trasbordando de opções.

— E então, estas são *realmente* as últimas peças que você tem do meu tamanho? — pergunto ao vendedor impaciente. — Mesmo?

— É, querida. Mesmo — responde ele com a voz arrastada.

— Quer dizer, não tem alguma coisa menos... volumosa?

Ele meneia a cabeça.

Estou imaginando minha fantasia perfeita enquanto falo. Estou pensando em princesa Leia, descolada, meio retrô, e com um bônus, *todos* terem fantasiado com ela na juventude.

— Nada de *Guerra nas estrelas*? — pergunto, na esperança de atiçar sua memória.

— Sobrou um Jabba, o Hutt, mas não é do seu tamanho — avisa ele.

— Ah. Então são só essas duas, né?

— É.

Olho a primeira opção e decido, no ato, que está fora de cogitação. É um uniforme de enfermeira safada, o tipo de coisa que uma assistente de palco de Benny Hill usaria no início dos anos 1980.

O que me deixa com a outra. Não era exatamente o que eu tinha em mente, mas pelo menos não mostrarei demais o corpo, como na primeira alternativa.

O vendedor olha o relógio.

— Acho que vou ficar com esta, então — digo, colocando a fantasia no balcão.

— Claro — responde ele, claramente aliviado por poder se livrar de mim.

Quando levo a roupa a Hope Falls, estou exausta e não quero olhar para ela de novo. Fico pensando se devia ter dado uma chance a de Jabba, o Hutt.

— O que você comprou, Zoe? — exclama Ruby, correndo para a porta.

— Não tenho muita certeza disso — murmuro, desembrulhando meu pacote.

— Puxa! — exclama Samuel, enquanto desdobro a roupa. — Puxa! Puxa! Puxa! — Mas ele parece ser o único que está impressionado.

— É, hmmm, legal. — Ruby sorri diplomaticamente.

— Ah, Deus, é horrível, não é? — Faço uma careta.

— É ótima — sussurra Ryan, ao me beijar enquanto as crianças não estão olhando. — Você estará dentro dela, e é isso que importa.

Capítulo 71

Ruby e Samuel penduraram tantas guirlandas pela casa que a sala parece uma gruta.

Ryan está vestido — de fazer o coração acelerar — de caubói. Quando o vi, perguntei-me se ele de alguma maneira adivinhou minhas fantasias íntimas enquanto estávamos cavalgando em New Hampshire. Mas não penso muito no assunto. Estou ocupada demais admirando seu bumbum de novo.

Quando os primeiros convidados chegam, Ryan vai recebê-los na porta. No caminho, ele se vira para mim.

— Você ainda não se vestiu — observa ele.

— Vai mesmo me fazer passar por isso?

— Vamos, Zoe! — grita Samuel. — Fantasia! Fantasia!

Ryan franze a testa.

— Se vai se sentir mal com isso, não faça. Quero que se divirta.

De repente, eu me sinto a maior chata do mundo. Todo mundo está entrando no espírito da coisa, e estou obcecada se vou parecer uma boba ou não. Em uma festa à fantasia, pelo amor de Deus.

— Não, você tem razão — decido, determinada a não ser a desmancha-prazeres. — É só um pouco de diversão, não é? Vou subir e colocar a fantasia agora.

Por acaso é tão fácil "colocar" esta fantasia como é dançar chá-chá-chá sobre uma corda bamba com um par de botas Christian Louboutin. Não levo menos de 45 minutos para ficar pronta. Penso em meter a cabeça pela porta para ver se alguém aparece para ajudar — o ideal é que seja Trudie —, mas só o que ouço são as pessoas conversando alegremente.

Quando minha fantasia finalmente está no lugar, eu me espremo para fora de meu quarto, ando pelo patamar da escada e espio o primeiro andar.

Vejo Barbara e Mike King vestidos com bom gosto em togas romanas, e me culpo por não ter tido a mesma ideia. Só precisava de alguns lençóis e aquele par de chinelos étnicos que comprei na New Look do aeroporto de Manchester.

Mas agora é tarde demais.

Nancy, a mãe de Tallulah, veio de Cruela Cruel e está deslumbrante com uma peruca preta e comprida e um casaco de dálmata. Seu marido, Ash, está vestido com pouca originalidade de Hell's Angel, e a pequena Tallulah veio de ursinho de pelúcia.

Passo os olhos pela sala procurando as outras babás e vejo Felicity no canto. Está com um vestido ao estilo do século XVI, com corpete e fitas, uma bela criação que não teria ficado deslocada em *Shakespeare apaixonado*. Seu longo cabelo ruivo está penteado em cachos nas costas, os olhos verdes acentuados por uma maquiagem suave e esfumaçada. Em resumo, ela está total e inteiramente linda.

— Ah, meu Deus — murmuro, mais uma vez afetada pelas dúvidas sobre minha roupa.

Coloco o pé no primeiro degrau para ter uma visão melhor de todos os outros. Tem uma freira, um anjo, um bobo da corte, uma melindrosa dos anos 1920 e uma mulher do trabalho de Ryan vestida de personagem de *Matrix* que está particularmente fantástica. Na verdade, *todos* estão fantásticos.

Mas que *raios* eu estava pensando? Não *posso* descer vestida desse jeito. Eu *não vou* descer vestida desse jeito.

De repente, tenho uma inspiração e um plano B. Um brilhante plano B, na verdade. Posso me virar, vestir o jeans e procurar minha velha bandana (aquela que uso para prender o cabelo quando estou fazendo a maquiagem) amarrada no pescoço e me passar por Calamity Jane.

Perfeito! Nem *acredito* que não pensei nisso antes!

O alívio me toma quando me viro — e algo dá errado. Terrivelmente errado.

Talvez seja porque nunca tentei me virar no alto de uma escada usando um par de pés de borracha membranosa. Seja qual for o motivo, algo acontece com o acolchoado de espuma dos meus joelhos, que se embaralha com uma perna — ou um pé, ou talvez seja meu rabo. Meu Deus, eu tenho um rabo?

Só o que sei em seguida é que tenho uma horrenda sensação de parar no tempo. Estou consciente de que perdi o equilíbrio — e estou caindo — e batendo — e caindo — e batendo. A única coisa positiva que posso dizer sobre a experiência é que, com todo o acolchoamento, não dói muito.

Mas, pode acreditar, isso serve pouco como consolo.

Quando caio, formando um montinho ao pé da escada, a cabeça de minha fantasia está meio para fora e um dos pés saiu completamente, e me pergunto por que não consigo ouvir nada e por que tudo está preto como breu.

Sento-me e tento endireitar a cabeça para pelo menos enxergar pelos olhos.

Tallulah está parada na minha frente, chorando.

— Mamãe! — Ela ofega. — Mamãe! Olha o que aconteceu com o Garibaldo. Ele morreu?

Capítulo 72

— Eu jamais gostei de *Vila Sésamo* — resmungo, depois que minha fantasia de Garibaldo foi abandonada e localizei Trudie.

— Tem certeza de que não se machucou? — pergunta ela, genuinamente preocupada.

— Não, é praticamente a única coisa positiva que posso dizer sobre essa fantasia — respondo. — Toda aquela borracha criou um amortecimento tão bom que eu podia ter caído da face sul do Krakatoa e continuaria ilesa.

A festa está a mil e todos entram no espírito comemorativo. Mike King já tomou pelo menos seis taças de vinho e precisa ser lembrado de manter a toga fechada.

Trudie e eu passamos a última hora com um monte de crianças, ensaiando uma peça de Natal improvisada em que absolutamente ninguém concordou em ser o burro. Temos de nos virar com Eamonn de zebra.

— Eu tive sorte de achar essa fantasia — diz Trudie.

Ela está com a roupa de enfermeira que rejeitei na loja de fantasias. Antes de mais nada, era pequena, mas em Trudie, bem, estou surpresa que ela não tenha sido presa no caminho para cá.

— Era a última da loja. Nem acredito que ninguém quis, você acredita?

— Não — minto, endireitando minha bandana e tirando uma crosta seca de esfoliante dela.

Lembro a mim mesma que as coisas poderiam ser piores. A pobre Trudie não sabe de Ritchie desde a proposta de casamento abortada no bar e — apesar de suas tentativas, dignas da Oprah, de mostrar a todos que está "seguindo em frente" — ela não tem sido muito convincente.

— Ei — Trudie me cutuca —, já viu aqueles dois?

Amber está imersa numa conversa com o reverendo Paul.

— Não ligo para o que Amber diz — eu falo —, *definitivamente* há uma química entre eles.

— Você não está olhando direito — observa Trudie. — Acho que ela não está mais tentando negar.

Confusa, olho novamente — e percebo exatamente do que Trudie está falando: eles estão de mãos dadas.

— Não é possível! — exclamo. — Eles não estão! Não estão! Eles estão juntos?

Trudie ri.

— Ao que parece, Amber decidiu... apesar do não alinhamento das luas dos dois... que seus astros estavam na mesma trajetória, então está tudo bem. Ou coisa assim.

Estou balançando a cabeça quando sinto alguém cutucar meu ombro com força.

— Não vi Ryan a festa toda — declara Felicity, parecendo feliz como alguém que acaba de ter o carro rebocado. — Pode me dizer onde ele está, por favor?

— Er, não sei bem — digo. — Eu o vi pegando mais cerveja na garagem, mas... há algo que eu possa fazer por você, Felicity?

— Duvido — rebate ela, e gira nos calcanhares.

— Eu fiz alguma coisa que a ofendesse? — pergunto, espantada.

— Sei lá, meu bem. — Trudie dá de ombros. — Ela não me falou nada. Eu estive com ela uma tarde, na semana passada, e sei que ela teria me contado se houvesse algum problema. Ah, por falar nisso, eu queria te contar...

— O quê?

— Eu sinto muito mesmo, mas deixei escapar sobre você e Ryan.

— Ah, Trudie — solto um gemido. — E se ela contar a Tallulah e *ela* contar a Ruby e Samuel? Não queremos que eles saibam. Quer dizer, é só uma ficada.

— Eu sei, eu sei — insiste Trudie. — Mas ela vai guardar segredo. Sinceramente, eu a fiz jurar por sua coleção de sapatos Laura Ashley que ela não soltaria uma palavra disso a ninguém. Desculpe, meu bem.

Fico irritada com Trudie. Mas não consigo ficar irritada *demais* — ela é uma daquelas pessoas com quem acho impossível me zangar.

Mas quero ter certeza absoluta de que Felicity ficará de boca fechada. Sigo na direção que ela tomou, pelos grupos de convidados no hall e descendo o corredor até a cozinha. Vejo-a de costas, com a mão no quadril e um braço recostado na soleira.

— E então, o que acha de minha roupa? — está dizendo a alguém, antes que eu tenha a chance de me aproximar. — Adequada, não acha?

— Como assim?

Reconheço imediatamente a voz vinda da cozinha. É de Ryan.

Vejo-me recuando aos poucos para trás da pilastra do hall para ouvir o que eles dizem sem ser vista. É o tipo de coisa que as pessoas fazem nos filmes de Agatha Christie — e eu quase me xingo por não estar vestida com alguém de *Morte sobre o Nilo*.

— Quer dizer que não reconhece? — Felicity ri. — Ah, querido Ryan, meu querido, queridíssimo Ryan. Vocês americanos realmente deviam ler mais. Sou Julieta, é claro. De *Romeu e Julieta*. O apelido carinhoso que você me deu.

Meu sangue gela. Julieta. Deixa para lá a Julieta de *Romeu e Julieta*. Que tal a Julieta das cartas para Ryan? Não pode ser verdade. Será que Felicity está mesmo por trás delas?

— Pelo que me lembro — responde Ryan severamente —, foi *você* mesma que se deu esse apelido. Eu disse que li mais Steinbeck do que Shakespeare.

Felicity ergue as mãos em desespero.

— Você é um desmancha-prazeres. Bem, não me importa o que diga, você ainda é meu Romeu. Não há como se livrar disso. Mas não é só isso que você é, não concorda?

— Felicity — rebate Ryan, de forma tão afiada que seria possível cortar um limão —, não tenho tempo para isso. Tenho convidados em minha casa.

— Você também é um mentiroso — declara ela.

— Já chega. Não terei esta conversa.

— Charmoso, devo dizer. — Ela faz um muxoxo. — E pensar que você não me convidou para a festa. Depois de tudo o que tivemos.

— Tem toda razão. Eu não a convidei. Então, como veio parar aqui?

— Fui convidada por sua nova namorada.

Ryan não diz nada.

— A coitadinha da Zoe já sabe o mentiroso que você é?

Ryan continua sem dizer nada.

— Não — responde Felicity por ele. — Aposto que não sabe. Aposto que ela foi apanhada no mesmo turbilhão de romance com que você me pegou, não foi? Então, quando é que vai jogá-la fora como lixo velho? Porque é o que acontece com todas as mulheres de sua vida, não é, Ryan? Você as fisga com a rotina tenho-a-alma-torturada-por-causa-da-morte-de-minha-pobre-mulher. Depois as seduz. Depois fica cansado delas. E depois as abandona. Não é assim?

— Bem, talvez, Felicity. Talvez você tenha conseguido analisar minha personalidade. Talvez você me conheça melhor do qualquer outra depois de duas fodas e...

— Três! — grita ela.

— Tanto faz. A questão é que você *não* me conhece. Não sabe o que acontece na minha vida. E eu também não quero que saiba.

Depois a voz dele se abranda.

— Escute, lamento ter magoado você. Lamento de verdade. Porque não era minha intenção. Não era mesmo.

— Como se isso servisse de algum consol...

— Mas, como já te disse, não foi mais do que... Olha, Felicity. — Ele suspira. — Acabou. E gostaria de continuar minha vida sem mais nenhuma daquelas cartas. Por favor.

Ele parece genuinamente arrependido, como se tentasse fazer com que ela entendesse e com esperanças, talvez ingenuamente, de haver alguma solução para isso. Mas se Felicity fosse personagem de desenho animado, desconfio de que estaria saindo vapor de suas orelhas.

— Posso te dizer uma coisa? — rebate ela. — Sobre Zoe e sobre mim?

— Se quiser — diz ele, cansado.

— Eu fui aluna da escola de aperfeiçoamento Institut Villa Pierrefeu. Falo quatro línguas. Tenho empregadores em potencial brigando por mim. *E* eu sou tamanho 36, perfeita. *Ela*, por outro lado, é uma ralé de uma escola qualquer que... Quando não está vestida de amarelo-canário... Está de Dorothy Perkins!

— Dorothy Perkins? — repete Ryan, atônito.

Felicity assente, como se tivesse acabado de revelar uma coisa equivalente a eu ter contraído uma doença contagiosa fatal.

Estou esperando que Ryan salte em minha defesa. Que diga que ele não dá a mínima se eu estiver vestida de Garibaldo — na verdade, ele achou que foi a melhor fantasia desde que alguém ganhou um Oscar por *Moulin Rouge*. Que diga que ele acha Chanel superestimada e, na realidade, prefere uma mulher que se vista de Dorothy Perkins em qualquer dia da semana.

Que diga alguma coisa — qualquer coisa — que faça Felicity entender de uma vez por todas o que ele realmente sente por mim. Estou esperando, com a respiração tão suspensa que meus pulmões parecem estar prestes a implodir.

— Tanto faz — responde ele.

— Tanto faz? — repete Felicity. Pela primeira vez nessa conversa, eu me sinto quase tão exasperada quanto ela.

— Felicity, você não tem motivo para ter ciúme de Zoe — continua ele.

— Eu nunca disse que tinha ciúm...

— É só uma ficada — interrompe ele. — Não passa de uma ficada.

Capítulo 73

Volto de mansinho e me perco no hall lotado até que esbarro em Trudie. Ela está com Ruby, Samuel, Eamonn e Andrew, e eles cantam uma versão tão desafinada de "Noite feliz" que fico admirada de os tímpanos de todos continuarem intactos.

— Pode cuidar de Ruby e Samuel um pouco mais? — pergunto, surpresa ao ouvir minha voz tremer. — Preciso dar uma caminhada.

— Claro. — Ela faz que sim com a cabeça. — Algum problema?

— Ah, nada. Estou meio tonta por causa da queda. Um pouco de ar fresco pode me fazer bem.

Ando pela casa, sentindo-me claustrofóbica e entorpecida. Sou sufocada pela cor e pelo barulho da festa — taças tilintando, crianças rindo, música aos berros.

Sinto uma centelha de alívio quando vejo a porta do jardim de inverno, que se abre para o jardim, e vou diretamente para lá.

— Ei, Zoe. — Ouço alguém dizer. Sinto a mão se apertar em meu cotovelo e me viro num torpor. É Amber. — Então você soube de mim e Paul, não foi? — cochicha ela, com um sorriso radiante.

— Ah, er, sim — respondo vagamente. — Eu... eu estou muito feliz por você, Amber. Acho que vocês dois formam um ótimo casal.

— Formamos mesmo, não é? — diz ela num tom sonhador. — Você estava totalmente certa. Quer dizer, cosmicamente falando, não somos o par perfeito, mas... Bem, ele é adorável. E acho que é só o que importa.

Procuro sorrir e me sinto culpada por isso se provar tão difícil. Estou feliz por Amber, de verdade, mas seu novo namoro é a última coisa que tenho em mente.

— Quando vocês ficaram juntos? — consigo dizer. É a única pergunta em que posso pensar.

— Já estamos saindo há algumas semanas. Eu me encontrei com ele enquanto fazia compras, e fomos tomar um café. Ele é uma das pessoas mais fascinantes que já conheci — continua ela. — Nunca havia conhecido alguém tão... *profundo*.

— Profundo — repito.

— Hmmmm. — Ela faz que sim com a cabeça. — Profundo *e* gentil. É uma combinação maravilhosa. E você, Zoe? — pergunta ela. — Não tem ninguém por aqui que a agrade? Estou certa de que você não tem poucos admiradores.

Levanto a cabeça e vejo Ryan entrando na sala enquanto abre uma garrafa de vinho. Ele me vê olhando e sorri. De repente, fico zonza.

— Er, desculpe, Amber, preciso ir lá fora um pouquinho — aviso.

— Você está bem? Está meio pálida.

— Estou ótima — murmuro. — É sério. Obrigada por perguntar.

Ao sair, respiro fundo, e o ar frio enche meus pulmões. Vou para o fundo do jardim, onde ninguém pode me ver, com as palavras de Ryan ecoando em minha cabeça.

Eu sei que eu mesma disse isso vezes sem conta, mas ouvir *dele* me afetou muito.

É só uma ficada... Não passa de uma ficada.

Reprimo as lágrimas e olho o céu nublado e carregado. Por que estou me incomodando com isso? Não é exatamente como *eu mesma* via a relação? De repente, ouço passos atrás de mim e giro o corpo, na esperança, e com medo, de que seja Ryan.

Mas não é. É Felicity.

— Vi você escapulindo.

Sua voz em staccato me arranha.

— É verdade — respondo friamente. Depois do que a ouvi dizer, esta não é bem a resposta adequada. Mas acho que se eu tentar dizer mais alguma coisa, vou chorar.

— Você ouviu o que eu disse, não foi? — pergunta ela.

Concordo com a cabeça.

— Eu sinto muito, Zoe — diz ela, baixando a cabeça.

— Sente mesmo? — pergunto, na esperança de parecer pelo menos *um pouco* temível agora. Não como alguém que perdeu num joguinho para uma menina de 5 anos.

— Sim — responde ela. — Sinto. Mas me deixe explicar uma coisa. O que Ryan fez comigo foi tão *medonho*, que me transformou num... *monstro*. Estou convencida disso. E não sou um monstro, Zoe, não sou. Você sabe disso, não sabe?

— E todas aquelas cartas estranhas? — pergunto, exasperada. — Me perdoe por dizer isso, Felicity, mas esta não é minha definição de um comportamento equilibrado.

Ela explode em lágrimas. E não estou falando de uma fungada. Quero dizer um choro espontâneo, incontrolável, de quem luta para respirar. É uma das coisas mais perturbadoras que já vi. Até agora, eu não achava que Felicity tinha dutos lacrimais.

— Eu... eu sei — diz ela, entre soluços. — Você tem... tem to-toda razão. P-Pode acreditar, se me dissesse há um ano que eu mandaria cartas a meu amor não correspondido, eu não teria acreditado. Não é muito... digno, não é?

— Não, Felicity. — Suspiro. — Não é.

— Eu o amava, Zoe. Realmente o amava. Não sei se pode entender isso. Já amou alguém que não correspondeu? Já, Zoe?

Se eu amei alguém que não correspondeu? Ah, meu Deus, se ela soubesse. Apesar do senso agudo de ironia, eu me sinto compelida a abraçá-la. Quando estendo a mão e a puxo para mim, fico chocada com a fragilidade dela. Seus ombros são tão ossudos que não me surpreenderia se um estudante de anatomia a confundisse com um modelo de estudo.

— Vou te dizer uma coisa sobre o amor não correspondido, Zoe — diz ela. — Dói pra caramba.

Fecho os olhos.

— Eu devo entender mais disso do que você — murmuro.

Felicity agiu como uma tola, mas eu entendo a tortura pela qual ela passou. Entendo como é ser consumida de desejo por alguém de quem você já foi tão íntimo — mas que você sabe que nunca mais será seu.

— Entende, Zoe? — Ela funga. — Você entende?

— Sim, entendo.

— Posso te contar uma coisa? — continua ela, com os olhos vermelhos.

— Claro.

— Acredite — diz ela —, falo isso sem segundas intenções. Estou falando como amiga.

Eu faço que sim com a cabeça, relutante.

— Todas as coisas que eu disse a Ryan... falei porque estava com raiva e magoada.

— Eu sei.

— Muita coisa era absurda... As coisas que eu disse sobre você foram horríveis.

— Olha, não se preocupe com isso — digo, desprezando a questão. — São águas passadas.

— *Mas* — interrompe ela — tem uma parte que eu não menti. Uma parte, Zoe, é a completa verdade.

Eu recuo e examino seu rosto. Ela está sendo inteiramente sincera. Não há dúvida disso.

— Ryan está usando você, Zoe. É o que ele faz. Não acho que ele possa evitar. Quando eu estava com ele, era a última de uma longa sucessão de mulheres com quem ele esteve desde a morte de Amy. Mulheres que ele usou e depois jogou fora sem pensar duas vezes. O fato é que ele não está apaixonado por você nem por mim, nem por ninguém. Infelizmente, acho que ele ainda ama a esposa.

— Você entendeu mal o que há entre mim e Ryan, Felicity — revelo por fim. — Ryan e eu... Só temos um...

— Uma ficada?

Não respondo.

— Era exatamente o que eu pensava quando estávamos juntos, Zoe. Mas ele não a deixa perturbada? Você não começa a sentir falta dele quando não está por perto? De curtir os braços dele em você um pouco mais?

— Eu... não sei.

— O que quero dizer, Zoe... como sua amiga e mais nada... é que se você não sair dessa *agora*, vai acabar tão magoada e arrasada quanto eu.

Capítulo 74

Voltei para a casa para cuidar das crianças, tão desorientada por tudo que ouvi na última hora que parece que saí de um carrossel.

Tão magoada e arrasada... quanto eu.

De uma coisa eu tenho certeza. Depois de 14 de abril — o dia de meu casamento —, já tive o bastante desse tipo de coisa para me sustentar até o Natal de 2080, muito obrigada. Então realmente fui atraída a outra relação tão evidentemente problemática que quase tem luzes piscando nela?

Não pode ser verdade. Ryan deve ser uma distração de minhas desgraças, um pouco de alívio — e não outro problema.

Ah, meu Deus. Eu posso ser uma daquelas mulheres esquisitas e disfuncionais que só ficam com *homens ruins*, que adoram o drama de serem usadas e abusadas.

Eu não achava que gostava de ser usada e abusada. E sempre pensei que o homem dos meus sonhos seria alguém que quisesse me encher de amor e beijos e sempre baixasse a tampa da privada. Mas talvez não.

Talvez esteja surgindo um padrão. Primeiro Jason me deixa no altar, e agora Ryan só está nisso por um pouco de diversão e vai me deixar magoada. Mas como posso ser magoada quando é só uma ficada? *É* só uma ficada, não é? Ah, Deus, estou enjoada dessa palavra.

Entro no hall e vejo Ryan com Barbara King, que esteve detonando o vinho quase com a mesma determinação que seu marido.

Vejo-a secar a taça, bater na mesa ao lado e lançar os braços em Ryan como uma tiete faminta por sexo que não sente o cheiro de um cromossomo Y desde 1904.

Enquanto Barbara tira o chapéu de caubói dele e cochicha em seu ouvido, não posso deixar de pensar que é um gesto que se pode chamar de abertamente amistoso. Na verdade, não poderia ser mais amistoso se ela colocasse a mão no traseiro de Ryan.

Meus olhos se arregalam enquanto Barbara, presumivelmente sem perceber ou sem notar que alguém está olhando, baixa a mão até o traseiro de Ryan, e os dedos de unhas pintadas apertam uma das nádegas como se ela fosse sua bola antiestresse particular. Depois, ela fica na ponta dos pés e lhe dá um beijo na orelha.

Meu peito se aperta, e eu não quero mais ver isso.

Corro para a sala em busca de Trudie, desesperada por alguém com quem confidenciar. Mas, quando chego lá, vejo que ela tem outras coisas em mente.

— Zoe! Zoe! — grita Ruby, pulando. — Trudie vai se casar e eu vou levar o buquê!

Trudie separa a sua mão da de Ritchie e mostra seus dedos para mim. Ela está usando um delicado anel de diamante que dá para notar que é lindo, mesmo com sua mão tremendo tanto que dá a impressão de que ela está sofrendo de alguma moléstia grave.

— É... é verdade? — pergunto, emocionada.

Os olhos de Trudie estão banhados de lágrimas e, embora ela tente falar, seu lábio treme demais para tanto.

— É, é verdade — responde Ritchie por ela. — Eu encontrei a maior mulher do mundo. De jeito nenhum vou deixar que se vá.

— Você não se importa mesmo com o... — começa ela.

— Shhhhh — sussurra ele, apertando sua mão. — Podemos adotar.

Com a maquiagem borrada, Trudie sorri tanto que parece que pode desmaiar a qualquer momento.

— Muito bom — digo, abraçando-a, com meus próprios olhos se enchendo de lágrimas. — Muito bom mesmo.

— Obrigada, meu bem — murmura ela, recuando. — Mas você está bem, Zoe? Ainda parece meio esquisita depois da queda.

Sei que sou uma amiga pavorosa por dizer isso, mas apesar da notícia incrível de Trudie, o resto da noite se arrasta. E muito.

Quando finalmente nos livramos dos últimos convidados e colocamos para dormir os superagitados e supercansados Ruby e Samuel, Ryan tenta me abraçar. Mas eu me desvencilho dele.

— Está tudo bem? — pergunta ele, preocupado.

— Ah, sim — respondo. — Só estou acabada, só isso. Importa-se se eu ajudar na limpeza de manhã e for dormir agora?

— Claro que não — diz ele, com certo abatimento nos olhos.

Quando entro no meu quarto, abro a janela e uma lufada de ar frio bate em meu rosto como se eu tivesse sido apanhada no caminho de uma máquina de neve. Puxo o edredom em volta de mim enquanto desabo na cama. Tento fechar os olhos, mas estou agitada demais para dormir.

De algum modo, me convenci de que estar com Ryan me ajudaria a superar o que aconteceu este ano. Mas como me sinto vazia agora, como se tudo tivesse sido inútil.

Quem pode querer uma ficada quando é com alguém que deixa Barbara King ficar brincando com seu traseiro, e quando você é só mais uma numa longa fila de mulheres?

Quando me sento novamente, meus olhos são atraídos a algo que se projeta atrás de minha cômoda. Saio da cama e a apanho. É a revista *OK!* que trouxe da Inglaterra no dia em que vim, todos aqueles meses atrás. A capa está toda suja de café, mas ao folhear as páginas amassadas, sou transportada para casa com tanta rapidez que é como se alguém abrisse uma comporta.

De repente, quero estar em Woolton, passando meu uniforme a ferro para a creche do dia seguinte e me certificando de que guardei o avental para mantê-lo longe da sujeira durante a temporada de confecção da decoração de Natal. Quero que Jason me dê um beijo de boa-noite quando subo para dormir, deixando-o para ver o final de *Match of the Day*. Quero fechar as cortinas que minha mãe fez para nós e pular na cama para ler um Jackie Collins até dormir, remexendo-me por um momento ao sentir Jason se deitando a meu lado.

De repente, sinto tanta saudade de casa que chega a doer.

Sou arrancada de meus pensamentos quando um som invade o silêncio. Meu celular está tocando.

Desconfio de que seja Trudie, querendo falar do noivado. Mas não tenho como ouvi-la agora, não posso. Curvo-me para pegar o telefone e tento ver se posso interromper a ligação sem que ela saiba. Mas não é o número dela na tela.

É o de Jason. E, pela primeira vez, não tenho dúvida do que vou fazer.

Capítulo 75

— Jason. Como vai? — Minha voz está extraordinariamente calma, considerando que meu coração martela tanto que parece prestes a saltar do peito e sapatear pela penteadeira.

De repente, ouço um ruído alto, seguido por tal barulheira que preciso afastar o telefone da orelha. E então, o barulho cessa.

— Zoe? — reconheço sua voz de pronto, é imediatamente familiar, instantaneamente emocionante. — Zoe, você está aí? Desculpe por isso. Deixei o telefone cair.

Jason está estranhamente nervoso, o que me impressiona.

— Zoe? Você está aí, não está?

— Estou — respondo, depois não consigo pensar em mais nada para dizer.

— Zoe, pensei em dar esse telefonema todos os dias nos últimos oito meses. Na verdade, telefonei para você algumas vezes, mas... Bem, a ligação é sempre interrompida.

Ainda procuro alguma coisa para dizer.

— Mas agora que consegui falar com você — continua ele —, não sei por onde começar.

Ouvir Jason de novo é como o primeiro gole de champanhe depois de meses de abstinência. É tão delicioso e irresistível que chega a ser arriscado. Eu me vejo desejando-o, ansiando por estar com ele pessoalmente. Apesar disso, tenho de começar pela pergunta óbvia. Não tenho alternativa.

— Que tal me dizer por que me deixou no dia do nosso casamento? — pergunto.

— É claro — diz ele, sem jeito. — Bem, é uma boa pergunta. Uma pergunta que me fiz em cada segundo de cada dia desde então. Só o que posso dizer é que foi um momento de loucura.

Outro silêncio.

— Está dizendo que se arrepende?

— *Estou* — diz ele, com mais do que um toque de desespero. — Sim, eu me arrependo. Foi insanidade.

— Insanidade?

— Completa — continua ele. — Não sei o que deu em mim, nem como explicar.

— Ora, tente.

— Tudo bem, tudo bem. A verdade é que eu estava com medo. Não conseguia situar por quê... mas estava. Acho que era só a ideia de ficar com uma pessoa pelo resto de minha vida. Isso ficou me espicaçando.

— Chama-se casamento, Jason — digo a ele categoricamente.

— Eu sei, eu sei! E casamento é o que eu queria. É o que eu *quero*. Mas na véspera do casamento, bem, fiquei apavorado, muito apavorado. O que é idiotice, porque você e eu já estávamos juntos há tanto tempo que, pela lógica, ficaríamos bem por muito mais tempo. Para sempre, na verdade. Mas isso não me impediu de sentir... claustrofobia. Pânico. Ansiedade...

— Ah, pare!

— Desculpe.

Desejei imediatamente não ter entrado no assunto. Mas quero chegar ao fundo de tudo isso, não é?

— Não — digo. — Continue.

Ele respira fundo.

— Muito bem — continua ele. — Bem, o caso, Zoe, é que estava tudo bem para mim com a história de me casar. Quer dizer, eu amava você e estava feliz por ficar com você sem toda a fanfarra de uma porcaria de cerimônia. Mas eu sabia que você queria fazer isso, tudo bem. Na verdade, mais do que bem. Mas meus sentimentos com a coisa toda pareciam mudar com a aproximação do dia. E, de manhã, quando Neil e eu estávamos nos arrumando, foi como se eu estivesse em choque. Eu não conseguia colocar o paletó. Fiquei parado ali, incapaz de me mexer, incapaz de fazer alguma coisa, exceto entrar em pânico e ouvir Neil ficar cada vez mais histérico com o passar do tempo.

Eu continuo calada.

— Ainda está aí? — pergunta ele.

— Estou.

— Bem, já eram duas e dez e eu ainda não tinha me vestido, só o que conseguia fazer era ficar deitado na cama e tentar não pensar naquilo. Tentar não pensar em você passando pelo que passou. Eu só queria fechar os olhos e bloquear tudo.

Ele para de novo.

— Isso não faz com que eu me sinta melhor — minto.

— Não? — pergunta ele, ansioso. — Não. Não acho que faça. Quer dizer, por que faria? Estraguei seu grande dia. Como eu podia tornar isso melhor?

Ele parece um garotinho. Ferido e atônito porque fez uma coisa catastrófica que não pode reverter. Apesar de tudo, eu me vejo querendo abraçá-lo. Sentir seus braços em mim. Mas há 5 mil quilômetros de oceano entre nós.

— Zoe — murmura ele —, eu faria qualquer coisa para você voltar.

Eu hesito. E depois:

— Como pode dizer isso depois do que aconteceu? Depois do que você fez?

— Porque agora eu sei... mais do que nunca... que eu te amo — diz ele. — Você é a única mulher que vou amar na vida. E sei que nunca vou conseguir voltar no tempo, mas queria poder fazer isso. Minha vida acabou sem você, Zoe.

— Não seja bobo.

— É sério — insiste ele. — O que quero, mais do que tudo no mundo, é a chance de recomeçar com você, de voltarmos ao que tínhamos. Sei que não te mereço, mas achei que você devia saber como me sinto. Eu não podia conviver comigo mesmo se não falasse com você.

Desabo na cama, fecho os olhos e penso. Na realidade, penso tanto que minha cabeça começa a doer.

Mas não importa o quanto eu tente, só consigo chegar a uma conclusão. Uma conclusão que sei que meus amigos, minha família, meus ex-colegas e todos os convidados que apareceram no casamento naquele dia considerariam tão absolutamente insana que seria preciso nada menos do que uma lobotomia frontal para me salvar.

Mas todo mundo merece uma segunda chance, não é?

Capítulo 76

Só preciso tocar no ombro de Ryan para ele se mexer.

— Ei — murmura ele, com um sorriso sonolento. — Eu tinha esperanças de que você mudasse de ideia. Parece que não posso mais passar a noite sem você.

Estou sentada na beira da cama, totalmente vestida. Ele leva um segundo para perceber isso, mas quando percebe, senta-se e esfrega os olhos.

— Que foi? Tem alguma coisa errada?

— Não — sussurro. — É só que...

— Por que está vestida? — pergunta ele, aturdido.

— Ryan, tem uns problemas que preciso resolver na Inglaterra — digo a ele. — Algumas coisas que aconteceram e eu preciso... Bem, preciso cuidar delas.

— Tudo bem — diz ele lentamente, colocando a mão no meu braço. — Há alguma coisa que eu possa fazer para ajudar?

— Não — respondo. —Só preciso ir para casa. E rápido.

A percepção do que está acontecendo aparece em seu rosto.

— Você está indo embora agora?

Engulo em seco.

— Tem um voo que parte daqui a algumas horas — digo a ele. — Eu nem acredito que tinham uma vaga tão perto do Natal, mas tinham... Então, vou nele. Só haverá outra chance de ir depois do dia 26.

Ele me encara, incrédulo, e sinto a necessidade de dar alguma explicação.

— Minha mãe não está muito bem — eu solto, sentindo-me culpada por usar a hipocondria de minha mãe como desculpa.

— É grave?

— Eu... acho que não — murmuro —, mas preciso ir para casa para ter certeza e... — Tiro um envelope do bolso de trás. — Isso deve explicar algumas coisas, Ryan — digo a ele. Ele recebe, sem deixar de me olhar. — Aconteceu uma coisa antes de eu vir para cá que preferi não discutir com ninguém. Então, não falei. Com ninguém. É tudo muito... muito doloroso. Mas espero que você entenda, quando ler isso.

Ele olha a carta.

— Você vai voltar, não vai, Zoe? — pergunta ele.

Mordo o lábio.

— Eu... deixei um recado com a agência de babás para eles mandarem uma substituta assim que for possível. Então, aconteça o que acontecer, não vai ficar sem ter quem cuide das crianças.

— Zoe — ele franze a testa —, não se trata disso, pelo amor de Deus.

Lágrimas enchem meus olhos.

— Eu... me sinto péssima por não poder me despedir de Ruby e Samuel — continuo, fingindo não ter ouvido o que ele disse. — Pode, por favor, dar um beijo neles por mim e dizer que vou telefonar assim que puder? Escrevi uma carta para eles também, e os presentes de Natal estão no armário ao lado da minha cama. Não tive tempo de embrulhar, mas...

Minha arenga perde a força, e o quero sair daqui antes que as lágrimas que tenho nos olhos se derramem incontrolavelmente.

Estou a ponto de sair, quando Ryan se ajoelha na cama e me segura pelo braço. Depois coloca minha cabeça em suas mãos e me beija com tanta ternura, tanta paixão, tão lindamente como sempre.

Sei que é a última vez que vamos nos beijar assim, e a ideia me domina. Apesar do que Felicity disse, apesar do que vi Barbara fazer com ele. Apesar do quanto eu amo Jason.

Só o que sei em seguida é que as lágrimas estão caindo por meu rosto e não consigo parar de beijá-lo, por mais inchada que fique minha boca, e molhada a minha pele.

Por fim, consigo me afastar.

— Desculpe. — Volto à porta e desvio os olhos de seu espanto. — Mil desculpas.

Quando desço, o táxi está à minha espera com o motor roncando. Fecho a porta, levanto a mala e me surpreendo com seu peso. Parece que estou arrastando o cadáver de um iaque grande.

Chego no jardim, olho a janela de Ruby e meu estômago tem um solavanco. Só espero que o bilhete que deixei para ela e Samuel os faça perceber o quanto vou sentir saudades desesperadas deles: aquelas duas lindas crianças que — não importa aonde a vida me levar — eu nunca, jamais vou esquecer.

Penso em abraçá-los de manhã, a pele de bebê quente e doce como biscoitos saídos do forno, os olhos cheios de energia e animação. Estou rezando para que eles não fiquem perturbados demais quando acordarem e descobrirem que não estou ali. Eu não suportaria entristecê-los. Mas de algum modo sei que é exatamente assim que ficarão. Aquelas duas criancinhas, que já perderam a mãe e agora estão perdendo...

Sinto um bolo duro subir pela garganta e reprimo outras lágrimas. Agarro a mala e digo a mim mesma para não ser tão idiota. Eu sou a babá, pelo amor de Deus, não a mãe.

Hesito. Ah, Zoe, está fazendo a coisa certa?

Não tenho a menor ideia.

O taxista sai e tenta me ajudar a colocar a bagagem no porta-malas. Mesmo com os dois trabalhando nisso, ele reclama que quase lhe dá uma hérnia.

— Aeroporto, não é? — confirma ele, enquanto eu despenco no banco traseiro.

— Por favor.

— Vai passar o Natal em casa? — pergunta ele, quando saímos da rua.

— Vou para casa para sempre.

— Aaaaai — geme ele. — Quer dizer que a velha Boston não te conquistou o bastante para te segurar aqui?

— Sabe como é — respondo. — Lar, doce lar, como dizem.

— É, sei. E de onde é?

— Liverpool — informo. — Na Inglaterra.

— *Liver-poooooool* — responde ele, no que não posso deixar de pensar que mais parece um dialeto africano remoto do que meu próprio sotaque. Reprimo um sorriso. — Os Beatles não são de lá?

— Isso mesmo.

— Minha mulher antigamente tinha uma queda pelo Ringo Star.

— É mesmo? — pergunto.

Ele continua a tagarelice, mas não consigo prestar atenção. Só penso no gosto da boca de Ryan e na sensação de suas mãos na minha pele.

O voo é tranquilo. O momento mais agitado acontece algumas horas depois da decolagem, quando terminei meu café da manhã e estou me divertindo empilhando copos de plástico, caixas, talheres e sachês. Quando termino, cada item está satisfatoriamente seguro, arrumado e organizado.

Quando entrego tudo à comissária de bordo, uma embalagem de iogurte vazia, um garfo de plástico e um suco de laranja fechado caem em minha bandeja.

— Ah, meu Deus! Mil desculpas! — exclama minha vizinha, enquanto se curva para pegar os objetos perdidos. — Eu peço mil desculpas. Ah, meu Deus!

Ela está com 20 e poucos anos, tem a pele morena e um cabelo curto e espigado.

— Ah, cara! — murmura ela, tentando se curvar no espaço entre nossas bandejas dobráveis para pegar sua colher e quase desloca o ombro.

— Ei, eu pego — digo a ela, dobrando minha bandeja. Quando me curvo para pegar a colher, sinto o cheiro de uma forte combinação de pelo menos sete perfumes do Duty Free.

Com a colher em segurança no carrinho da comissária de bordo, minha vizinha se recosta no banco e sopra uma mecha de cabelo do rosto.

— Obrigada. — Ela sorri, revirando os olhos.

— De nada. — Eu rio.

— É a primeira vez que saio dos Estados Unidos — confidencia.

— É mesmo? — digo, tentando ao máximo aparentar surpresa.

— Vou viajar por um ano. Manchester é minha primeira parada... Meu pai tem uns parentes lá. Já me arrumaram emprego. Sabe como é. — Ela dá de ombros.

— Que bom para você — digo, e sou sincera. — Espero que goste, de verdade.

— Obrigada. Olha, sabe se preciso ou não de um desses? — pergunta ela, brandindo um formulário da imigração. — Peguei um mais cedo, mas não tenho a menor ideia se devo preencher.

Capítulo 77

Quando ando pelo desembarque do aeroporto de Manchester, vejo-me olhando em volta à procura de Jason. Já faz meses que o vi, mas sei que ele não mudou. Meu coração está galopando quando olho em volta, desesperada para localizar seu corpo alto e familiar, o cabelo escuro e o sorriso que pode conquistar qualquer um.

Só que é difícil enxergar muita coisa com aquele mar de gente — e, enquanto meus olhos disparam de uma pessoa a outra, começo a entrar em pânico. Por que ele não está aqui? Ele sabia em que terminal me encontraria, não sabia? Não ia me deixar na mão de novo! Ah, meu Deus, não tenho certeza se suportaria isso...

Vasculho minha bagagem de mão procurando o telefone, mas de repente vejo alguém acenando na multidão. Uma voz chama meu nome. Alguém corre em minha direção.

Só que não é Jason.

— Zo-eeee! Estamos aqui! — Mamãe abre caminho a cotoveladas pela multidão, usando as táticas de guerrilha que ela costuma reservar para as liquidações de janeiro. — Zo-eeee! Aqui! — Ela agita os braços e se impele a mim com a força de um propulsor a jato. — Minha garotinha! Ah, minha garotinha! Ah, eu estava com *tanta saudade*!

Meu pai está atrás, com os braços cheios de pertences dela, inclusive o que parece ser uma bolsa nova, um guarda-chuva molhado, seu casaco Whistles e a chave do carro. Ela engordou um pouco desde a última vez em que a vi, mas, no todo, sua aparência está bem-cuidada, como sempre.

— Olá, amor — diz papai animadamente. Ele tenta me beliscar no rosto, mas mamãe chega primeiro.

— Aaaah! — grita ela, apertando-me com tanta força que me preocupo com meus órgãos vitais. — Ah, que saudade!

— Desculpe, mas pode se afastar, por favor? — interrompe um funcionário do aeroporto, que não parece se lamentar nem um pouco. — Está bloqueando o acesso aqui.

Mamãe se desvencilha de mim — pelo menos temporariamente —, engancha o braço no meu e se arrasta para o guichê do estacionamento.

— Temos tanto para organizar, mas não precisa se preocupar com *nada*. Eu já preparei sua cama... — Ela para por um segundo. — Gordon! O que está fazendo? Leve a bagagem de Zoe, pelo amor de Deus!

— Ah, não, está tudo bem, é sério — insisto. Só minha mala é suficiente para dar em papai a dor nas costas de uma mula de carga sobrecarregada.

— Não seja ridícula, Zoe — diz ela, entregando-a a papai, cujos joelhos quase vergam. — Depois desse longo voo, você deve estar com jet log.

— Lag — corrige papai, metendo a cabeça por cima do casaco de mamãe.

— O quê?

— Eu só estava dizendo que você quis dizer jet lag.

— Agora — mamãe sorri, ignorando-o —, as coisas que precisamos organizar. Bem, vamos discutir em maiores detalhes quando chegarmos em casa. Você precisa descansar primeiro. Mas não deve se preocupar, porque já comecei a fazer a lista.

Estou no banco traseiro do Vectra Vauxhall de papai, e só quando já estamos a meio caminho na M62 é que consigo pegar uma palavra no meio das abobrinhas de mamãe. O falatório é tão incessante que dá pra pensar que ela está sendo patrocinada.

— Como soube que eu vinha e foi me buscar? — pergunto.

— Jason, é claro — diz mamãe, animada. — Ele queria vir pessoalmente, mas tinha uma reunião. Era uma reunião muito importante, senão ele estaria lá. E, de qualquer modo, não tínhamos muito que fazer.

Enquanto seguimos lentamente pela pista com neve da via expressa, passo a manga do casaco na condensação na janela e olho. É difícil enxergar alguma coisa por causa do chuvisco, mas tudo é tão frio e cinza, é como assistir a um televisor portátil de 50 anos.

— Como está se sentindo, mãe? — pergunto.

— Hmmmm... nada mal, nada mal agora. — Ela sorri, radiante.

— Que bom. Então qual é o problema que você não podia me contar por telefone?

Ela para por um segundo.

— Não se preocupe com isso agora. Vamos conversar mais tarde. Vamos nos concentrar numa coisa de cada vez, está bem?

— Tudo bem.

— Então — diz mamãe —, não sei se agi corretamente, mas deixei um recado para Anita na creche hoje, perguntando se seu emprego ainda está de pé. É claro que você pode querer uma coisa melhor agora. Toda a experiência que adquiriu nos Estados Unidos deve valer alguma coisa.

Papai sintoniza na Radio 2, e Terry Wogan está apresentando uma música do Coldplay. Mamãe o desliga.

— Jason vai aparecer assim que se livrar do trabalho — continua ela, virando-se para sorrir para mim. — Sabe de uma coisa? Estou *tão* satisfeita que vocês dois tenham se reconciliado. Eu sabia que vocês foram feitos um para o outro.

Tem alguma coisa errada nisso. Alguma coisa, sem dúvida, não está certa.

— Algum problema, meu amor? — pergunta mamãe.

— Não sei — murmuro. — Acho que só estou surpresa com a sua reação... quanto a Jason, quer dizer.

— O que a faz pensar assim? — pergunta ela.

— Você achava que ele era a encarnação do demônio na semana passada — observo. — Eu tinha medo de contar a você que marquei um encontro com ele, porque... Bem, pensei que você ia achar que eu estava fazendo besteira. Sabe como é, depois do que aconteceu no casamento e tudo.

Pego um vislumbre da expressão de papai pelo retrovisor. Ele não está dizendo nada. Sei de pronto que ele pensa *exatamente* isso.

— Ah, Zoe, nós teríamos de ser muito grosseiros para pensar assim, não é mesmo? — Minha mãe ri, dando um cutucão em papai. — Quer dizer, talvez, se ele não tivesse tomado uma medida tão drástica para provar que desta vez fala sério, eu podia estar cética. Mas agora não se pode duvidar dos motivos dele.

— Não — murmuro de novo, ainda claramente apreensiva.

— *Não quando ele marcou o cartório e tudo.*

Por um momento me pergunto se ouvi direito. Se ela realmente disse o que penso que disse. Mas, enquanto repasso tudo mentalmente — e fico convencida de que ela disse —, percebo que 15 segundos inteiros se passaram sem que eu respirasse uma só vez.

— E não tenho nenhuma dúvida de que desta vez ele vai até o fim — continua ela. — Uma cerimônia pequena e bonita. Só alguns de nós. Nenhum estardalhaço como da última vez. Sim, será ótimo. Lindo.

Tento engolir, mas minha garganta parece ter se fechado.

— O que ele te disse exatamente? — consigo falar.

— Ah, Zoe, pelo amor de Deus. — Ela faz um muxoxo. — Ele teve uma conversa franca conosco e nos contou *tudo*. Que você e ele reataram. Que vocês vão se casar no civil... porque, da última vez, foram aquela igreja antiga e grande e toda aquela gente que o deixaram em pânico. Ah, e que acontecerá daqui a duas semanas, contando a partir de quinta-feira.

De repente, sinto a última garfada do arroz integral, que comi no avião, subir a meu esôfago.

— Sei.

— Ah, desculpe, querida — diz mamãe. — Ele não deve ter te contado que ia compartilhar seu segredo conosco, não é? Bem, não se preocupe, não vamos soltar uma palavra. Só eu e seu pai sabemos disso. E ele só nos contou porque sabia que, se não fosse assim, você jamais acreditaria que ele era sincero sobre a volta de vocês.

— Hmmmm.

— Está tudo bem, meu amor? — pergunta papai.

— Ah, Zoe — interrompe mamãe, antes que eu tenha a chance de responder. — Não fique tão embasbacada. Como eu disse, é nosso segredinho. Jason nos contou que era importante não dizer a ninguém... E não falamos. Nem mesmo contei a Desy, pelo amor de Deus.

— E isso de fato é inédito — acrescenta papai.

Capítulo 78

O novo apartamento de Jason fica no 14° andar de um dos novos condomínios reluzentes que brotaram nas margens do River Mersey nos últimos anos. Uma parte antiquada de mim sempre adorou a extensão da margem, que ganhou status de Patrimônio Mundial — as vastas docas e prédios neoclássicos imponentes que são um lembrete eterno de seu grande passado.

Mas os arranha-céus reluzentes — como aquele em que Jason mora — deram uma nova e surpreendente dimensão à beleza e ao carisma da cidade. Uma ousadia futurista que combina muito com este local, mais do que qualquer um que tenha sido criado aqui teria imaginado.

O elevador me leva ao apartamento de Jason, e meu estômago dá cambalhotas. Olho meu reflexo no espelho e sinto uma onda de alívio. Tudo bem, então depois de um longo voo e muito pouco sono, minha pele pode não estar brilhando, mas eu estou um tanto bronzeada e, mais importante, perdi o peso que tinha adquirido. Meus olhos recuperaram o brilho, e meu cabelo está satisfatoriamente sedoso. Pela primeira vez, em séculos, me sinto bem com minha aparência, confortável em minha pele. Só espero que Jason concorde.

Ao bater em sua porta, meu coração está tão acelerado que se eu passasse por exames médicos agora o resultado seria a mesma frequência cardíaca de um hamster.

Alguns segundos depois, a porta se abre.

E ele está ali.

O homem que eu queria tão desesperadamente que fosse meu marido. O homem que pensei que tinha me rejeitado, mas agora me quer de volta. Meu amor. Meu amigo. Jason.

— Como você está, querida? — Ele sorri.

— Eu... estou bem. — Suspiro, minha voz tremendo.

Ficamos parados um de frente para o outro, sem saber o que dizer. Finalmente Jason toma a iniciativa.

— Venha cá — diz ele suavemente, curvando-se para me abraçar. Mas quando me mexo para retribuir o abraço, minha manga fica presa no batente da porta. Sem jeito, eu puxo e tento de novo.

Ele me abraça, e eu procuro me submeter à sua familiaridade tranquilizadora. Espero ser dominada pela felicidade e segurança, como costumava ser. Fecho os olhos e o aperto.

A primeira coisa que passa por minha cabeça é que seu corpo é pequeno se comparado ao de Ryan. O meu não está mais acostumado a esse encaixe. Somos duas peças de um quebra-cabeça que não se encaixam bem. Depois de alguns segundos, eu me afasto e olho em seus olhos.

— Senti sua falta — digo a ele.

Ele me beija.

— Eu também. Agora entre, vou preparar um café.

No início, a conversa é estranhamente forçada, embora haja muita coisa para colocar em dia. É como se a profundidade e a intimidade da qual falamos por telefone, quando eu estava nos Estados Unidos, nunca houvesse existido.

— E então... Não teve atrasos no voo, nem nada? — pergunta Jason, enquanto nos sentamos lado a lado no sofá, seu braço passado de maneira desajeitada por meus ombros. Sinto-me uma menina de 15 anos na fila de trás do cinema.

— Não, nada — respondo.

— Que bom — assente ele. — Isso é bom.

— Hmmmm — concordo.

Ah, isso não está nada bom. Depois de vinte minutos de papo-furado, estou ficando agitada. E certamente com bons motivos. Jason ainda não falou que organizou nosso casamento. Para duas semanas a partir de quinta-feira.

— Jason. — Viro-me para ele e olho em seus olhos. — Minha mãe me contou uma coisa quando me pegou no aeroporto. Algo que pensei que você podia conversar comigo agora.

— Ah — responde ele. Sei que ele sabe do que estou falando. — Ela contou?

— Ela disse que você organizou o casamento. É verdade?

De repente, seu rosto ganha vida.

— Bem, eu tinha esperanças de te contar pessoalmente. — Ele está radiante. — Estava esperando pelo momento certo. Sua mãe devia jurar segredo. Mas isso não importa. E então, o que você acha?

O que acho? Essa é uma ótima pergunta. Claramente eu devia estar encantada. Tenho o direito de ficar meio nervosa também, é claro, mas antes de tudo encantada. Só que, quando comparo o encanto com o nervosismo, o último ganha disparado.

— Certamente, eu estou... hmmmm, *encantada* — digo.

— Fabuloso! Eu sabia que ficaria assim! Ah, querida, este casamento vai ser melhor do que qualquer outro que você possa ter imaginado.

— Mas estou meio nervosa, dado o que aconteceu da última vez — continuo.

— O quê? — diz ele, como se eu tivesse interrompido seu raciocínio. — Nervosa? Bem, tá, entendo isso. Mas acredite em mim, desta vez não tem motivos para ficar nervosa. Nenhum. Está bem? Está bem, querida?

Engulo em seco.

— Claro.

Sei que vai demorar um pouco para que as coisas voltem ao normal. Quer dizer, tenho de ficar nervosa. Foi um período muito estressante. Por isso me sinto estranha com o casamento iminente. E com Jason. Aconteceu muita coisa desde abril.

Mas isso não quer dizer que eu ainda não tenha *certeza* de que ele é o homem da minha vida. Só preciso de tempo para me adaptar. É só isso.

— Posso tomar outra xícara de café? — pergunto, sentindo necessidade de me levantar.

— Claro. Eu pego para você — diz ele, e levanta-se de um salto, atencioso.

— Não, eu mesma pego. Quer uma?

— Não — diz ele. — Então, sirva-se.

Vou para a cozinha americana. Só preciso dar alguns passos e estou ali. Não se pode afirmar que as proporções deste apartamento sejam generosas. Na verdade, é quase tão miúdo quanto um armário de vassouras.

— Quando se mudou para cá? — pergunto, procurando o café.

— Ah, há alguns meses — diz ele com orgulho. — Lindo, não é? Eu imagino nós dois morando aqui, e você?

— Ah — digo, meio surpresa. — Então, não quer morar numa casa como antes?

— Não. Por que ia querer, quando se pode ter um lugar desse pelo mesmo valor que pagaríamos por uma hipoteca?

— Então não quer *comprar* uma casa de novo?

— Quem precisa desse tipo de compromisso na nossa idade?

— E se casar não é um *compromisso*? — Não posso deixar de observar.

— É, claro. — Ele ri. — Isso é diferente.

Seu celular toca e ele atende, depois vai ao banheiro — que é tão reluzente que me sinto culpada só por ter sentado na privada mais cedo.

Abandono o café que estou preparando e vou à janela olhar a vista. É espetacular. O rios Mersey e Charles não são nada parecidos, mas tenho outro flashback de Boston.

Estou desesperada para telefonar para Ruby e Samuel para pedir desculpas por ir embora tão de repente. Para dizer que sinto saudade deles. Para dar um olá. Também estou desesperada para parar de pensar no último beijo com Ryan. A sensação de seu corpo no meu, os lábios, seu...

Quando Jason volta à sala, tem um casaco de couro na mão.

— Casaco novo? — pergunto.

— É. Bonito, né? Era Neil no telefone, perguntando se queremos tomar um drinque com ele e Jessica. Você quer?

Balanço a cabeça.

— Estou acabada. Essa diferença de fuso é de matar. Você se importa se eu for dormir?

— Ah, tudo bem. — Ele parece decepcionado.

— Mas vá você — acrescento.

— Tem certeza?

— Claro.

Ele atravessa a sala e me abraça. Fico aliviada porque os braços parecem menos estranhos do que antes.

— Meu Deus, estou feliz por ter voltado, minha linda. Muito feliz.

— Eu também. — Suspiro.

Depois ele se afasta e vai até a porta, parando para limpar uma poeirinha inexistente na mesa do hall.

— Ah, Jason... Vou dar um telefonema para os Estados Unidos — informo. — Deixei algumas coisas não resolvidas por lá.

— Tudo bem. Desde que não seja um namorado. — Ele pisca.

Eu coro tão intensamente que deve parecer que sofro de uma menopausa temporária. Mas, felizmente, ele fecha a porta sem olhar para trás.

Pego o telefone e disco o número, com a garganta tão seca que um cacto poderia crescer nela. Toca quatro vezes antes que alguém atenda.

— Alô? — É uma vozinha que reconheço de pronto.

— Oi, Ruby, é a Zoe. — Tenho vergonha de mim mesma antes de as palavras saírem de minha boca.

Capítulo 79

— Vão mandar outra babá amanhã — diz Ruby com a voz trêmula, mas hostil. — Mas eu disse pro papai que não quero outra babá, eu só quero você. E o Samuel também quer.

Tento conter minhas emoções, mas falar com Ruby é quase demais para mim.

— Sei que a nova babá vai ser maravilhosa — afirmou. — Eu tenho certeza disso.

— Foi o que papai disse também. — Ela funga. — Mas ele não entende. Fica dizendo que você não era diferente de todas as outras babás e que a próxima vai ser ainda melhor, mas não é verdade. Eu sei que não é.

A lógica me faz compreender que Ryan disse isso para que Ruby e Samuel se sentissem melhor, mas uma onda de depressão quase me derruba.

— Bem, vamos ter de ver, não é? — falo. — Mas aposto que em menos de uma semana você não vai se sentir tão mal.

— Eu queria que você fosse a minha mãe, Zoe.

Procuro falar sem deixar que nenhuma lágrima escape, mas é como tentar refrear uma onda do mar com um guarda-chuvinha para drinques.

— Isso não ia acontecer, meu amor — explico com a voz rouca. — Seu pai e eu fomos só amigos. Fomos ótimos amigos, que se entendiam muito bem, mas de qualquer maneira só amigos.

— Não, não eram, não — diz ela num tom de acusação.

Eu estaco.

— O que quer dizer?

— Vocês se beijaram — afirma ela. — Eu vi.

— Ah, er... viu? Onde?

— Na cozinha, enquanto Samuel e eu estávamos brincando lá fora.

— Ah, bem, foi só um beijo de amigos — insisto. — Nada mais do que isso, é sério.

— Não parecia. Foi como o James Bond beijando as mulheres.

É, não conseguimos ser realmente discretos.

— Ah, er, tudo bem... bem, talvez.

— Eu disse isso pro papai também — continua ela. — Ele disse que não foi grande coisa. Mas não acredito nele. Não é verdade que não foi grande coisa, não é, Zoe?

Coloco a mão sobre o fone por um segundo.

— Não sei, Ruby — sussurro, mais para mim mesma do que para ela. — Quer dizer...

De repente, ouço uma comoção do outro lado da linha, e a voz de Ryan está ao fundo.

Meu estômago se revira quando o ouço tirar o telefone dela.

— Oi, Zoe.

— Olá, Ryan. — Quase tão original como uma bolsa de couro num mercado tailandês, mas não consigo pensar em mais nada para dizer.

Há um silêncio curto, mas torturante.

— Bem, você me deixou bastante chocado — começa ele. — Nem acreditei no que li em sua carta.

Engulo em seco.

— Quer dizer... caramba — continua ele. — Você estava mesmo guardando uns segredos.

— É — respondo num torpor. — Acho que estava.

— Eu me senti péssimo com isso — disse ele.

— Eu fiz *você* se sentir péssimo? Por quê?

— Eu fui um babaca quando você veio para cá. Um completo babaca. E você teve de suportar tudo aquilo enquanto passava pela sua própria crise, sozinha.

— Você não foi assim tão ruim.

— Eu sei que fui.

Outro silêncio, mas desta vez não sinto o impulso dominador de preenchê-lo.

— Então, esse Jason. — Sua voz fica estranha ao dizer o nome dele. — Você vai dar outra chance a ele?

— Vou — respondo.

Minha resposta é decisiva e não tem um tom de desculpas. Isso pode parecer estranho, porque Ryan é o homem com quem eu estive dormindo, mas não sinto necessidade de ser delicada com a questão para não ferir seus sentimentos. Não porque eu *queira* ferir seus sentimentos — é a última coisa que quero —, mas porque tenho certeza de que isso não aconteceria.

Ele vai esquecer nosso caso com a rapidez com que esqueceu todos os outros. E não vou guardar rancor dele, nem por um segundo. Nunca foi minha intenção que fosse algo mais do que diversão — e foi exatamente isso que aconteceu.

— Tudo bem — diz ele sem jeito.

Penso em contar a ele que vou me casar em pouco mais de duas semanas. Entretanto, por algum motivo, acho que já falei o suficiente. Além de não querer que ele pense que sou uma completa biruta, não parece certo. Não sei por que, mas não parece.

— Bem — continua ele —, se você acredita que é a coisa certa a fazer, faça. Eu só posso te desejar meus melhores votos.

Sua leveza confirma tudo.

Ryan terá outra mulher na fila antes do final desta semana, tenho certeza disso. Talvez até Barbara King, se ela quiser.

Enquanto nos despedimos educadamente e baixo o fone, lembro a mim mesma que isto não é algo que eu deva remoer, não agora que estou prestes a mergulhar no planejamento de um casamento de novo.

Mas tenho um bolo na garganta. E ele não vai passar.

Capítulo 80

O frango ao pesto e os pinhões de minha mãe parecem suspeitosamente bons. Não há dúvida, embora o prato esteja borbulhando convincentemente em sua caçarola Le Creuset dentro do forno, de que a refeição veio diretamente do Marks & Spencer. Eu me pergunto como mamãe conseguiu se livrar das embalagens de alumínio e papelão sem que nenhum de nós percebesse.

— Posso ajudar? — pergunto.

— Não! — insiste ela, deixando cair um pacote de vagem em suas mules com pompom enquanto tenta fazer malabarismos com duas panelas de água fervente. — Está tudo sob controle!

Recosto-me na cristaleira.

— Então vou pôr a mesa, está bem? — pergunto.

— Boa ideia — ofega, soprando o cabelo dos olhos.

Ela passou os vinte minutos seguintes correndo pela cozinha com o ar frenético de uma galinha decapitada.

— Tem certeza de que não posso ajudar? — pergunto sem esperança, enquanto panelas transbordam e molhos espirram nos azulejos.

— Tudo sob controle! — cantarola ela, com o rosto ficando vermelho.

Empoleiro-me na beira de uma cadeira.

— Posso ajudar aí? — pergunta papai, entrando.

— Tudo... sob... *controle*!

Papai me lança um olhar firme.

— Eu tentei — cochicha ele.

Ao servir o jantar na mesa, minha mãe está tão afogueada e contrariada que precisa enxugar a testa com a bainha de seu avental — um rosa-shocking com "Yummy Mummy" estampado em letras grandes.

— Pronto. — Ela se senta com um sorriso satisfeito. — Tudo pronto. Eu disse que estava sob controle, não disse? Então, vagem, Zoe?

Meu Deus, é esquisito estar em casa.

Foi aqui que passei a maior parte de minha vida, mas ainda assim me sinto uma estranha. Dos rótulos nas embalagens de leite ao dinheiro imenso de cores vivas. Tudo parece estranho — ao mesmo tempo muito familiar e desconhecido.

— E então, amor, está animada com o casamento? — pergunta papai.

Eu sorrio, grata pela pergunta. É a primeira vez que meu pai fala nisso desde que vim para casa, e sei que a questão é difícil para ele engolir. Ele só está levantando o assunto por mim.

Porque, embora ele tenha ficado mais do que feliz em dar sua bênção inequívoca quando eu ia me casar com Jason antes, as coisas são diferentes na segunda vez.

Isso me incomodou. Meu pai nunca foi do tipo que reprova qualquer coisa. Cada marco de meu desenvolvimento — o primeiro batom que comprei, as orelhas furadas, minha primeira ida ao pub — provocou certa histeria em minha mãe, mas com papai foi o contrário. "Ela está mais madura do que nós éramos na sua idade", argumentava ele, para exasperação dela.

Mas ele reprova o casamento iminente. Não tenho dúvida disso. Ele não disse nada até agora — mas nem precisa.

— Sim, pai — digo. — Estou. Muito animada.

— Bem, eu mal posso esperar! — acrescenta mamãe, com um sorriso. — Jason sempre pareceu um membro da família, e isto só vai confirmar este fato.

Meu pai tosse e a olha severamente. Procuro entender o que ele tenta dizer a ela.

— O que foi? — pergunto.

Meu pai se vira para minha mãe.

— Não acha que está na hora de Zoe saber da novidade? — Ele está estranhamente nervoso ao estender a mão e segurar a de minha mãe com ternura.

Mamãe fica toda afogueada de novo.

— Acho que é melhor — diz ela, depois de terminar a garfada. Ela ainda está hesitante, quase como se estivesse sem palavras. Esta não é uma reação que eu costume associar com minha mãe.

— Zoe — começa ela —, você sabe que descobri uma coisa na consulta com o Dr. Ahmed recentemente, não é?

— Sei — digo.

— Bem, aquela conversa que tivemos ao telefone, quando eu disse que era uma coisa séria? Eu não estava brincando.

Minha garganta fica seca. Ah, meu Deus. Ah, meu Deus, não. Não pode ser realmente sério, pode? Eu estava convencida de que minha mãe era hipocondríaca.

— O que é, mãe? — Baixo o garfo e a faca.

— Pelo menos, é sério no sentido de que vai afetar muito nossa vida. A minha vida. A de seu pai. E a sua, aliás.

Tenho uma onda de náusea. A vovó Bonnie morreu de câncer de mama quando estava com cerca de 50 anos. Minha mãe só tem 44. É isso, não é? Eu sei que é.

— O que *é*, mãe? — pergunto, desesperada para que ela me livre desse suspense.

Ela se vira para papai e aperta a mão dele. Depois sorri.

— Eu estou grávida, meu amor — diz ela. — Você terá uma irmãzinha ou um irmãozinho.

Capítulo 81

— Cacetada. — Trudie suspira ao telefone no dia seguinte. — *EastEnders* é um tédio comparado com a sua família.

Eu bufo. Mas ela não está errada. Um irmão ou uma irmã. Mal consigo acreditar nisso.

— E como se sente com isso? Deve ser estranho, já que sua mãe tem idade suficiente para ser avó.

— Ah, meu Deus — falo rapidamente. — Não diga isso a ela se a conhecer, haja o que houver.

Trudie ri.

— Mas em resposta à sua pergunta, estou inchada de orgulho, é isso. Não posso dizer que não foi uma surpresa, mas estou ridiculamente satisfeita. Sempre quis uma irmã ou um irmão, e agora vou ter um. Confesso que vou trocar fraldas em vez de pegar CDs emprestados com ele ou ela, mas tudo bem.

— E tem mais alguma coisa que precise me dizer? — pergunta ela, brincalhona. — Sabe como é, além de você ter voltado para o homem que te largou... Ah, e sua mãe estar de barriga.

— O que tem em mente? — Eu rio.

— Ah, sei lá — continua ela. — Acho que agora nada mais vai me chocar. Você tem caso com políticos importantes?

— Não — digo com firmeza.

— Algum amor secreto da infância?

— Não.

— Mudança de sexo?

— Não. — Eu rio.

— Ainda não acredito que você não me contou de seu casamento... Quero dizer, o casamento que não houve — continua ela.

É a quarta ligação internacional que temos em menos de uma semana e a quinta vez que ela fala nisso nos últimos dez minutos.

— Eu sei, eu sei, e peço desculpas — afirmo com sinceridade.

— Mas que droga, meu bem, não estou querendo que se desculpe. Só quis dizer que me sinto mal por você não ter se confidenciado comigo. Eu devia estar envolvida demais com meus próprios problemas.

— Não foi isso. E tentei uma vez, quando saímos uma noite, mas Ritchie apareceu. Mas isso não importa. Sinceramente, Trudie, o motivo para eu ir aos Estados Unidos foi não ter que pensar que fui largada, muito menos falar nisso.

— Então, tem certeza de que agora está fazendo a coisa certa?

— É — respondo. — Quer dizer, tenho.

Trudie para por um segundo.

— Olha, pode me dizer o que quiser, mas você não parece cem por cento convencida.

— Eu estou. Sinceramente, Trudie... eu *estou* convencida.

Mas não posso deixar de me contorcer. A verdade é que *quero* me casar na próxima quinta-feira. Jason e eu passamos muito tempo juntos desde que voltei, e as coisas estão definitivamente se encaixando.

Se eu fosse inteiramente sincera, teria de admitir que continuo *um pouco* nervosa com as coisas. Parte de mim se pergunta se é cedo demais, se preciso de mais tempo para me acostumar com a ideia. De novo. Mas a lógica me diz que este é o homem com quem passei anos querendo me casar. Isso não mudou — eu sei. E tenho certeza de que qualquer reticência que eu sinta se deve unicamente ao que aconteceu da última vez.

Sabendo disto, pegar o touro pelos chifres e seguir com esse casamento — pareça ele precipitado ou não — é a coisa certa a fazer. Não há dúvida disso.

— Eu tenho certeza, Trudie — digo. — Se pareço meio estranha, é só porque... bem, depois do que aconteceu da última vez, não posso deixar de ficar nervosa. É só isso. É compreensível.

— E você o ama? — pergunta ela.

— É claro. — Eu rio. — Eu teria pulado em um avião e voado de volta na primeira oportunidade se não o amasse?

— Tudo bem. Tá legal. Tá.

— Mas queria que você pudesse vir ao casamento.

— Eu sei, mas... Espere aí um minuto — diz ela. — Talvez haja um jeito... Prometi a meu pessoal que voltaria por uma semana em algum momento... Só que nunca cheguei a marcar. E eles vão ficar loucos de raiva, porque não fui no Natal. Talvez eu possa combinar as duas coisas...

— É mesmo?

— Não vejo por que não. Devo tirar férias logo, e na semana passada Barbara me disse que prefere que sejam antes do final da temporada de festas.

Sinto uma onda de felicidade tão intensa que daria cambalhotas pela sala se não morresse de medo de deixar marcas da derrapada no carpete de Jason. E então me ocorre outra ideia.

— Escute — peço. — Como você vai fazer esse esforço todo para vir a meu casamento e tudo, será que eu podia pedir uma coisinha?

— Qualquer coisa.

— Quer ser minha dama de honra?

Ela solta um grito que quase me deixa surda.

— Então isso é um sim?

— Mas é claro que é. Aaaah, Zoe, nunca fui dama de honra. Ai, meu Deus, vou me mijar! Isso é demais! Ah, e não se preocupe, vou comprar um vestido lindo e de muita classe, pode acreditar.

— Trudie — admito —, eu não esperava nada menos do que isso.

Capítulo 82

— O que é isso mesmo? — cochicha Desy para mim durante o jantar de Natal.

— Cenouras assadas e carameladas com mel e mostarda — respondo, metendo o garfo num monte alaranjado que parece mais um prato de lixo radiativo do que de legumes. — É a interpretação pessoal de mamãe de algo que viu no novo livro do Jamie Oliver.

— Ah — diz ele com ceticismo. — O que houve com a Nigella? Pensei que ela fosse a maior fã da Nigella depois do triunfo do ano passado.

— Eu sei, mas o pudim de Natal deu errado na outra semana, então ela a renegou — digo a ele. — A Nigella agora é oficialmente indigna de confiança. O fato de que o pudim ficou fervendo por 22 horas inteiras e ela se esqueceu de colocar alguma gordura nele aparentemente não tem nada a ver com isso.

Desy e eu reprimimos o riso. Por lealdade, meu pai se recusa a se juntar a nós.

Minha mãe se aproxima da mesa com sua nova blusa Missoni *inspired* (da Zara) e com um jarro de molho que ela anda escumando pelos últimos vinte minutos para retirar alguns grumos.

Infelizmente, quando ele desliza sobre o prato de peru de meu pai como lava derretida, tenho medo de que agora nada menos do que uma betoneira poderá nos salvar.

— E agora, Zoe — diz mamãe, sentando-se e posicionando com cuidado seu chapéu de papel —, não coma demais dessas batatas assadas. Você estava uma baleia quando foi para os Estados Unidos e, agora que emagreceu tudo aquilo, eu *não vou deixar* que engorde de novo... Não a menos de uma semana de seu grande dia.

— Eu ainda não comi nada — protesto.

— Sua mãe tem razão — disse Jason. — Quer dizer, você está linda assim. É claro que acho isso... Estou me casando com você.

Todo mundo ri, de forma meio exagerada.

— Só estou dizendo — continua ele — que ninguém quer parecer gorda no dia do próprio casamento, né?

— Não... Essa parte fica por minha conta! — uiva minha mãe, afagando a barriga.

Jason sorri.

— Ah, mas não está aparecendo ainda, Sra. M. São quantos meses agora?

— Cinco. — Ela sorri. — Mas, com Zoe, só começou a aparecer aos sete. Está nos genes. Com a vovó Bonnie, foi exatamente a mesma coisa.

— Você deve estar nas nuvens — diz ele.

— Bem, não posso dizer que não foi uma surpresa — mamãe ri —, mas sim, estamos encantados. Então, Zoe, quer repolho?

Olho a colherada grande de mingau cor de ranho em sua mão.

— Hmmm, vou ficar só na pastinaca assada — respondo. Por acaso, sei que a pastinaca é um prato de acompanhamento comprado pronto especialmente para emergências, algo que minha mãe guarda no freezer na eventualidade improvável de que sua versão Delia dê errado. O que de fato aconteceu.

— Pastinaca assada? — explode minha mãe. — Está *brincando*? Sabe quanto de gordura tem nessas coisas? Fique com o repolho, pelo amor de Deus. Só tem oito calorias por porção.

— Oito calorias? Aaaaah, aguente firme, Zoe — diz Desy com sarcasmo.

— É Natal — lembro. — Só estou querendo uma pastinaca, não um banquete chinês para dez.

Jason sorri, me estimulando.

— Vai nos agradecer quando olhar suas fotos no futuro. Agora, lá vamos nós — acrescenta minha mãe, baixando uma porção alarmantemente grande de repolho no meu prato. — Ah, e trate de pegar leve no molho, sim? Embora eu tenha percebido que não se serviu dele. Boa garota!

A relação de minha mãe com Jason ficou meio estranha desde que voltei. Estranha, tipo cúmplice. Eu sei por que: sem o apoio de minha mãe, Jason sabe que teria de lutar para conseguir uma segunda tentativa de casamento. Mas não posso fingir que não começo a achar isso nauseante.

— Agora, Jason, sobre a semana que vem — continua minha mãe —, sabe se sua mãe vai usar a mesma roupa que da última vez?

— Ela disse que ia comprar uma coisa nova. Acha que se não for assim, vai dar má sorte.

— É exatamente o que penso — concorda mamãe. — Então, comprei um vestido novo de seda ultravioleta. Até agora só fiquei semirroliça, então posso me virar com um que vi na Cricket. Então, pode dizer a ela que, se ela vai comprar uma roupa nova, que não seja ultravioleta? Seria horrível se aparecêssemos com a mesma cor.

— Claro. — Jason faz que sim com a cabeça.

— Quer dizer, não estou dizendo que ela não pode usar nada num tom de roxo. O lilás seria ótimo. Ela pode até tentar o jacarandá. Qualquer coisa, menos o ultravioleta, é só o que estou dizendo.

— Só estarão algumas pessoas presentes para ver, lembre-se — falo com gentileza. Estou preocupada que ela se esqueça de que o casamento não será como o primeiro que planejamos.

— Eu *sei* disso, Zoe. Mas ainda assim é o seu grande dia. E vão tirar fotos nossas.

Eu me curvo para pegar um pudim Yorkshire, e minha mãe dá um tapa tão forte e rápido na minha mão que é como ver o Sr. Miyagi em *Karatê Kid — A hora da verdade*. Por um segundo, nossos olhos se encontram.

— Toma — murmuro, colocando relutantemente o pudim Yorkshire no prato de Jason.

De repente, meu telefone toca. Olho rapidamente para ele e vejo um número dos Estados Unidos.

— Não levo mais de um segundo — aviso, levantando-me da mesa e escapulindo para atender na sala. Meu coração martela quando atendo ao telefone.

— Alô?

— Feliz Natal!

É Trudie. Reconheço aquele tom doce em qualquer lugar.

— Oi — digo.

— Ahhhh, cacetada, você não está lá muito cheia do espírito de Natal — observa ela. — Estava esperando outra pessoa?

— Não, não. De verdade. Obrigada por telefonar, Trudie. Feliz Natal para você também. Desculpe, pensei que podia ser... Ruby.

— Ah, acabo de vê-la — fala Trudie. — Aliás, ela recebeu seu presente... Aqueles sapatinhos cor-de-rosa. Está usando agora. Está nas nuvens com eles, é isso. E Samuel também, com o trem.

— Você viu Ryan? — eu me pego perguntando, tentando parecer despreocupada.

— Sim, meu bem, vi — diz ela. — Tenho a sensação de que ele sente sua falta.

— É mesmo?

— É, a babá nova não é muito boa. As crianças não gostam dela e praticamente se recusaram a sair de casa com ela. A hora de dormir também é um pesadelo.

— Ah. — Amaldiçoo a mim mesma por ficar decepcionada por ela só se referir às minhas habilidades como babá.

— Então, meu bem, escute — diz ela, interrompendo meu raciocínio —, além de desejar feliz Natal, obviamente, queria te contar que marquei a passagem. Vou chegar a Manchester na terça-feira.

Quando desligo o telefone, hesito antes de voltar à sala de jantar. Por que não consigo parar de pensar nos Estados Unidos?

Ah, pare com isso, Zoe. Pare. Você voltou para casa para ter o que queria. Se existe uma hora para tocar a vida, parar de se preocupar e apreciar o que tem, é agora.

Sento-me à mesa e coloco meu chapéu para trás, enquanto minha mãe despeja calda de conhaque sobre o pudim de Natal. Não parece mais ter sido produzido em massa — mais cedo, eu a vi golpeando sua superfície lisa com as costas de uma colher de pau.

— Ah, quase me esqueci — ela fala, afastando-se às pressas e voltando com um pote de algo que coloca sobre meu jogo americano. — Comprei um iogurte grego para você, meu amor — diz ela. — Achei melhor, diante das circunstâncias.

Capítulo 83

Transar com Jason novamente é ótimo.

Não é tão apaixonado como era com Ryan. Nem tão ousado. Nem tão quente e sem fôlego, e... mas olha, é realmente ótimo. Sei que nunca se veem revistas como a *Cosmo* comparando sexo bom com um par de chinelos confortáveis, mas eu sinceramente acredito que há muito a ser dito a respeito disso.

É fácil invocar a excitação e a paixão quando você acaba de conhecer alguém. Ter uma relação sexual duradoura requer muito mais. O modo como Jason me toca, a posição que escolhe, o modo como ele treme quando goza... podem ser muito familiares, mas é por isso mesmo que eu anseio. E, deitada em seus braços, olhando a chuva que bate na janela do quarto dele, estou certa de que nossa vida sexual vai melhorar com o tempo.

Em particular quando eu conseguir impedir que essas malditas imagens de Ryan invadam meus pensamentos...

— Foi ótimo. — Jason afaga meu cabelo.

Não posso deixar de ficar decepcionada com a descrição, embora pareça hipócrita.

— Sim — concordo. Depois rolo de lado e me apoio num cotovelo. — Não foi... decepcionante, foi?

— Claro que não — diz ele, meio à força. — Foi lindo. Exatamente como costumava ser.

Para ser justa, o sexo entre mim e Jason nunca foi a versão pegajosa, suada e emocionante tão popular entre os cineastas de Hollywood. E, para ser inteiramente franca, antes de conhecer Ryan eu costumava pensar que o sexo era superestimado como passatempo. Algo como *A roupa nova do rei*. Não estou dizendo que não gostava. Só nunca entendi por que algumas pessoas o acham tão envolvente.

— Pense só — continua Jason —, em três dias, você e eu estaremos deitados nesta cama como marido e mulher.

Ele disse exatamente a mesma coisa alguns dias antes de nosso último casamento. A ideia me deixou enjoada.

— Dessa vez você vai até o fim, não vai? — pergunto, hesitante.

Ele rola e imita minha posição.

— Zoe, me escute — diz ele, com intensidade. — Desta vez, de maneira nenhuma vou te deixar. Você sabe disso, não sabe?

Mordo o lábio.

— Nunca pensei que você o faria da última vez.

— Eu sei, eu sei — diz ele, passando a mão pelo cabelo, na defensiva. — E acredite em mim quando digo que nunca vou me perdoar por isso. Nunca. Mas vou passar uma vida inteira tentando te compensar. Você vai ser a mulher casada mais feliz da Inglaterra, eu prometo.

Ele se curva e beija minha testa. Eu sorrio e me deito de costas, olhando o teto. Houve uma época em que meu coração inchava de afeto por Jason quando ele dizia esse tipo de coisa. Eu olhava em seus olhos e me maravilhava com a sorte que tinha.

As coisas que ele me diz agora não são menos carinhosas ou comoventes. Mesmo em meus momentos mais sombrios, tenho de admitir que não estão fazendo o mesmo efeito. Continuo tentando com que façam, mas não fazem.

Eu disse a mim mesma para não me preocupar demais com isso. Sei que só será uma questão de tempo antes que as coisas voltem a ser como antes. Antes de mais nada, só preciso parar de comparar Jason com Ryan e lembrar a mim mesma de todas as coisas maravilhosas que fizeram com que me apaixonasse por ele.

— Vou tomar um banho — anuncio, jogando as cobertas para trás e saltando da cama.

Jason está deitado de costas e coloca as mãos sob a nuca.

— Meu Deus, eu senti falta desse bumbum. — Ele sorri.

Eu sorrio e beijo sua boca, depois pego minhas roupas e vou para o banheiro. Paro.

— Eu realmente dobrei isso? — pergunto.

— Não, fui eu — diz ele. — Uma casa desarrumada é uma mente desarrumada.

— Eu sei — franzo o cenho —, mas sua mente deve estar *arrumada* quando você está no auge da paixão?

— Eu não teria conseguido me concentrar se não fizesse isso. De qualquer forma, antigamente você não reclamava.

Ele tem razão. Eu não reclamava. Então por que estou reclamando agora?

Sei que a resposta é uma só: estou comparando Jason com Ryan de novo.

O que é ridículo, porque nesta questão Jason vence com muita folga. Ryan é um homem que larga as toalhas no chão, não tira nada da lava-louça e deixa caixas de pizza vazias no sofá. Isso me deixava louca, em especial quando eu fui morar com ele.

Eu me sinto tremer. Pelo amor de Deus, Zoe. As mulheres não suportam morar com homens como Ryan — homens que não notam a bagunça e não se importam com ela. Neste aspecto, Jason é o homem perfeito. Na verdade, ele está além da perfeição. Ele não só limpa a própria bagunça como limpa a minha também. Eu devia estar superfeliz.

Quando entro no banho, abro a água um pouco mais fria do que o de costume, na esperança de que me dê algum juízo.

Não sei quanto tempo fico ali, mas há uma distração agradável nos jatos frios batendo em minha pele arrepiada enquanto tento endireitar as coisas em minha mente.

Vamos lá, Zoe. Você é ou não apaixonada por Jason? Esta é a maldita-hora-da-decisão.

Pego o xampu e coloco um pouco na mão, depois passo vigorosamente em meu couro cabeludo. Depois de alguns segundos, mal acredito que me fiz essa pergunta.

É *claro* que sou apaixonada por Jason.

Passei mais de sete anos apaixonada por ele. A reviravolta dos últimos oito meses deve ter me afetado — mas isso não quer dizer que, no fundo, eu o ame menos.

O que é realmente irritante é que só me envolvi com Ryan como um mecanismo de defesa, como um pouco de diversão para me distrair do trauma pelo qual passei. Como é que isso se tornou uma distração tal que não consigo parar de pensar em nosso caso, mesmo agora, que ele já serviu a seu propósito?

Ao enxaguar o xampu e começar a espalhar o condicionador, faço uma promessa a mim mesma: chega de pensar em Ryan. Pare completamente.

Se eu realmente me concentrar nisso, logo ele não será mais do que uma lembrança distante, e Jason e eu seremos casados e felizes com toda a vida pela frente. E é exatamente isso o que eu sempre quis. Não é?

Capítulo 84

Meus preparativos para o casamento não podiam ser mais diferentes: da última vez, não havia uma só revista de noivas conhecida que eu não tenha assinado, com pelo menos um ano e meio de antecedência. Fui a cada loja de noivas do noroeste da Inglaterra — e algumas em outras partes — só para achar o par de sapatos perfeito. Compareci a dezenas de feiras de noivas, procurei interminavelmente na Internet por enfeites de mesa criativos e experimentei mais tiaras do que a rainha.

Graças ao calendário atual, as coisas devem ser mais discretas. Mas não é só isso. Algo mudou em mim. Não consigo nem olhar para uma loja de noivas. Talvez eu tenha ficado cética. Talvez uma parte minha esteja decidida a não exagerar para o caso de Jason decidir não aparecer de novo.

Aliás, não acho que ele vá fazer isso.

Na verdade, estou certa de que não vai. Mas mesmo uma possibilidade, sem dúvida, me afeta. E é provavelmente por isso que minha promessa — de que eu não deixaria que os pensamentos em Ryan entrassem em minha cabeça — foi quebrada. Arrrgh! Lá vou eu de novo!

Vou para a Coast, uma de minhas lojas preferidas no Metquarter, e vasculho as araras. Falta um dia e meio para me casar, e eu ainda não sei o que vou vestir. Mas não estou preocupada. No arranjo atual das coisas, isso não importa. E, como alguém que gastou um mês e meio de salário em um vestido longo de seda que usou por aproximadamente uma hora e vinte minutos, acho que sou qualificada para julgar.

Minha certeza é de que, desta vez, não vou usar um vestido de noiva tradicional. Quero algo que reflita o tom das núpcias. Despretensioso. Descomplicado. Algo que qualquer um precisaria se esforçar para perceber que tem alguma relação com um casamento.

Quando conversei sobre isso com Trudie na noite passada, concordamos que seria ótimo um terninho elegante e sofisticado, talvez bege. Mas esqueci que depois que se imagina uma peça de roupa, é *impossível* encontrá-la.

Estive no centro da cidade pelo que pareceram horas e não estou mais perto de achar alguma coisa adequada. Pego um vestido vermelho tomara-que-caia e o examino. Lindo, mas não é o que procuro.

Faltando 25 minutos para as lojas fecharem, decido me arriscar e voltar a um lugar em que estive antes. Em vez de "a roupa", vou comprar aquela que se aproxime mais do que eu tinha em mente. Não é perfeita, mas é *boa*. E está em liquidação, o que faz com que eu me sinta um pouco melhor.

Capítulo 85

Na noite da véspera do casamento, Trudie e eu vamos beber em um dos bares na Allerton Road — mas por algum motivo não estou com humor para isso.

— Está tudo legal, meu bem? — pergunta ela, parecendo preocupada enquanto beberico a mesma taça de vinho tinto com que andei lutando pela última hora e meia.

— Acho que estou me resfriando — digo a ela, enquanto saco um lenço.

— É essa porcaria de clima. Todo mundo que você vê parece estar gripado. É como um lembrete permanente de por que saímos do Reino Unido.

Depois de algumas horas, estou completamente esgotada e pronta para ir para casa. Sinto-me culpada por ser uma companhia tão horrorosa, em especial quando ela viajou tanto só por minha causa. Mas não consigo evitar.

Na casa de minha mãe, vou para debaixo das cobertas sentindo-me tão cansada que imagino que vou desmaiar pelas oito horas seguintes. Mas não é o que acontece. Meu sono é errático, interrompido por sonhos que me deixam ainda mais inquieta e perturbada. Em particular um deles.

Neste sonho, é o dia de meu casamento: amanhã. Chego ao cartório, e tudo parece estar de acordo com o planejado.

Meus pais estão radiantes de orgulho. Minha roupa é fabulosa. E Jason — desta vez — aparece.

Mas há um contratempo. O nome dele é Ryan.

O juiz de paz me pergunta se eu, Zoe Maureen Moore, aceito Jason Peter Redmond como meu legítimo esposo, e a palavra "sim" está na ponta da língua. Mas estou gaguejando tanto que é como se eu tentasse fazer um discurso com a boca cheia de pasta de amendoim. Não consigo pronunciar uma palavra que seja.

Mas isso não importa.

Porque a porta se abre de repente e voa das dobradiças.

Toda a sala ofega. Eu desmaio. E lá está ele, parado na porta com um smoking de James Bond e um revólver .45 na mão. Ryan.

Corro para ele e, enquanto o resto da sala se mistura, ele me pega nos braços e me beija com tanta paixão, força e sensualidade que, francamente, se fosse um filme, seria considerado pornô.

Por fim, ele se afasta e diz: "Vamos, o Aston Martin está lá fora." Corremos pelas ruas de Liverpool, depois seguimos pelo Pier Head e entramos no Mersey, que — *muito* estranhamente — está azul e limpo como o mar de Koh Samui. A essa altura, o carro se metamorfoseia em um submarino, Ryan abre uma garrafa de champanhe e me leva e traz do paraíso tão completamente que duvido que eu seja capaz de andar por semanas depois disso.

Então, acordo suando, tremendo, me amaldiçoando, e percebo que meu nariz escorre.

Capítulo 86

Sempre pensei que era uma das leis tácitas da natureza e do universo que noivas não pegassem gripe. Em meus 28 anos na Terra, nunca vi uma foto de casamento em que alguém do feliz casal tivesse um nariz escorrendo tanto e tão assado pelo lenço que parecesse precisar de enxertos de pele.

Mas ao que parece, pode acontecer. E acontece. Na verdade, está acontecendo.

— Então, não melhorou? — pergunta Trudie, entregando-me um segundo lenço Super Hiper Ultra Soothing Balm da caixa. A assoada mais gentil o enche, e preciso de outro para limpar os restos de meu rosto.

— Dão — eu falo, jogando o lenço em minha lixeira que já está transbordando. — Quer dizer, *não*. Pelo menos não até agora.

Abro a caixa seguinte e passo um nos olhos, para que parem de escorrer.

— Vou ter de refazer a maquiagem — concluo. Olho minha pele inchada e não posso deixar de pensar que seria mais fácil dar uma repaginada no Shrek.

— Talvez deva deixar para a última hora — aconselha Trudie. — Quer dizer, esta já é a quarta vez... Nesse ritmo, vamos ficar sem base.

Vou para meu espelho de corpo inteiro, na esperança de me tranquilizar. Mas estou medonha. Na verdade, eu não estaria mais medonha se tivesse participado de um concurso de atravessar uma cerca viva — e vencido.

Meu terninho, aquele que imaginei que seria elegante e sofisticado, também não é. Passei as últimas 24 horas tentando me convencer, com alguma ajuda de Trudie, de que pode não ser perfeito, mas é *bom*.

Parada na frente do espelho, só consigo me concentrar em como ele *não* é bom. Tem tantas rugas no alto da coxa que parece que acabei de sair de um voo de 24 horas. Seu horrível tecido brilhante estica no meu traseiro e exibe mais celulite do que se encontra na lixeira de uma clínica de lipoaspiração.

— Ah, meu Deus — me queixo e pego outro lenço.

Trudie suspira.

— Tome outra taça de champanhe — sugere ela. — Pode ajudar a dar uma animada.

— Acho que não quero misturar com os comprimidos que estou tomando para a gripe e acabar bêbada.

— Ah, bobagem. Eles sempre dizem isso para se proteger. Pode te deixar um pouco mais tonta, mas não passa disso.

— Vou acreditar em você. — Eu dou uma golada. Não posso me sentir pior do que já estou.

De repente, a porta se abre.

— Sou eu! — Mamãe nunca pensou em bater. — E então, o que acham do ultravioleta? — diz ela, girando. Logo fica evidente para mim e Trudie que esta é uma pergunta retórica: sua expressão indica que ela acha que parece a Linda Evangelista. O que, preciso dizer, não é sem razão: ela está deslumbrante.

— Mãe, você está linda — elogio e me curvo para lhe dar um beijo.

— Ahhh, não tão perto, meu amor. — Ela recua para ter certeza de que meu nariz não escorreu nela.

— Desculpe — murmuro. — Mas você está demais, mãe. A cor é mesmo perfeita para você.

— Não é mesmo? — Ela sorri. — E o melhor é que agora confirmei que a mãe de Jason não está com nada parecido. Aparentemente, ela escolheu cappuccino. Não sei se vai combinar com sua pele, na idade em que está, mas que seja. É problema dela.

Sinto outro impulso de assoar o nariz e pego um lenço. Minha mãe franze o cenho.

— Não se preocupe, Zoe — fala com seriedade.

— Não me preocupar com o quê? — pergunto.

— Com seu nariz — responde mamãe. — O fotógrafo avisou que sabia entocar.

— Quer dizer retocar? — pergunto.

— Foi o que eu disse, meu amor. Retocar... Como nas celebridades. Agora você pode estar parecendo uma rena de Natal, mas, na hora que terminarmos o retoque, você vai deixar a Scarlett Johannesburg no chinelo, eu garanto.

Capítulo 87

Minha mãe vai para o cartório na frente, e assim ficamos papai, Trudie e eu. Quando entramos no táxi, noto que desta vez me sinto diferente. Não estou nervosa. Nem mesmo particularmente animada. Só entorpecida.

Antes que você comece a imaginar coisas, não é covardia. A combinação de meus remédios e três taças de champanhe é tão poderosa que teria tranquilizado um mamute-lanoso.

— Você está bem, meu amor? — Papai aperta minha mão.

— Claro — digo, e forço um sorriso. — Só um pouco... Tonta, na verdade. Acho que pode ser dos comprimidos.

De repente, papai parece incrivelmente preocupado.

— Você tem certeza disso, não tem?

— Como assim, pai? — pergunto, chocada.

— Quer dizer, tem certeza de que está fazendo a coisa certa? De que ama Jason? De que quer ficar com ele?

Hesito enquanto absorvo suas palavras.

— Meu Deus, pai, eu... Claro que sim. É claro.

— É só que...

— *Pai* — interrompo. — Eu tenho certeza.

Ele me olha nos olhos.

— Tudo bem, amor. Tudo bem.

Há um silêncio virtual pelo resto do percurso. Não há animação e alegria. Nem implicâncias com o motorista. É tão pouca vivacidade, que, quando paramos perto de um carro funerário, em um sinal, não posso deixar de perceber que os passageiros de lá parecem estar se divertindo consideravelmente mais do que nós.

— Vão sair em lua de mel? — pergunta Trudie. — Acabo de lembrar que não tinha te perguntado isso.

— Não. O Jason não quer. Ele reservou uma viagem de fim de semana para a despedida de solteiro de seu amigo Jimmy, e não podemos pagar por ambas.

— Ah. — Trudie se vira para olhar pela janela de novo.

Quando chegamos ao cartório na Old Hall Street, o carro para no acostamento. Abro a porta e começo a sair. Mas, com apenas um pé na calçada, sofro uma emboscada.

— *Tenho uma surpresa para você-êêê!* — grita minha mãe enquanto me arrasta como se eu fosse um grande saco de batatas.

— O q-que é? — gaguejo, enxugando o nariz e tirando a sexta aplicação de base do lábio superior.

— O *Echo* está aqui, Zoe, o *Echo*! Você vai ser primeira página!

— Como é? — pergunto, na esperança de ter ouvido mal. — Quem os convidou?

— Ah, não se preocupe com isso! — exclama mamãe. — Vem, Zoe! Toda mulher na sua idade adoraria ser perfurada!

— Quer dizer perfilada, mãe.

— Foi o que eu disse. O que fazem para a revista *OK!*. Você é tranquilamente tão bonita quanto uma daquelas peruas emperiquitadas. Quer dizer, olha só aquela no jornal daquele outro dia... Já vi pernas melhores numa galinha crua.

Uma repórter jovem e nervosa paira do lado de fora das portas de vidro mascando a ponta do lápis, como um vira-lata faminto que devora um pedaço de carne. Seguro minha mãe pelo braço e tento detê-la.

— Mãe — falo com firmeza. — Eu não *quero* aparecer no *Echo*. Não quero mesmo.

— É *claro* que você quer! — exclama ela, revirando os olhos em desespero. — Você adora o *Echo*, Zoe.

Já foi bem ruim quando minha mãe pagou um anúncio classificado no jornal para "comemorar" meu aniversário de 21 anos — dividindo com o mundo uma foto minha quando engatinhava, levantando a saia e mostrando uma atraente calcinha listrada de marrom e laranja.

— Este casamento devia ser discreto — digo a ela. — Não quero todo esse lado do Mersey lendo sobre ele no jornal.

— Não seja boba — repreende ela, claramente convencida de que esta é a oportunidade de uma vida. — Eles acharam que daria um lindo artigo, uma jovem abandonada no altar finalmente ficando com seu homem.

Meu coração fica deprimido.

— Já posso ver a manchete — continua minha mãe, alegremente —, "SORTE NA SEGUNDA TENTATIVA COM A VOLTA DA NOIVA ZOE". Ah... Que ótimo! Eu devia ganhar a vida com isso!

— Então *foi você* que os chamou.

— Er, ora, deixe-me te apresentar à Michelle — diz mamãe, ignorando-me. — Ela é jornalista.

— Hmm, oi. Meu nome é Mandy. — A repórter me estende a mão. — Eu, hmmm, ainda não sou jornalista. Sou estagiária. Mas sua mãe tem razão. A redação está muito entusiasmada com sua história.

— Olha, eu... Desculpe, mas não quero fazer isso — declaro. — Queria que fosse tudo muito discreto. Ninguém sabe deste casamento ainda. Eu peço mil desculpas.

— Ah — fala com desânimo. — Bem, não importa. O dia é seu. Eu entendo.

— Obrigada...

— É só que... eu esperava que esta fosse minha grande estreia. Eles pretendem usar a história na página três. Eu ia usar a experiência para entrar para a faculdade de jornalismo.

Eu suspiro.

— Não se preocupe. — Ela funga. — Trabalhar no supermercado não é tão ruim.

Solto um gemido.

- Ah, meu Deus, tudo bem. Mas seja rápida.

Depois de uma entrevista de dois minutos e três fotos tiradas apressadamente — e em todas elas minha mãe conseguiu aparecer —, eu a conduzo para dentro, assoo o nariz de novo e tento me recompor.

— Trate de desligar o telefone — avisa meu pai.

— Ah, sim. Claro — respondo, sentindo-me mais nauseada do que nunca.

Estou prestes a tirar o telefone da bolsa de cetim quando sinto um impulso dominador de pedir uma coisa a Trudie.

— Trudie — cochicho. — Eu não acho... Quer dizer...

— O quê? — pergunta ela.

— Você contou a Ryan que viria para o meu casamento?

Trudie hesita por um segundo. Depois faz que sim com a cabeça.

— Sim, meu bem. Contei. Você não se importa, não é?

— Não — garanto a ela, sentindo meu espírito se elevar por um momento. — É só que eu... Então ele sabe que estou me casando? Ele sabe que estou me casando *hoje*? *Agora*? *Aqui*?

Ela repete o gesto com a cabeça.

— Tudo bem. Só estava me perguntando, só isso. — Mordo o lábio enquanto olho o telefone. Não há chamadas não atendidas.

Entramos no hall principal e somos recebidos por uma mulher de cabelo armado que, apesar do terninho azul-marinho apertado, ainda me lembra a Sra. Beeton.

— Zoe?

Concordo com a cabeça.

— Sou uma das assistentes. Você vai para lá. — Ela indica uma sala à direita. — Jason está esperando por você. Ele está muito animado.

Então, desta vez, ele apareceu.

Sei que devia ficar em êxtase, mas não fico. Só me sinto estranha. Tensa. Aqueles malditos comprimidos para sinusite têm muito pelo que responder.

— Está pronta, amor? — pergunta meu pai.

— Mais pronta do que nunca.

As imensas portas se abrem simultaneamente.

Jason se vira e sorri, radiante.

Os pais dele trocam um olhar satisfeito.

E minha mãe enxuga os olhos com um lenço, como faz no final de *A noviça rebelde*.

Deslizo para a frente da sala, sentindo-me como se estivesse tendo uma experiência extracorpórea. Quando alcanço Jason, Trudie e meu pai ficam para trás. Depois, o juiz de paz começa a falar. Ele fala sem parar. Mas não consigo entender o que ele diz, porque tenho champanhe e remédios rodando por meu sistema e só o que consigo ouvir são quatro palavrinhas: *Ryan, onde você está?*

Eu me viro e olho para a porta, repetindo as palavras devagar e em silêncio enquanto as lágrimas ardem nos meus olhos.

Ryan. Onde você está?

E depois, como se acordasse de um sonho, ouço o juiz de paz dizer meu nome, implorando que eu responda. Mas, antes que eu tenha essa chance, outro pensamento investe em minha cabeça, como um cavaleiro branco com quem não se tem a menor vontade de discutir. É algo que eu sabia havia muito tempo, bem no fundo.

Eu quero Ryan.

Eu preciso de Ryan.

Deus Todo-poderoso, estou apaixonada por Ryan!

— Zoe? — Jason segura meu braço. — O que está havendo?

Viro-me para a porta de novo, querendo que ela se abra num rompante.

Mas não acontece. E tenho de aceitar uma verdade tão incrivelmente decepcionante que me choca até o âmago: Ryan não virá me resgatar.

— Merda. — Ouço a mim mesma repetindo. — Merda, merda, duas vezes merda.

— Zoe, você está me assustando — diz Jason. — Está tudo bem?

Eu percebo — assim como sinto o impulso de assoar o nariz de novo — que preciso dizer a ele o que acaba de ficar claro para mim.

— Dão, Jason — falo. Meu nariz levou a melhor.

— O quê? — pergunta ele.

— Não — repito. — Não está tudo bem.

Seus olhos se arregalam, e há um arquejo coletivo.

Viro-me para a porta, ainda com esperanças. Ela continua resolutamente fechada.

Se ninguém vai me resgatar — se *Ryan* não vai me resgatar —, terei de resgatar a mim mesma.

— Trudie, pode me dar outro lenço? — pergunto, estendendo a mão. Há um suspiro de alívio quando ela me passa um.

— Meu Deus — murmura Jason —, por um segundo pensei que ia dizer que não vai até fim, não que precisa assoar o nariz.

Todos dão gargalhadas. Juiz de paz, Trudie, minha mãe, os pais de Jason...

— Jason — digo —, *é isso mesmo* que quero dizer. Não vou até o fim. Desculpe, mas não vou.

Capítulo 88

Minha mãe bate na porta do banheiro do cartório com tanta força que estou convencida de que seu punho está prestes a abrir um buraco nela.

— Zoe! — grita ela. — Zoe! Saia daí *agora*! É a sua mãe falando e... você vai fazer o que estou mandando!

Desenrolo outro papel higiênico e assoo o nariz. É um papel barato e enrugado, tão diferente de meus lenços Super Hiper Ultra Soothing Balm que, quando limpo o nariz nele, parece que as folhas foram fabricadas com fibra de vidro.

— *Zoe*! — grita mamãe, a voz subindo ao tom de um gato de beco numa briga. — Isto é *ridículo*, mocinha. Sabemos que você está aí.

Em seguida, ouço a voz de Trudie.

— Escute, Sra. Moore — diz ela, de uma maneira mais suave —, por que não toma uma xícara de chá e me deixa tentar?

— Com todo respeito, Trudie — diz mamãe, suspirando —, a Zoe é *minha* filha. O que ela precisa neste momento é da mãe. Então, se não se importa...

— Mãe, me dê só um minuto, está bem? — interrompo, falando atrás da porta.

— *Zoe!* — guincha ela. — Não tem nada de *um minuto*! Saia daí agora e venha para o salão. Só reservamos 25 minutos, o que significa que você tem exatamente dois minutos e meio para se recompor. O casamento seguinte está esperando lá fora. Agora ande logo, menina!

Respiro fundo, depois me levanto e abro a porta.

— Mãe...

Ela me pega pelo braço e tenta me puxar para a saída, mas me agarro à porta do banheiro como uma criancinha teimosa que não quer ir para a cama.

— O que está *fazendo*? — grita ela, largando meu braço, mas não mudando de assunto. — *Ande logo*! Precisa ser rápida!

Eu planto meus pés.

— Me deixe dizer uma coisa, por favor, mãe.

— Mas...

— Shhhh! — Coloco o dedo com autoridade nos lábios. — Shhhh. Não diga nada até eu terminar.

— Zoe, eu...

— Shhhh! — repito, com o dedo nos lábios de novo.

Não acho que um dia eu tenha dito para minha mãe calar a boca. Apesar das circunstâncias, uma parte mínima e perversa de mim gosta disso.

Minha mãe faz beicinho. Depois, relutante, faz que sim com a cabeça.

— A primeira coisa que quero te dizer, mãe, é que lamento muito pelo que você passou. Nenhuma mãe de noiva devia ter que passar por dois casamentos em que a filha não termina casada em nenhum deles.

— Bem, você pode mudar isso tranquilamente...

— Mãe! — Ergo o dedo de novo. Sua boca se fecha, mas é com tanto esforço que é como ver alguém tentar fechar a mala de um Mini Cooper abarrotado.

— Mas tenho de fazer o que acho certo — continuo. — E o fato é que... que Jason não é o homem certo para mim.

— É assim que quer se vingar dele? — pergunta ela severamente. — Por ter sido abandonada na primeira vez?

— Não, mãe. Não é. Fiquei com raiva do que Jason fez. Na verdade, fiquei arrasada. Mas eu o *perdoei*... Perdoei a ponto de estar disposta a tentar de novo. Pelo menos, pensei que estivesse.

— Então por que essa reviravolta? — Ela está exasperada.

Eu suspiro.

— Jason é... maravilhoso. Na verdade, tenho certeza de que ele dará um ótimo marido. Mas, mãe, é muito simples. Eu não o amo mais.

— Mas você o *ama*. — Ela se desespera. — Zoe, você o ama há sete anos!

— Mas é isso mesmo, mãe. Não amo. Não amo mais. Por muito tempo, pensei que ficaríamos juntos para sempre. Mas às vezes não é assim que funciona. Eu o amei, mas mudei. Talvez nós dois tenhamos mudado. E embora eu ame você de todo o coração, mãe, nesta situação você vai ter que me deixar fazer o que acho certo. E confiar em mim.

O lábio de minha mãe treme, e ela pega um lenço.

— Eu confio em você — murmura ela, assoando o nariz.

— Sim, mas às vezes me trata como se eu ainda fosse uma garotinha, mãe. — Eu a abraço. — E eu não sou. Tenho 28 anos. Sou uma adulta.

— É só porque eu te amo. — Ela funga.

— Eu sei, mãe — confirmo, apertando-a.

Minha mãe assente com tanta convicção que seu aplique de trança ameaça cair.

— Você tem razão, Zoe. Claro que tem razão. E tenho que admitir... que seu pai tinha razão o tempo todo.

— Como assim?

— Acho que ele sempre soube que você ia ficar bem sozinha. Eu tive vontade de estrangulá-lo quando ele disse que achava que ir para os Estados Unidos faria bem a você. Eu não conseguia entender. Acusei-o de não gostar de você tanto quanto eu. Mas sei que não é assim. E deve ter te feito bem. — Ela suspira.

— Ah, mãe. — Eu a abraço de novo.

Ela me aperta, depois recua.

— Tenho tanto orgulho de você, Zoe — continua ela. — Acho que não digo isso com a frequência que deveria, mas é a verdade. Quando tive você aos 16 anos, tanta gente nos desaprovou. Diziam que nosso casamento não duraria... e que você ia se tornar uma *hooligan*, ou algo assim, porque veio como resultado de uma gravidez de adolescente. Mas você é inteligente, é bonita, é tudo o que eu sempre quis numa filha. Eu tenho tanta sorte por ter você.

Fico sufocada. Sempre soube o quanto minha mãe me ama, mas nunca a ouvi dizer nada disso. Eu sorrio, enquanto ela se olha no espelho e arfa.

— Essa maldita trança — bufa ela, tirando-a e jogando-a na lixeira.

Depois se vira para mim.

— Bem, acho que é melhor eu ir e dizer a todos que você não mudou de ideia.

Ela vai até a porta e está prestes a sair quando hesita.

— Só mais uma coisa, Zoe.

— Sim, mãe?

— Tem mais alguém envolvido? É esse o motivo?

Olho para Trudie. Mas não sei por que acho que ela teria a resposta.

Tem mais alguém envolvido? Vamos ver...

Estou apaixonada por outro?

Sim.

Mas ele me ama?

Vejo a mim mesma na frente do juiz de paz, virando-me com expectativa para a porta. Que continuou fechada.

— Não, mãe — admito, com a garganta se apertando. — Não tem mais ninguém envolvido.

Enquanto minha mãe passa pela porta, Trudie me pega pela mão.

— Vem, você e eu precisamos sair daqui — diz ela.

Eu respiro fundo.

— Tem toda razão.

Trudie vai primeiro, e pegamos a saída. Estamos a 1 metro dela quando vejo Jason. Ele está furioso.

— Desculpe — digo, com o coração aos saltos. — Eu lamento muito mesmo.

— Acho que você pensou que eu merecia isso, não foi? — pergunta ele com os punhos cerrados.

— Não — respondo com sinceridade. — Não achei isso. Nenhum de nós merecia.

Ele bufa.

— Não sei o que te dizer, Jason, só que eu não pretendia magoá-lo. Assim como sei que você não tinha a intenção de me magoar. Então, peço desculpas — repito. — Peço mil desculpas.

É só o que consigo pensar em dizer. Mas claramente não é o que Jason quer ouvir. Eu me viro, desesperadamente triste, e vou para a porta.

— Zoe! — grita ele.

Eu giro e olho Jason nos olhos.

Ele respira fundo e franze o cenho.

— Boa sorte — diz ele.

Capítulo 89

Trudie e eu andamos atabalhoadamente pela Old Hall Street, as duas tremendo, mas sem sentir o frio. Vemos um táxi, e ela agita os braços como se tentasse aterrissar um Jumbo.

Quando entramos no banco traseiro, ela diz:

— E então, meu bem, para onde quer ir?

— Não tenho a menor ideia.

— Nos leve a um pub — pede ao motorista. É uma decisão firme.

— Tem uns novecentos nesta cidade, querida. — Ele sorri. — Talvez queira diminuir a lista.

— O lugar que preferir, um lugar legal. Você escolhe.

Cinco minutos depois, chegamos ao Baltic Fleet, um pub aconchegante com cerveja em garrafa e lareiras crepitantes que praticamente queimam suas sobrancelhas. Quando entramos, vou pegar uma mesa no canto enquanto Trudie vai até o balcão.

Olho as chamas até que ela volta com dois uísques imensos.

— Trate de beber isso — sentencia ela.

Não tenho o hábito de beber uísque. Quando tomo um gole, não consigo deixar de pensar que tem gosto de descongelante de para-brisa. Mas seu calor se espalha por meu corpo, e não posso negar que ajuda a me sentir melhor.

— Bem, que dia você teve — diz ela.

— Tudo por obra minha.

— Tenho a sensação de que você estava meio atarantada neste casamento. Estou certa?

— Talvez — admito. — Mas você sabe qual é a coisa mais ridícula nisso tudo?

— O que é?

— Acho que estou apaixonada por Ryan. Não, apaga isso. Eu sei que estou.

— Não diga — responde ela com ironia. — Mas por que isso é ridículo? Ele também pode estar apaixonado por você.

— Acho que não.

Ela franze o cenho.

— Bem, pelo amor de Deus, se essa experiência te ensinou alguma coisa, deve ser seguir seus instintos e não ficar parada.

— Hmmmm.

— Então liga para ele e diz isso.

Baixo minha bebida e olho para ela. Só a ideia me deixa nauseada de novo. Mas tomo outro gole e, desta vez, dos grandes.

— Tem razão — digo, enquanto meu sangue dispara com a adrenalina. — Tem toda razão.

De repente, tenho um sentimento esmagador de que este telefonema será o mais importante que já dei na vida. Vou dizer a Ryan que o amo, e ao inferno com as consequências. Decidida, meto a mão na bolsa e percebo de pronto que meu telefone não está ali.

— Ah, porcaria. Deixei o telefone no banheiro do cartório. Deve estar em cima da máquina de absorventes.

— Olha, use o meu — oferece Trudie, vasculhando a bolsa. Quando ela pega o telefone, ele está vibrando. — Meu

Deus, tem dez chamadas não atendidas — exclama ela, apertando a tecla "atender".

— *Oiê?*

Só ouço uma voz abafada e Trudie gesticular que vai atender lá fora para ouvir direito. Eu observo, meio intrigada, enquanto ela fica perto da porta por uns bons dez minutos, gesticulando como um técnico de futebol superempolgado.

Quando ela se senta novamente na banqueta ao meu lado, parece estranhamente nervosa.

— Está tudo bem? — pergunto.

— Hmmmm?

— Eu perguntei se está tudo bem — repito. — Você ficou meio estranha depois do telefonema.

— Eu? Não, estou bem — diz ela, com um desdém quase exagerado. — Er, eu estava ensinando a alguém como chegar a um lugar.

— Que lugar?

Ela dá um pigarro e se remexe no banco.

— Er, Primark. Aquela na Barnsley. Er, eu ia pegar uns camarões fritos... quer?

— Não. Posso usar seu telefone? — pergunto, desesperada. Sei que se Trudie não me der o celular logo, corro o risco de perder a coragem mais rápido do que se pode dizer "a maior vagaba do mundo".

— Espere um minutinho! — Ela dispara para o balcão, e eu olho para o fogo de novo, com o calor ardendo em meus olhos. Enquanto me mexo de lado na banqueta, sinto Trudie a meu lado novamente.

— Ah, tudo bem, então. Vou querer uns amendoins torrad...

Não é Trudie.

É a última pessoa que espero ver entrar no pub Baltic Fleet, em Liverpool, quando eu já me conformava com os petiscos que ia pedir.

Ele não está de smoking.

Não tem nenhum revolver .45 à vista.

Mas posso dizer categoricamente que preferia ter esta pessoa aqui mais do que qualquer outra no planeta. E não estou falando de James Bond.

Capítulo 90

Enquanto Ryan se senta a meu lado, minha pulsação dispara loucamente.

— Cheguei tarde — diz ele.

— Nem acredito que está aqui. — Eu procuro seus olhos, desesperada para interpretar sua expressão.

— Meu avião se atrasou. Eu devia ter chegado a tempo.

— A tempo do quê? — Mal sou capaz de acreditar que esta conversa está acontecendo.

— Seu casamento — sussurra ele, pegando minha mão.

— Mas você não foi convidado — pego-me dizendo.

Ele sorri.

— Sei disso. Eu ia fazer uma coisa muito... bem, deselegante.

— Ah?

— Ia tentar impedir você de se casar.

Ouço a mim mesma ofegar — um arquejar curto, áspero, de isto-não-pode-estar-acontecendo — tão audível que o cara na mesa ao lado parece momentaneamente preocupado que eu esteja prestes a ser feita refém.

— O plano era chegar esta manhã na casa de sua mãe, finalmente dizer o que sinto por você e te implorar para ser minha.

— E quando foi que planejou isso, exatamente?

Ele olha o relógio.

— Há umas 23 horas e meia — diz ele. — Mas eu estive me perguntando como conseguir você de volta desde que partiu.

— Só que você não chegou a tempo.

— Não — admite ele. — Não sou um herói muito bom, né?

Eu sorrio e finalmente o olho nos olhos. Com a luz da lareira bruxuleando neles, estão mais hipnóticos do que nunca. Só olhar para eles faz com que eu me sinta fraca de felicidade.

— Na verdade, você não se saiu tão mal. Quer dizer, ainda assim veio. Tudo bem, seu *timing* é meio ruim, mas ninguém é perfeito. Além disso, felizmente para você, a sorte estava do seu lado.

— Como assim?

— Eu não fui até o fim.

— Eu soube. — Ele sorri. — Então, quando exatamente você fez esse plano?

Olho o relógio.

— Bem, há cerca de uma hora. Mas estive me perguntando como conseguir você de volta desde que parti.

Com os olhos lacrimejando, reprimo o impulso de assoar o nariz, decidida que minhas vias aéreas hiperativas não estragariam este momento.

— Por que você foi embora? — pergunta ele.

Fecho os olhos e respiro fundo.

— Pensei que sentia algo por Jason que... que agora sei que não sinto.

Ele faz que sim com a cabeça.

— Mas não foi só isso — admito. — Sem querer, ouvi você na festa falando com Felicity, dizendo a ela que você e eu não passávamos de uma ficada. Depois vi você com Barbara King, e parecia que ela ia ser sua próxima conquista.

Ele ergue uma sobrancelha.

— Também pensei... que eu nunca poderia substituir Amy. Acho que pensei muitas coisas, Ryan.

Aperto um lenço no nariz com a maior elegância que posso.

— Posso te dizer uma coisa, Zoe? — diz ele, apertando minha mão. — Eu estava um trapo antes de te conhecer. Era egocêntrico e grosseiro. Não valorizava meus filhos e estava em uma rota de implosão pessoal. Não achava que a vida tinha mais qualquer coisa a me oferecer. E então, você chegou. E você mudou tudo.

— Eu? — pergunto.

— Claro que foi você. Você me resgatou. Resgatou meus filhos. Me ensinou a rir de novo. Você me fez gostar de acordar de manhã. Você me devolveu a vida, Zoe.

Engulo em seco.

— E vou te dizer mais uma coisa.

— O quê? — pergunto.

— Eu te amo por isso. E o estranho é que não é o único motivo para eu amar você. Eu te amo por escorregar na pista de dança no meu jantar de gala. Eu te amo por jogar minha massa pela cozinha toda. E te amo por se vestir de Garibaldo quando todo mundo tentava ser sexy.

Ele estende a mão e ternamente coloca meu cabelo atrás da orelha, depois examina meu rosto.

— Ninguém estava mais sexy do que você.

— Numa fantasia de Garibaldo? — pergunto, em dúvida.

— Penas obviamente funcionam comigo.

— Mas e o que você disse a Felicity? — pergunto. — E Barbara King? Você... você parecia muito... sei lá... *carinhoso* com ela na festa.

Ele franze o cenho.

— Zoe, dizer a Felicity que eu estava loucamente apaixonado por você teria sido a pior coisa possível — explica ele. — Ela é *insanamente* ciumenta. Eu não queria esfregar isso na cara dela, mas meu principal motivo para falar aquilo era porque queria proteger você. Sinceramente, pensei que diminuir nossa relação era a melhor maneira de lidar com isso. Desculpe se não teve o resultado esperado.

De repente, eu me sinto boba.

— Não — digo, meneando a cabeça. — Você tem toda razão. Eu... entendi mal.

— Quanto à Barbara — continua ele —, ela estava tão bêbada que teria dado em cima de um tronco de árvore. Parte de mim não queria aborrecê-la fazendo estardalhaço com isso... Especialmente porque só nos tornamos amigos há pouco tempo. No segundo em que ela tentou me beijar, eu a devolvi ao marido e... com a maior diplomacia possível... sugeri que ele a levasse para casa. Você deve ter saído da sala cedo demais para ver isso.

Faço que sim com a cabeça.

— O fato é que eu jamais quis a Barbara — confessa ele. — Jamais quis *ninguém* desde que conheci você.

— É mesmo? — pergunto.

Ele suspira.

— Tem mais uma coisa.

— O que é?

— Eu amava minha mulher, Zoe, realmente a amava. Mas ela não está mais aqui. Precisei de anos para entender que não tem problema em seguir com a vida. Que amar outra pessoa não contraria as regras.

Mordo o lábio.

— E tem outro fato simples — acrescenta ele. — Não posso evitar amar outra pessoa. Não posso evitar amar você.

— Ryan, lamento tanto ter saído de lá — solto. — Não sabia o que estava fazendo, eu...

— Shhhh — diz ele, enquanto me puxa para perto dele.

As lágrimas se derramam por meu rosto, mas antes que eu tenha a chance de me perguntar de onde elas vêm, Ryan e eu estamos nos abraçando com tanta força que parece que nunca vamos nos soltar.

Depois, ele afrouxa o abraço. Enquanto sua boca encontra a minha, uma onda de emoção me toma. Seu beijo é tão terno, tão lindo, tão glorioso, que não quero que termine nunca. Em particular porque, pela primeira vez hoje, meu nariz está seco.

— Eles não tinham nenhum amendoim — anuncia Trudie. — Então eu trouxe Quavers. Só que estou achando que você não quer mais.

Ryan e eu nos desvencilhamos e rimos.

— Importa-se se não quisermos? — diz ele.

— Claro que não. — Ela sorri. — Não se preocupem comigo.

Ryan pega minha mão.

— Vamos, tenho um táxi esperando lá fora.

— Não é um Aston Martin? — pergunto.

— Não exatamente. — Ele franze o cenho. — É algo chamado Mondeo. O banco tem cheiro de vômito, e o motorista arrotou o tempo todo até aqui. Não é uma decepção, é?

Eu sorrio.

— Não. É absolutamente perfeito.

Este livro foi composto na tipologia Sabon LT Std, em corpo 11/15,5, e impresso em papel off-white no Sistema Cameron da Divisão Gráfica da Distribuidora Record.